異世界での天職は寮母さんでした
～王太子と楽しむまったりライフ～

登場人物紹介
帝王ハルヴァリ
美花がトリップするきっかけとなった生首の老紳士。美花からは“おじいちゃん”と呼ばれている。
リヴィオ・ハルヴァリ
首長国ハルヴァリ皇国の現皇帝。普段は仮面を被って完璧な人間を演じているが、美花の前だと素の自分を出している。
山代美花／ミカ
トリップ先で先代寮母に保護されたのをきっかけに、寮母を務めることに。リヴィオと共に、子どもたちのお母さん役として奮闘しているが!?

ミシェル・インドリア
大陸一小さなインドリア王国の王太子。
イヴ・ヤコイラ
かつて他の大陸より渡ってきた民の末裔であるヤコイラ王国の王太子。
アイリーン・ハルランド
代々女王が治めるハルランド王国の王太子。
カミル・フランセン
大陸一大きいフランセン王国の王太子。

異世界での天職は寮母さんでした
〜王太子と楽しむまったりライフ〜

Contents

第一章

階段の踊り場に取り付けられた窓から、朝日が斜めに差し込んでいる。

強い光は窓枠の輪郭《りんかく》を滲《にじ》ませ、照らした階段の一段一段に濃い陰影《いんえい》を作り出していた。

その階段をコツコツと黒いパンプスの踵《かかと》を鳴らして下りながら、眩《まばゆ》い光に茶色の瞳《ひとみ》を細めたのは若い女性だった。

白い襟《えり》が付いたレトロな雰囲気《ふんいき》のえんじ色のワンピースに白いエプロンを重ねている。

顎《あご》のラインで切り揃《そろ》えた髪は毛先だけくるんと内巻きになっており、朝日に照らされて明るい茶色に光って見えるが実際は艶《つや》やかな黒である。

三階から二階へと階段を下りてきた彼女が、その黒髪を耳にかけつつ二階の廊下に足をつけた時、ちょうど一階から二階へと繋《つな》がる踊り場から顔を出した人物と目が合った。

ダブルブレストのコックコートにエプロン、背の高いコック帽を頭に載せた壮年の男性は、この建物の一階にある厨房《ちゅうぼう》を取り仕切る料理長だ。

「おはよう、ミカさん。昨日も可愛《かわい》かったけれど、今日はもっと可愛いね。朝一番に君に会えるなんて、今日は僕にとって最高の一日となるだろう」

「おはようございます、シェフ。相変わらずお上手ですね。今日もよろしくお願いします」

さらりと吐き出された歯の浮くような台詞《せりふ》を華麗《かれい》にスルーしつつ、ミカと呼ばれた若い女性は笑顔で挨拶《あいさつ》を返した。息をするようにキザな言葉を吐くシェフには、絶対にイタリア人の血が入っているとミカは思っている。出会って最初の頃は彼の言動に慣れなくて、何か言われる度《たび》にいちいち照れたり恐縮したりと忙しかったが、それも今となってはいい思い出だ。

「朝食はもうできているよ。いつも通り、ダイニングに運んでおいたらいいかい？」

「はい、お願いします。お茶のポットは、全員起こしてから私が厨房にいただきにあがりますので」

ミカの言葉に頷《うなず》いて、シェフは厨房のある一階へと階段を戻って行った。

それを見送ったミカは、さて、と呟《つぶや》いて二階の廊下に向き直る。

茶色と白の市松模様で床を飾った廊下には、階段を挟んでそれぞれ八つずつ、合計十六個の木の扉《とびら》が並んでいた。そのうち現在使用されているのは、階段に向かって右側のフロアにある手前四つの部屋。

ミカはまず、階段から一番遠い四つ目の扉の前まで歩いて行くと、こほんと一つ咳払《せきばら》いをしてからノックをした。

「おはようございます」

しばらくすると、おはようございます、と扉の向こうから挨拶が返ってきた。まだどこかあどけなさを残す、けれど少し硬い少女の声だ。

ミカはそれに一人うんうんと満足げに頷くと、身支度が済んだらダイニングに行くよう伝えてから、隣の扉の前へと移動した。

二番目の扉の前でも、三番目の扉の前でも、ミカは同じことを繰り返す。

二番目の扉の向こうから聞こえてきたのは、おずおずとした少年の声。一方、三番目の扉の向こうから聞こえてきたのは、今まさに起きたばかりといった様子の気怠《けだる》げな少女の声だった。

最後にミカは四番目――つまり階段に一番近い扉の前に立った。この部屋の住人を起こした後は、彼女も一階に下りて先ほどシェフに伝えた通り厨房にお茶のポットをもらいにいくつもりだ。

ミカは一つ大きく深呼吸をすると、他の扉同様ノックをして声をかける。

しかし――結果は、沈黙。

どれだけ待ってもいっこうに返事がない。それどころか、扉の向こうで部屋の主が動いている気配も感じられないことから、ミカは大きなため息を吐き出した。

「まったくもう、毎日毎日、世話のかかる……」

ブツブツと独《ひと》り言《ご》ちつつ、エプロンポケットから鍵《かぎ》の束を取り出して、慣れた様子で選び取った一本を鍵穴に突っ込む。ガチャリ、と意外に大きな音を立てて鍵が開いても、扉の向こうの者が慌《あわ》てる気配はなかった。

ミカは呆《あき》れた顔をしながら、わざと大きな音を立てて扉を開ける。

部屋は、十畳ほどの広さがあった。ちょうど扉の正面にある大きな窓のカーテンが閉まったままで、朝日が遮《さえぎ》られた室内はいまだ薄暗い。

窓際にはシンプルな木の机と椅子《いす》があり、机の上には乱雑に本が積み上げられていた。

扉から向かって左側の壁際には作り付けの本棚が、一方右側には壁側を頭にして、人一人分こんもりと膨《ふく》らんだベッドがあった。上掛けからは、少し癖《くせ》のある赤い髪が覗《のぞ》いている。

「――カミル、朝ですよ。起きなさい」

つかつかと遠慮なく室内に踏み込んだミカは、ベッドの膨らみにそう声をかけつつカーテンを開いた。

とたん、暴力的なまでの強い光が飛び込んできて、部屋の中に居座っていた夜の気配を一気に蹴《け》散《ち》らしてしまった。

「……うう」

朝日の猛攻は壁際にまで届いたのだろう。ベッドの膨らみが呻《うめ》き、もぞもぞと動いて上掛けの中へ逃げ込もうとする。

机の上に散らかっていた本を隅にまとめたミカは、今度は肩が上下するほど大きなため息を吐くと、カミル、ともう一度声をかけつつベッドに歩み寄った。

ベッドの横に置かれた椅子の背には、脱ぎ散らかしたバスローブが引っ掛けられている。

それを見つけたミカのこめかみには、ついにピキリと青筋が浮かんだ。

「起きろって――言ってるでしょっ‼」

彼女はそう叫んでバスローブを掴《つか》み取り、もう片方の手でもって部屋の主《あるじ》が潜《もぐ》り込んだ上掛けの端を握る。そしてそれを、一気に引《ひ》っ剝《ぱ》がした。

唐突《とうとつ》に光で満たされた空間に放り出された部屋の主は、ぎゃっと悲鳴を上げる。陽光に照らされて身悶《みもだ》えるその姿は、まるで吸血鬼のようだ。

かと思ったら、すぐにまた枕《まくら》に顔を押し付けるようにしてうつ伏せに丸まり寝息を立て始めたものだから、ミカは片手に掴んでいたバスローブを振り上げ、ごめん寝状態の猫みたいに丸まった背中に思いっきり叩《たた》き付けてやった。

ベチンッと景気のいい音が響く。

枕に突っ伏したままくぐもった声で悲鳴を上げた部屋の主は、しかし今度ばかりはさすがに目を開いてベッドの脇《わき》に立つミカを見た。

「……っ、痛っ、いった！　くそっ、何するんだ！」

「裸で寝るのはやめなさいと何度言ったら分かるの。万が一夜中に不測の事態が起きでもしたら、あなた素《す》っ裸《ぱだか》で逃げるつもり？　あと、単純にお腹《なか》を冷やすから、せめて下着くらいはいておきなさい」

「うっ、うるさいっ……余計なお世話だっ！　俺《おれ》がどんな恰好《かっこう》で寝ようと、お前には関係ないだろっ‼」

ミカがカミルと呼んだこの部屋の主は、朝焼けの空のような赤い髪が印象的な十五歳になったばかりの少年だった。ちなみにミカは十九歳。花も恥じらう年頃である。

カミルはどうやら眠る時は解放感を求めるタイプらしく、ミカが引っ剝がした上掛けの下は一糸纏《まと》わぬ姿だった。彼がそれを注意されるのも一度や二度ではないのだが、そもそも本人に改めるつもりはなさそうだ。

カミルは背中に叩き付けられたバスローブを無造作《むぞうさ》に羽織《はお》ると、薄い青の瞳で鋭くミカを睨《にら》みつける。

彼のそんな反抗的な態度に肩を竦《すく》めつつ、ミカは「関係なくなんてないわ」と首を横に振った。

「私の仕事は、あなた達が日々健やかに過ごせるよう取り計らうことなんだから。その貧相な素っ裸を衆人の目に晒《さら》すような事態にでもなったら、目も当てられない。あなたがお腹を壊して寝込んだ場合、誰が看病すると思ってるのよ」

「はああ⁉　知るか、そんなこと！　お前の世話になんかならねーしっ‼」

ふんぞり返って言い放ったミカに、カミルは拳《こぶし》を振り上げんばかりの勢いで怒鳴《どな》り返す。

と、騒がしくしたせいか、ミカが開けっ放しにしてきた扉から部屋の中を覗く視線があった。

カミルの部屋は階段の一番近くにある。つまり、先にミカが声をかけた三人は、一階のダイニングに向かおうとするとどうあってもこの部屋の前を通らなければならないのだ。

カミルは見物人の視線にますます煩《わずら》わしそうに顔を顰《しか》めると、まるで親の仇《かたき》のようにミカを睨み上げた。

「そもそも、どうやって鍵を開けやがったんだ！」

「今更《いまさら》何言ってんのよ。合鍵を使ったに決まってるでしょう。毎日あなた達が出かけてから、掃除やベッドメイキングするのは私なんだからね。これがないと仕事になりません」

「……っ、くそ、ふざけやがって！　勝手に部屋に入ってくるなっ‼」

「勝手に入って来られたくなかったら、自分で掃除もベッドメイキングもすればいい。っていうか、いい加減自力で起きられるようになってちょうだい」

売り言葉に買い言葉。年下の少年相手に大人げないのは、本人も承知の上だ。

「くそっ……くっそ！」

「くそくそうるさいわよ」

ギリリと奥歯を噛《か》み締めつつベッドを降りたカミルが、胸倉《むなぐら》を掴まんばかりの勢いでミカに詰め寄る。

成長途中の彼の身長はちょうどミカと同じくらいなものだから、正真正銘《しょうしんしょうめい》の真っ正面で顔を突き合わす羽目《はめ》になった。ちなみに、身長がなかなか伸びないことを、カミルは結構気にしている。

「——このっ……くそメイドが！　生意気だぞ！」

「そっちこそ何様のつもり、このくそ坊ちゃま。雇い主でも何でもないあなたに命令される謂《いわ》れはないし——そもそも私、メイドさんじゃありませんから」

弱い犬ほどよく吠《ほ》えると言うが、キャンキャン喚《わめ》くカミルに対し、ミカの態度はしごく落ち着いたままだった。

彼女は胸の前で両腕を組んでふんぞり返る。そうすると、同じ位の身長なのに、角度的な事情でカミルを見下ろすような恰好になった。

一瞬たじろいだ彼に、ミカはすかさずふふんと勝ち誇った笑みを向けると、高圧的な態度で言い放った。

「私は――寮母さんですよ」

＊＊＊

ミカのフルネームは、山代美花《やましろみか》という。日本生まれ日本育ちの生粋《きっすい》の日本人だ。

パン食は嫌いじゃないが、できることなら三食のうち二食は白米を食べたいタイプ。

そんなミカが――いや美花が今現在、小麦が主食のこの世界で生活しているのは、まったくもって彼女の望んだことではなかった。

青天《せいてん》の霹靂《へきれき》という言葉がある。青々と晴れ渡っていたはずの空に突然雷鳴が聞こえ出すことを語源とする、唐突に発生した事変や大事件を言い表す言葉だ。

美花が置かれた今の状況の始まりは、彼女にとってまさに青天の霹靂と言うべきものだった。

突然に発生した異常な出来事によって、彼女は生まれ育った世界から遠くかけ離れたこちらの世界にやってきた。

やってきたと言っても、飛行機やら船やら電車やらに乗って来たわけではないし、ましてや歩いてきたわけでもない。

狐《きつね》につままれたような、というのはああいう感覚を言うのだろうか。

祖父母宅の台所に居たはずが、気が付けば水の中でもがいていて、慌てて水面に顔を出した時にはもうそこは美花が生まれ育った世界ではなくなっていたのだ。

並行世界《へいこうせかい》や死後の世界といった存在は、昨今量子力学の分野で研究が進められているとも聞くが、それが確かに存在すると万人を納得させられるだけの証明はいまだされていない。同時に、絶対に存在しないと断言できるだけの根拠もないわけで、美花からすれば宇宙人が存在するかしないかと同じレベルのミステリーといった認識だ。

だから、まさか自分がそんな存在するかしないかも定かでない世界——異世界にやってくるなんて、彼女は思ってもみなかった。

状況が呑《の》み込めず、腰まで水に浸《つ》かって茫然《ぼうぜん》としていた美花は、親切な老婦人によって保護された。その好意に甘えて彼女の仕事を手伝いながらこの世界で生活し始めたのが、今から半年ほど前のことだ。

さらに、年齢を理由に引退を決めた老婦人たっての願いで、彼女の後任として美花が立ったのがこの十日前のことだった。

ここは、大小十六の国々を有する大陸にてその頂点に君臨する首長国、ハルヴァリ皇国——その皇城内に建てられた、特別な子供達を住まわせるための寮である。

異世界トリップという奇妙奇天烈《きみょうきてれつ》な経験の末に美花が落ち着いたのは、その寮の世話役である〝寮母〟という立場であった。

「——くそっ……お前が寮母だなんて認めないぃっ！　お前にマリィ先生の後釜《あとがま》なんて務まるものかっ！」

「別に、カミルに認めてもらわなくても結構。あなたが私にお給金をくれるわけでもないんだからね。くそくそ坊ちゃま」

「だからメイドさんじゃないですってば。くっそメイド！」

ギャンギャンと喚くカミルを、美花は両腕を組んだままふんぞり返って見下ろしていた。

カミルは、この寮に入ることを許された特別な子供達の一人。大陸一大きい国フランセン王国の王太子で、寮生活は二年目になる。

彼の言うマリィ先生なる人物が、美花を保護して後任に据《す》えた前任の寮母である。五十年近く寮母を務めてきた大ベテランに比べれば、着任してまだ十日の美花は確かに頼りないだろう。

それでなくてもマリィは包容力の塊《かたまり》のような人で、思春期や反抗期といった難しい時期の子供達を分け隔てなく愛し導いてきた。美花自身はまだ十九歳と、マリィに包容される側だ。彼女と同じように子供達と向き合うことなんて到底できっこない。

それでも、寮母という立場を引き受けたからには、自分なりに子供達と向き合っていこうと決めたのだ。

「とにかく、早く着替えてダイニングに下りなさい。毎朝毎朝、自分のせいで他の子達の朝食の時間を遅れさせて、気まずくないの？」

「だったら、俺のことを待たずに先に食べればいいだろう」

「食事は、よほどの理由がない限り全員が揃って食べるのがこの寮のしきたりでしょ。朝寝坊は〝よほどの理由〟にはならないから、あなたが食卓に着くまで他の子達は目の前の料理を指を銜《くわ》えて見ていなければならないのよ？　熱々の料理を食べてもらいたかったのに、と連日シェフの泣き言を聞かされる私の身にもなってよね」

「うっ……そんなの、知るかよ」

美花は淡々とした口調で説教を垂れながら、ベッドとは反対の壁際に掛かっていたシャツとズボン、ベストを手に取った。

寮に住まう子供達は、この向かいに建つ学園に通う生徒でもある。

美花が手に取ったのは、今朝の着替えのために洗って乾かしプレスまでした、カミルの制服だった。

シャツの前ボタンを外しながらベッドに戻ると、彼女が背中を向けている隙《すき》に急いで下着をはいたカミルが制服一式をひったくり、憮然《ぶぜん》とした表情のままながら身に着け始める。

それに満足げに頷いた美花は、いまだ扉から顔を覗かせていた三人の子供達に向かい、先にダイニングに下りるよう伝えた。

「お前も出て行けよ。起きたんだからもういいだろ」

「二度寝されたらたまらないので、あなたが仕度して部屋を出るまで見張ります」

実は美花が寮母に就任した初日、一度は彼女に起こされたにもかかわらず再び睡魔《すいま》に負けてしまった前科のあるカミルはさすがに反論できないらしい。ぐっと口を噤《つぐ》んで着替えに専念する彼を、美花の方もそれ以上詰《なじ》るつもりはなかった。

手持ち無沙汰《ぶさた》になった彼女は、先ほど机の隅に寄せただけの本の山を整頓しようと手に取る。

学園の授業で使う歴史書と地図、それから数学と化学の教科書が一冊ずつ。カミルが昨夜も遅くまで、この窓辺の机に向かって勉学に励んでいたのだろうと想像するのは容易《たやす》かった。口は悪いし反抗的で可愛げはない。だが、彼は根が真面目《まじめ》で勤勉な少年であることを美花はちゃんと知っている。だから、本当は彼の朝寝坊をさほど咎《とが》めようと思ってはいなかった。

朝に弱いという自身の欠点を認めた上で、毎朝起こしてほしいとお願いされたなら、美花は彼のために目覚まし時計役を務めるのも厭《いと》わないつもりでさえあったのだ。

そんな自分の気も知らないで、いまだにぶつぶつ言っているカミルに肩を竦めた美花はふと、本の山の間に他とは毛色の違う冊子を見つけた。

活版印刷で量産された書物ではなく、明らかに手書きの——それも誰かが書いた論文をまとめて綴《と》じたもののようだ。表紙に記された著者名を見た瞬間、美花は目を見張った。

ちなみに、異世界トリップなんて摩訶不思議《まかふしぎ》な事態に直面した際、美花が唯一《ゆいいつ》ほっとしたのは音声言語がそのまま通じたことだ。逆に、文字言語は美花が見慣れた日本語とも英語とも全く異なるものだったが、半年間で日常生活には困らない程度に読み書きは習得できていた。

そんな美花を驚かせた論文の著者は、カミルの実の父親である現フランセン国王。彼もまた、かつてこのハルヴァリ皇国で学ぶことを許された特別な子供であって、論文は学園で過ごしていた三年の間に書かれたものだった。

これをカミルが読むこと自体には何ら問題はない。ただし、それが今、この部屋にあることは問題だった。

卒業生が残した論文や日記が閲覧可能なのは学園内にある図書館だけで、それ以外の場所への持ち出しは固く禁じられている。ということは……

「カミル……あなた、館長様の目を盗んでこっそり持ってきたわね」

「あ?」

呆れた声で告げた美花を、しかめっ面《つら》のカミルが振り返る。

襟元のリボンを結んでいたところだったらしい彼は、美花の手元の冊子に目を留めたとたん、鋭い声を上げた。

「――勝手に触るなっ!」

そのままずかずかと近づいてきたカミルが、美花の手から冊子を取り上げようとする。しかし、図書館長の許可がないままそれを彼に持たせておくわけにもいかない美花は、伸びてきた手をひょいと躱《かわ》した。

「……っ、くそっ、返せ! 返せよ‼」

カミルはそれが気に障《さわ》ったらしい。彼の大人になりかけの骨張った手が、あろうことか美花のワンピースの胸元を鷲掴《わしづか》みにした。乱暴で短絡的な行動に、さすがに美花が顔を顰める。

すると突然、小麦色の手が二人の間に割って入ると、カミルの手首を掴んで引き剥がしてくれた。

ミシリ、と骨が軋《きし》むような音がし、カミルがぎゃっと悲鳴を上げる。美花は目を丸くして、小麦色の手の主《ぬし》の名を呼んだ。

「イヴ?」

イヴは、階段から最も離れた部屋——美花が最初にノックをした部屋を使用している十四歳の少女であった。

美花が言い付けたにもかかわらず、まだ一階に下りていなかったらしい。扉の方を見れば、他の二人も——少女は面白そうな顔をして、一方少年はおろおろした様子で、まだその場に留まって部屋の中を覗いていた。

けれども、そんな外野の視線にかまうことなく、新緑のような艶やかなイヴの瞳がぐっとカミルを睨み付ける。

「——将来国王になろうという人が、女性に乱暴しないで」

イヴは、かつて他の大陸より渡ってきた移民の末裔《まつえい》、ヤコイラ王国の王太子である。何代混血を繰り返しても小麦色の肌と並外れた身体能力を持つ子供が生まれてくる、超優性遺伝子の一族だ。女の身で立太子したことにより、男兄弟やその取り巻きからのやっかみに苦しめられてきた彼女は、美花に対して乱暴な口をきき、あまつさえ手荒い扱いをしたカミルに彼らを重ねて黙っていられなくなったのだろう。

明るい髪色が主流なこの世界では珍しい黒髪のイヴは、美花にとって他より少し親近感を覚える相手だ。

一方カミルはというと、イヴの剣幕《けんまく》に一瞬ぽかんとした様子だったが、すぐに我に返って眦《まなじり》を吊り上げる。自分の手首を掴んでいた小麦色の手を乱暴に振り払い、殴《なぐ》り掛からんばかりの勢いで叫んだ。

「うるさいっ！　お前には関係ないだろ！　余計な口出しをするなっ‼」

「ちょちょっ、ちょっと待って、カミル。落ち着いてっ……」

カミルの苛立《いらだ》ちの矛先《ほこさき》がイヴに向いたことで、初めて美花が焦《あせ》りを見せる。

もちろん、寮母として寮生同士のトラブルを看過《かんか》できないし、ましてやその原因が自分に関わることとあっては仲裁しないわけにもいかない。

ただでさえ、一つ年下で女性のイヴの方が背が高いという事実が、カミルのコンプレックスを刺激する。それに、武術にも長《た》けているイヴ相手では、ガチンコで喧嘩《けんか》をすれば負けるのは確実にカミルだ。その結果、プライドを傷付けられた彼が臍《へそ》を曲げてますます扱い辛《づら》くなることが目に見えている。

美花は、自分を放ったらかしにして睨み合い始めた二人を何とか宥《なだ》めようとするが、すっかり頭に血が上ってしまった彼らは耳を貸そうとしない。

それどころか、ついには互いの胸倉を掴み合い、それぞれ拳を振り上げる始末。

「二人とも、落ち着きなさいってば‼」

美花はとっさに自分の身体《からだ》を二人の間に捩《ね》じ込むことによって、彼らが殴り合うのを阻止《そし》しようとした。

そのせいで、自分が拳を食らおうとも致し方ないと覚悟を決める。ぎゅっと両目を瞑《つぶ》り、せめて口の中を切らないようにときつく歯を食いしばった——その時だった。

「――やめなさい」

低く威厳に満ちた声が、突如《とつじょ》その場に響く。

とたん、美花の両側から聞こえてきたのは、カミルとイヴの拳が彼女を打つ音ではなく、はっと息を呑む音だった。

美花が恐る恐る瞼《まぶた》を開いてみれば、目の前には振り上げた二人の拳を掴んで止めた男性の姿。

カミルやイヴといった子供達はもちろん、美花よりもまだいくらか年上に見えるその人は、一度見たら忘れられなくなるほど――とにかく桁外《けたはず》れに端整な顔立ちをしていた。

カミルとイヴは、それぞれ利《き》き手《て》を彼に捕えられたまま硬直している。

扉の前で見物していた残り二人の子供達も、何故《なぜ》か緊張した面持《おもも》ちで姿勢を正していた。

美花だけは、その男性を見上げて困ったような顔をすると……

「――お騒がせして申し訳ありません、皇帝陛下」

ハルヴァリ皇国の元首――自らの雇い主に向かってぺこりと頭を下げた。

＊＊＊

「朝から賑《にぎ》やかなことだな、お前達。そんなに元気があり余っているなら、朝食の前に皇城の外周でも走ってくるか？」

その美貌《びぼう》に相応《ふさわ》しい魅惑《みわく》的な声が、拳を振り上げていた少年少女を静かに窘《たしな》める。

さっきまでの威勢はどこへやら。カミルもイヴも、まるで借りて来た猫のように大人しくなってしまった。

美花はほっと胸を撫《な》で下ろしつつ、一瞬にして騒動を収拾した人物を見上げる。

すると、相手も美花を見下ろしていた。

大小十六の国々を有する大陸にてその頂点に君臨する首長国、ハルヴァリ皇国。

その現在の君主が彼――リヴィオ・ハルヴァリである。

弱冠《じゃっかん》二十五歳の皇帝は、この大陸で唯一〝陛下〟と呼ばれる人。カミルの祖国である大陸最大の国フランセンの国王でも、その敬称は〝殿下〟に留まる。

白金色《はくきんしょく》の髪と飴色《あめいろ》の瞳。完璧《かんぺき》なシンメトリーに配置された顔のパーツはどれをとっても一級品だ。

すらりとした長身にして均整のとれた体躯《たいく》。シャツとズボンといういささかラフな恰好だが、それで彼の存在感がわずかにも霞《かす》むことはない。

彼のビジュアルに対する美花の所見は〝ザ・美形〟。

まさしくイケメンの代名詞のような皇帝陛下は、その肩書に相応しく堂々とした態度でもって、瞬《また》く間にこの場の空気を支配してしまった。

「カミルはすぐに身嗜《みだしな》みを整えなさい。イヴと――そこで見ている二人も、全員一緒にダイニングに下りるように。シェフに、労《ねぎら》いと感謝の言葉をかけるのを忘れてはいけないよ」

皇帝リヴィオの言葉に、四人の子供達は一斉に了承の返事をした。それに満足げに頷いた彼は、最後に美花へと向き直る。

「ミカには少し話がある。私の部屋に来なさい」

「……はーい」

とたんに、イヴが気遣《きづか》わしげな表情をして美花を見た。

あわや寮生同士殴り合いの喧嘩に発展しそうになったのだ。その場に居合わせながら止められなかった美花は、寮母として監督不行き届きを咎められても致し方ないだろう。

自分が出しゃばったせいで美花が叱責《しっせき》を受けるのでは、と青い顔をしているイヴに、彼女は安心させるように微笑《ほほえ》んで見せる。

一方、小さな声で「ざまあ」と呟いたカミルの足の甲は、踏んづけた上にグリッと捻《ひね》っておいた。踵の尖《とが》った靴を履《は》いていなかったことが心底悔やまれる。

そうして、今朝だけで何回目かもしれないカミルの「くっそ！」を背中で聞きつつ、美花は先に部屋を出た皇帝リヴィオの後を追った。


リヴィオの私室は、この建物の三階にあった。

ハルヴァリ皇国の皇帝は代々、カミルやイヴ達のような特別な子供達が学ぶ学園の長を兼任するとともに、寮に住まい毎朝毎晩彼らと一緒に食卓を囲むことで、家族のような関係を築く。寮母が母親役だとすれば、皇帝は父親役だ。

誰よりも博識で美しく威厳に満ちた皇帝リヴィオに、子供達はいつだって憧《あこが》れと尊敬の眼差《まなざ》しを向けるのだった。

美花は颯爽《さっそう》と歩いて行く彼を追いかけて、さっき下りてきたはずの階段を再び上る。

朝日が差し込む踊り場には、日溜《ひだ》まりができていた。

階段を三階まで上り切り、廊下に向かって右の奥、その突き当たりにあるのが皇帝の私室だ。

それと対極の位置——つまりは、廊下に向かって左の突き当たりにあるのが寮母の部屋。少し前まで前任寮母のマリィが使っていたその場所で、今は美花が寝泊まりしている。

「——そこに座りなさい」

自室に美花を招き入れたリヴィオは、部屋の中ほどに置かれたソファに腰を下ろし、向かいの席を彼女に勧める。美花が大人しくそれに従えば、彼は長い脚を組みながら続けた。

「どうして呼ばれたのか、分かっているのか?」

「分かっていると思いますか?」

質問に質問で返すという卑怯《ひきょう》な手段に出た美花に、リヴィオは小さくため息を吐きつつせっかく組んだ足を解いてしまう。かと思ったら、掌《てのひら》を上にしてすっと片手を差し出してきた。

指先まで造形美を感じさせる手とその主の美貌を見比べた美花は、僅《わず》かな逡巡《しゅんじゅん》の後、自分の片手をポンとその上に乗せた。

「皇帝陛下ともあろうお方が、この哀れな世界的迷子の雇われ寮母に向かって、ペットに対するがごとくお手をご所望とは驚きです」

「違うぞ」

「っていうか、はっきり言ってどん引きです」

「私に対する心証の話ではない」

違うと言いつつ、リヴィオは自分の手に載せられた美花のそれを握って引っ張り、額《ひたい》がくっつくほどまで顔を寄せる。そうして、飴色の美しい瞳で美花の茶色の瞳をぐっと覗き込んで告げた。

「――札束を返しなさい」

リヴィオが美花を私室に呼びつけたのは、カミルとイヴの悶着《もんちゃく》に関し監督不行き届きを叱責するためではなく、もっとずっと――思いっきり個人的な用件のためだった。

「先ほど私を起こしに来た時、ベッドから一束くすねて行っただろう」

「くすねただなんて人聞きの悪い。ベッドの脇に所有者不明の札束が落ちていたのを、エプロンのポケットに保護しただけですよ」

「言い得て妙だな……いや、褒《ほ》めているんじゃないぞ。得意げな顔をするんじゃない」

美花は毎朝身嗜みを整えた後、寮生達の部屋を回って起床を確認するが、実はそれよりも先に自室と同じ三階にあるリヴィオの私室の扉を叩く。

というのも、完全無欠の絶対的君主だと思われている彼――実はカミルに負けず朝に弱いのだ。

さらに、彼には他人に容易に目覚まし役を頼めない理由があった。

「私にちょろまかされたくないのなら、ちゃんと片付けてから寝ればいいじゃないですか」

「無理だ、それだけは譲れない。札束に埋もれて眠るのが、私の唯一の生き甲斐《がい》なんだぞ」

「陛下のお気持ちはこれっぽっちも理解できませんが、個人の性癖をとやかく言うつもりもないです。ただ、毎朝札束を掻《か》き分けてあなたを起こさねばならない私の身にもなってください」

「では、掻き分けずとも私に辿《たど》り着けるよう、最初から一緒にベッドに入っておくか？」

リヴィオのセクハラとも捉《とら》えられる提案に、断固お断りですと答えた美花は、元の世界でも見たこともないほどの美貌を前に、盛大なため息を吐いた。

皇帝リヴィオは守銭奴《しゅせんど》である。

三度の飯よりお金が好きなのだ。

そんな彼の生き甲斐《がい》は、本人が述べた通り札束に埋もれて眠ること。ベッドの上に私財の一部を並べて数え、そのまま就寝するのがお気に入りだった。

そんな趣味だか性癖だかを、リヴィオは周囲に隠している。

何故なら彼は、大陸中の国々から仰《あお》がれる皇帝陛下であり、寮に住まう子供達が敬い憧れる父親役であらねばならないからだ。

美花がこちらの世界にやってきた当初、リヴィオは彼女の前でも畏怖《いふ》を覚えるほどの完璧な人間を演じていた。その上《うわ》っ面《つら》が剥がれたのは、彼女を寮母見習いとして重宝し始めていたマリィが、ふいに頼んだお遣いがきっかけだった。その時、美花が迂闊《うかつ》に開いた扉の向こうで、リヴィオは札束が散らばったベッドの上で胡座《あぐら》をかき、ワイングラスを傾けつつ紙幣を数えていた。

それまで彼に抱いていた、神秘的なまでの高潔なイメージにはほど遠い、俗物的なその姿にショックを受けなかったといえば嘘《うそ》になる。

ただ、本性《ほんしょう》がばれたとたん、美花の前では猫を被《かぶ》るのをやめたリヴィオは、完全無欠の皇帝陛下な彼よりもずっと人間味に溢《あふ》れていた。アルカイックスマイルが基本の作り物のような美貌も、喜怒哀楽《きどあいらく》様々に表情を変え、そうするとやっと血が通ったように見えて、美花は自然と親近感を覚えた。

だからといって、やっぱり札束に埋め尽くされたベッドで添い寝しようとは思わないが……。

百歩譲って新札なら我慢できないことはないが、誰が触れてどこを巡ってきたかもしれない使用済み紙幣の束に囲まれて眠るなど、正気の沙汰《さた》ではない。絶対に悪夢を見る自信がある。

「陛下って、ほんと残念なイケメンですよね。そんなにお金に執着しなくても、ちょっと微笑むだけで世のセレブリティな奥様方がいくらでも貢《みつ》いでくれそうなのに」

「私が名も無きただの男ならばそれでもよかろう。だが、ハルヴァリ皇国の皇帝を名乗る限りは沽《こ》券《けん》に関わる。それを理由に依怙贔屓《えこひいき》を求められても困るしな」

リヴィオの本来の人柄は、随分《ずいぶん》と気さくだった。美花が歯に衣着《きぬき》せぬ物言いをしても、不敬を問われるようなことはない。

そんなことよりも札束を返すようせっつかれた美花は、しぶしぶエプロンのポケットの中身を取り出して、一枚だけ抜き取った状態で彼の手に載せた。

「――いや、待て待て、待ってくれ。何を堂々とくすねてくれたんだ？」

「私の祖国では、落とし物を拾ってくれた人には落とし物の価値の五分から二割相当の謝礼を支払うべきとの法律がありますが、相場は一割らしいんです。ですので、今日のところは紙幣一枚で勘《かん》弁《べん》してあげます」

「……理詰めで来るからミカは恐ろしい。そもそも、ハルヴァリにそんな法律はないんだが」

「私はここでは治外法権ですので。私に関することは、私が法律です」

美花が異なる世界から来たことについては、彼女を保護したマリィはもちろん、リヴィオも――さらには、カミルやイヴといった他国の王太子達、果ては寮のシェフに至るまで知れ渡っている。

異世界トリップなんて、美花自身にとってもいまだに信じ難《がた》いが、それを理由に彼女が迫害されるようなことは一切なかった。

というのも、こちらの世界の人々にとっては、美花が美花として今現在ここにこうして存在することが重要なのであって、彼女がどこで生まれてどう育ったかなんてのは大したことではないらしい。

そんな大らかな精神風土の他に、もう一つ――美花にはこの世界で堂々と暮らすことが許される、絶対的な後見《こうけん》があった。

「……っ」

ふと、背後に何かが忍び寄る気配。

美花はとっさにエプロンのリボンの結び目に挿《さ》していた得物《えもの》を抜くと、振り向きざまにそれを大きく振り上げる。とたんに、焦ったような声が聞こえてきた。

「――ミカちゃん、待って！　俺だ、俺っ!!」

美花の背後にあったのは、真っ白い髪と髭《ひげ》が美しい老紳士の顔だった。端整な面立《おもだ》ちには年を重

ねた分だけ円熟味が滲み、何とも形容し難い感慨を見る者に与える。

そんな老紳士はリヴィオと同じ飴色の瞳をぎょっと見開き、美花の顔とその手にある物を見比べている。

一方、馴染《なじ》みの相手と気付いた美花は、振り上げていた片手をすっと下ろした。

「なんだ、おじいちゃんだったの。でっかいハエかと思った」

そう言う美花の得物はハエ叩きである。ちょうど半年前、ホームセンターで買ったばかりだったそれは、たまたま美花の手に握られていたばかりに彼女と一緒にこちらの世界に渡ってくることになった代物《しろもの》だ。

いまだハエを叩いたことはない代わりに、聞き分けのない寮生の尻《しり》をぶっ叩いたことは数知れず。さっきのカミルとの騒動の際も、イヴの乱入さえなければ美花はこれを抜いていただろう。

百三十五円とお手軽価格ながら、絶妙のしなり具合と軽量なボディで扱いやすい、美花の心強い相棒である。

「俺をハエと間違えるのはミカちゃんくらいだぞ……」

「普通ならば恐れ多いと叱責するところだが……ミカだからな」

悪びれた様子もない彼女に、〝おじいちゃん〟と呼ばれた白髪の老紳士は白い眉《まゆ》を八の字にする。その場に居合わせたリヴィオも、同じような表情をしてため息を吐いた。

前者はそれこそ孫娘に対するような優しい目をし、後者もまた美花に対して寛容だった。

彼らは美花を間に挟《はさ》んだ状態で顔を見合わせて肩を竦め——られたのは、実際はリヴィオだけで、老紳士の方は気分だけ。

というのも、この老紳士。

肩どころか、首から下のない——つまりは、生首《なまくび》であった。

＊＊＊

大陸にはかつて、たった一人の偉大な支配者が君臨していた。

帝王ハルヴァリ——後に、首長国ハルヴァリ皇国の名の由縁となったその人は、自らの死期を悟《さと》った時、十六人の忠臣にそれぞれ領地を分け与えた。

彼らがその地の王となって民を守りつつ、自分が生きていた時同様に協力し合って大陸全体の繁栄を支えてくれるよう、帝王ハルヴァリは望んだのだ。

十六人の腹心はそれぞれ幼い頃に帝王に見出され、彼を実の父のように慕い愛していたから、その望みを無下《むげ》にしようとする者は一人としていなかった。

帝王ハルヴァリの遺骨は、頸椎《けいつい》、頸椎以外の脊椎骨《せきついこつ》、胸骨、右肋骨《ろっこつ》、左肋骨、肩甲骨《けんこうこつ》、鎖骨、右腕、左腕、右手、左手、骨盤、右大腿骨《だいたいこつ》、左大腿骨、右膝下《ひざした》、左膝下、以上十六の部位が形見として、十六人の忠臣が与えられた領地へと持ち帰り、現在もそれぞれの国の国宝として大切にされている。

そして、残る頭蓋骨《ずがいこつ》は、ハルヴァリ皇国の玉座《ぎょくざ》の下に埋められているという。

ハルヴァリ皇国の皇城はかつての帝王の居城であり、これを治めるのは彼の血縁――つまり、現在の皇帝リヴィオは帝王ハルヴァリの子孫なのだ。

その直轄地《ちょっかつち》は皇城とその周りを囲む城下町までで、他の十六の国々に比べればあまりにも狭小だが、偉大な帝王の霊廟《れいびょう》も兼ねるハルヴァリ皇国を首長国とすることに対して異議が挙がったことはない。

死後千年が経《た》っても大陸の支配者は帝王ハルヴァリその人で、十六の国々は彼の子孫であるハルヴァリ皇帝の配下に過ぎない、という意識が各国の国王達の根底にあるからだ。

それに、国王達にとって帝王ハルヴァリは歴史上の英雄ではなく――少なくとも人生のうちで三年間は身近に関わる機会のある、頼もしい先導者だった。

寮の一階、ダイニングルームに作り付けられた大きな窓からは、明るい太陽の光が部屋の中ほどまで差し込んでいた。

白いクロスが載った円卓を、現在は六脚の椅子が囲っている。

円卓の上にはすでに朝食が並べられていて、カミルとイヴを含めた四人の子供達もそれぞれ席に着いていた。

リヴィオとともに三階から下りてきた美花は、シェフに伝えた通り厨房に寄ってお茶のポットを受け取った。ただし、実際にそれをダイニングまで持ってきたのはリヴィオである。

というのも、美花はすでに別のものを抱えていたからだ。

「――おはよう、子供達」

彼女の腕の中から、白い髪と白い髭の老紳士――その生首の口が明朗な声を発した。

とたんに、ぱっと顔を輝かせた寮生達が、口を揃えてこう返す。

「おはようございます――帝王様」

老人の生首に対して心底慕《した》わしげな表情を向ける少年少女達……という異様な光景にも、美花はこの半年間ですっかり慣れた。

千年も前に亡くなり荼毘《だび》に付され、なおかつ遺骨を十六人の忠臣によって仲良くシェアされた帝王ハルヴァリ。

大陸の行く末を案じたのか、はたまた愛着が過ぎたが故《ゆえ》か、彼の魂《たましい》は結局輪廻《りんね》転生《てんしょう》することなく今もまだこの地に留まり続けている。有《あ》り体《てい》に言えば地縛霊《じばくれい》。生首の姿なのは、ハルヴァリ皇国に埋葬されているのが、彼の頭蓋骨だけだからだろう。

しかもこの帝王の生首、実は万人《ばんにん》の目に映るものではない。彼を彼として認識できるのはごく一部の選ばれた人間――リヴィオのような帝王の血縁と、それから十六人の忠臣の子孫のうちで、特に王となるにふさわしい者だけに留まった。

美花はそのどちらにも当てはまらないが、元より異世界の人間なので規格外という扱いだ。

彼女の後見人は、表向きは前任の寮母でありリヴィオの大叔母《おおおば》に当たるマリィだが、実際は大陸中の王達にとってもはや神にも等しい存在となった帝王である。

何故なら彼こそが、美花が異世界トリップするに至った一因なのだから――。

「待たせてすまなかったな、お前達。さて、朝食をいただこうか」

完全無欠の皇帝陛下の仮面を被り直したリヴィオがそう告げて、定位置である上座の席に腰を下ろすと、すかさず美花がその前にお茶を注いだカップを置いた。帝王の首は、円卓の真ん中に飾られた花瓶の隣にデンッと据え、寮生達にもカップを配る。

その際、リヴィオの右隣に陣取ったカミルは美花からツンと顔を背《そむ》けていたが、寝癖で撥《は》ねていた後ろの髪を唐突に撫で付けてやると、驚いた猫のように飛び上がり、そのままフーッ！　と威嚇《いかく》してきた。

「ねえねえ、ミカぁ。髪を結《ゆ》ってくださらない？」

「いいわよ、アイリーン。ただし、ちゃんと朝ご飯を食べたらね」

リヴィオの左隣から甘えるような声を上げたのは、代々女王が治めるハルランド王国の王太子アイリーン。波打つ金髪とぱっちりとした青い瞳の絵に描いたような生粋のお姫様は、カミルと同じ十五歳だ。

朝は食欲がないと言ってすぐに朝食を抜きたがる彼女だが、美花の言葉にしぶしぶ頷いた。

カミルの隣にはイヴが座っている。おずおずと見上げてきたイヴの黒髪を安心させるように撫でてやった美花は、そのまま彼女の右隣――円卓の位置としてはリヴィオの向かいに腰を下ろす。

ついでに自分の右隣にあったアッシュブロンドの髪を撫でれば、カミル同様猫のように飛び上がる華奢《きゃしゃ》な身体。寝癖を指摘されたとでも思ったのか、あたふたしながら両手で髪を撫で付ける姿にさすがの美花も苦笑する。

「びっくりさせてごめん、ミシェル。あなたは寝癖ついてないわよ」

「あ、は、はい……どうも」

勘違いに気付いてとたんに顔を真っ赤にしたのは、十四歳になるインドリア王国の王太子ミシェル。こちらはカミルの祖国フランセン王国とは対極にある、大陸一小さな国だ。

それに引け目を感じているのか、ミシェルはいつも伏し目がちでおどおどしている。彼の瞳の色が本当は南国の海みたいな美しいエメラルドグリーンだと知っている美花はどうにももったいないように思え、今度は宥めるように優しく髪を撫でてやった。

この大陸に広がる十六の国々の王太子は、十四歳から十六歳までの三年間をハルヴァリ皇国で過ごす習わしがあった。彼らは寮で共同生活をしながら学園で共に学ぶ。

親兄弟も家臣も側にいない状況の中で、彼らが頼りにするのは父親役のハルヴァリ皇帝、甘える相手は母親役の寮母、そして助け合うのが同じ立場の他国の王太子達となる。

自国に引きこもっていては決して出会えない経験と友情を、王太子達はこの三年間で得るのである。

さらに、生首状態の帝王ハルヴァリの姿を認識できるか否《いな》かが、ハルヴァリ皇国への入国試験——つまるところ、将来国王となるに相応しいかどうかを判断する指標となる。

帝王に王太子として認められれば、いかなる者もそれを脅《おびや》かしてはならない。それを反故《ほご》にするということは首長国ハルヴァリ皇国の面子《めんつ》を潰《つぶ》すも同然。たちまち他の十五の国々を敵に回すことになるのだから。

「たんと食べ、よく学び、目一杯生きよ、俺の可愛い子供達よ」

カップを配り終えた美花が席に着くと、帝王が待ってましたとばかりに音頭《おんど》をとる。

彼の生首に見守られながら、その子孫たる皇帝と、四つの国の王太子達が同じ食卓を囲む。冷静に考えればグロテスクでオカルトチックな食事風景だが、慣れというのは恐ろしいもので、今では美花にとってもこれが当たり前の光景となっていた。

小麦が主食であるこの世界の朝食の定番はスコーンだ。外はさっくり中はしっとりのスコーンに、バターと生クリームの中間みたいな濃厚さのクリームと、甘酸っぱいジャムを添える。

スコーンはプレーンが主流だが、レーズンなどのドライフルーツやナッツを混ぜ込んで焼いたのもいい。

寮専属のシェフが作るスコーンは、毎朝食べても飽きがこない絶品だ。

とはいえ、美花としてはやはり白米が恋しい。塩をきかせて握ったおむすびが無性に食べたくなる時がある。切ない思いを噛み締めつつ、スコーンではなく付け合わせのサラダをフォークでつついていた彼女は、ふとあることを思い出してポケットに手をやった。

リヴィオから論理的に奪取してきた紙幣が入ったのとは逆の方。

そこに、くるりと筒状に巻いて差し込んでいた紙を、美花は唐突にカミルに向かって差し出した。

「ほら、カミル。これにサインして」

「あ？　いきなり何だよ――って、これ……!?」

「お父さんの論文、五日もあれば読めるでしょ？　陛下のサインがあったらだいたい許可が下りるらしいから、後で館長様に申請しといてあげる」

「お、おう……」

美花が差し出したのは、図書館の重要資料を貸し出してもらうための申請書だった。

カミルが館長の目を盗んで持ち出していた、彼の父親がハルヴァリ皇国滞在中に書き残していった論文に関するものだ。

申請書には既にリヴィオのサインも済んでいて、後はカミル本人がサインをすれば完成である。

勝手なことをした自覚があるカミルは、論文は問答無用で取り上げられると思っていたらしく、驚きが隠せない様子である。

目を丸くして美花とリヴィオを見比べている姿は、年齢よりも少しあどけなく見えた。

「陛下、あの……ありがとうございます。それと、勝手なことをして申し訳ありませんでした」

「ああ、これからはルールをきちんと守るように。何事も独断せずに、私やミカに相談しなさい」

「はい……」

「ミカに感謝するんだぞ。申請書を持っていくのが彼女でなければ、館長に大目玉を食らうだろうからな」

「うっ、はい……」

図書館の館長は規律に厳しく偏屈《へんくつ》な老人だが、ハルヴァリ皇族の一人であるために帝王の姿が見え、その後見を得ている美花に対しては特別寛大だった。

カミルはリヴィオの諭《さと》すような言葉にぐっと口を噤み、一瞬ばつが悪そうな顔をする。けれど、やがておずおずと美花に向き直って口を開いた。

「……なあ、メイド」

「はいはい、メイドさんじゃないけどね。なあに？」

「あのさ、これ……俺の気持ちだ。取っといてくれ」

「……へえ……」

そうして、カミルの皿から美花の皿に移されてきたのは、緑色の花弁を持つ花……ではなく、暇を持て余した早起きシェフが飾り切りにしたキュウリ。

とたんに半眼になった美花は、スゥと大きく息を吸い込み――吠えた。

「何がっ〝俺の気持ち〟よっ！　ただ単にあなたが嫌いなやつじゃない！　ここぞとばかりに自分の苦手なもの押し付けてんじゃないわよ！」

「べっ、別にそんなつもりじゃないし！　女なんて、花をやっときゃ機嫌がいいから……」

「くそ坊ちゃんの分際《ぶんざい》で女を語るな！　十年早いわっ‼　そもそもコレ、花じゃなくてキュウリだし‼　ちゃんと自分で食べなさいっ‼」

「うるせー、くそメイド！　キュウリなんて、青臭くて虫みたいな味がするもの誰が食うか！バーカッ‼」

とたんに始まった美花対カミルの第二ラウンド。

席順のせいで間に挟まれたイヴにとってはとんだ災難である。

「わっはっはっ、賑やかでよいよい！　これぞ団欒《だんらん》だな！」

円卓の真ん中で花瓶の花を背負った帝王は、上機嫌で囃《はや》し立てる。

帝王が止めないならばリヴィオも止めない。完璧な美貌にアルカイックスマイルを貼り付けて、彼は寛容な父親役を演じている。

アイリーンはスコーンを齧《かじ》りながら面白そうな顔で眺めているが、その隣のミシェルは完全に食事の手が止まってしまっていた。

「――やっぱり、お前が寮母だなんて、認めないっ！」

結局はこの喧騒《けんそう》、飾り切りキュウリを投げたカミルに美花の堪忍袋《かんにんぶくろ》の緒《お》が切れて、彼女の相棒たるハエ叩きが炸裂《さくれつ》したことによってようやく収拾したのであった。

第二章

重厚感のある両開きの玄関扉を開けば、目の前にはたちまち見事な庭園が広がった。

庭園の真ん中には池があり、朝の光を反射して水面がキラキラと輝いている。

池を囲うように広く石畳《いしだたみ》が敷かれ、その脇では色とりどりの花々が咲き乱れて一帯を飾っていた。

元の世界から渡ってきた直後、美花がもがいていたのはこの池の中だった。

「ランチは正午の鐘が鳴る頃に運んでもらうから、午前の授業が終わったら皆《みんな》庭に出てきてね」

美花は玄関扉の脇に立ち、登校する四人の子供達を見送る。

彼女に寄り添うようにして立つ、帝王の生首を抱えて笑顔を浮かべる皇帝リヴィオの姿は一見狂気の沙汰だが、ここではありふれた朝の風景に過ぎない。

「行って参ります」

まず玄関扉を潜ったのはイヴだった。

女子生徒の制服は一応スカートが用意されるが、イヴは男子生徒と同じズボンを着用している。

男装ではなく、単に動きやすさを重視してのことらしい。

「行ってきまーす」

続いて足取りも軽《かろ》やかに寮を飛び出したのは、約束通り美花にご自慢の金髪を結ってもらって上機嫌のアイリーンだ。こちらは、プリーツのきいた膝丈スカートを翻《ひるがえ》す。

「あ、あの……帝王様、陛下、行って参ります……ミカ、行ってきます」

ぎこちなくではあったが、見送りに立った三名全員に挨拶をしたのはミシェル。ただし、その美しいエメラルドグリーンの瞳をやはりじっくりとは覗かせてくれなかった。

「——帝王様、陛下、行ってきます」

そうして、最後に寮を出たのはカミルである。

美花の名前だけ呼ばなかったのは、彼なりの反発心の表れだろう。美花を寮母として認めないと公言しているのは、寮生の中では彼だけだ。

とはいえ、そんなカミルの態度をいちいち気に病《や》むほど美花のメンタルは柔《やわ》ではなかった。

自分に見向きもせぬまま目の前を通り過ぎようとした彼の後頭部に、彼女は唐突に手を伸ばす。

そうして、いまだにぴょこんと撥ねていた赤い髪の一房をぐっと掴んだ。

「……っ、なっ……!?」

いきなり髪を引っ張られたカミルはその場で足踏みをしたが、すぐさま美花の仕業《しわざ》だと気付き、何をするんだと口を開こうとする。

けれどもそれよりも先に、彼の襟元に伸びてきた美花の手が、縦結びになっていたリボンタイを素早く結び直してしまった。

とっさのこと過ぎて、カミルはその手を振り払えなかったらしい。文句なしに整った自分の襟元を睨み、ぐっと口を噤む。

もとより彼からの感謝の言葉など期待していない美花は、先に庭園に降りた三人の寮生の方へ向かって、その背中をポンと押した。

「――いってらっしゃい、カミル。今日もしっかり学んでおいで」

カミルが認めようが認めまいが、美花はこの寮の寮母であり、そこに集められた王太子達の母親役である。帝王がそれを認め、首長国の皇帝たるリヴィオが彼女をそう扱う以上、美花の足元は決して揺らがない。

美花は美花で、役目を与えられたからにはそれを果たすつもりだ。異世界からやってきた彼女にとって、寮母という立場はこの世界で生きていくための確固たる手段なのだから。

「……」

美花に背中を押され、カミルは二歩三歩と進んだ。そのまま先に出発した三人に並ぶかと思われたが、ふと立ち止まり振り返る。そうして、あら？　と首を傾《かし》げかけた美花に向かい、彼はいかにも不承不承《ふしょうぶしょう》といった態《てい》ながら、小さな声でぽつりと言った。

「……行ってくる」

そのまま駆け出したカミルの背中を、美花はぽかんとした顔で見送る。ツンツン少年のいきなりのデレに、思わず隣に立つリヴィオと顔を見合わせた。その手の中で、帝王は高らかに笑う。

「わっはっはっ、愛《う》いなあ。あれは一際《ひときわ》甘えるのがヘタクソと見える」

帝王の飴色の瞳が向けられた先では、二番手で寮を飛び出したにもかかわらずのんびりと歩いていたアイリーンにカミルが追いついた。同じ十五歳のこの二人、すでに一年間ハルヴァリ皇国で共同生活をしており、一月前には三人の先輩王太子の卒業を一緒に見送った仲だ。

そんな彼らを気遣わし気に振り返っているミシェルは、さっさと先に行ってしまったイヴとともに、この十日前にハルヴァリ皇国にやってきたばかり。

学園での学年は、カミルとアイリーンが二年生、ミシェルとイヴが一年生、ということになる。

「今年は三年生がいないからな。カミルが子供達のまとめ役になってくれればいいんだが」

「アイリーンは、リーダータイプじゃなくて参謀タイプですもんね」

子供達の後ろ姿を優しい目で見守りながら呟くリヴィオに、美花は相槌《あいづち》を打つ。

大陸にあるのは十六の国々。その王太子で十四歳になる者というのは、当然ながら毎年決まった人数現れるわけではない。

一昨年のように新入生が一人もいない年もあれば、十六の国々全てから王太子がやってきて、寮の二階フロア全室が埋まった年も過去にはあったらしい。

彼らが通う学園は、寮から見て庭園の池を挟んだちょうど向こう側に立っている。

レンガ造りでどちらかというとアットホームな雰囲気を覚える寮とは対照的に、帝王の時代から続く大きな図書館を有する学園は荘厳な印象を受ける石造り。

かつての帝王の腹心達も机を並べて学んだ、歴史ある建造物だという。

一番にその玄関に辿り着いたイヴが開いた扉はアイアン飾りが付いていて重く、ギイと軋んだ音を立てる。間もなく追いついた残りの三名も、その扉の向こうへ消えた。

ここでひとまず、父親役母親役揃っての朝のお務めは終了である。

帝王の生首を美花の手に委《ゆだ》ねつつ、腰を折って長身を屈《かが》めたリヴィオが彼女の耳元に囁《ささや》いた。

「さて、そろそろ私も執務室に出勤しようと思うのだが……」

「はいはい、行ってらっしゃいませ。お気を付けて」

「見送りのキスをおくれ」

「……」

髪を掻き上げる仕草《しぐさ》が嫌味なほど様になる美貌。

顔のすぐ横に来たそれを、美花は無言のままましまじと眺める。

やがて、何故かにやにやしている帝王の生首を小脇に抱えると、もう片方の手を腰に当ててリヴィオに向き直った。

「あのですね、陛下。そういうのってセクハラな上に、陛下のような立場の人が言ったら完全にパワハラですから」

するとお馴染みのアルカイックスマイルをにやりとした笑みに変えたリヴィオが、美花の顎を掴んで瞳を覗き込んでくる。

こういう笑い方をするとたんに悪人っぽい顔になるのだが、美花と帝王以外からは死角になるのを計算の上でのこの変わり身。彼に抜かりはない。

「せくはらもぱわはらもこの世界には存在しない言葉だな、意味がわからん。要するに何だ？」

「陛下がろくでもない上司で誠に遺憾《いかん》です」

「ふむ、なるほど……私をそんなふうに評するのはミカだけだな」

「えっ……やだ、どうしてちょっと嬉《うれ》しそうなんですか？　けなしてるんですよ？」

リヴィオの理解不能の思考回路にどん引きした美花が、顎にかかっていた彼の手を首を振って払ったが、今度は頬《ほお》を掴まれてしまう。

美花は仕方がないとばかりに大きなため息を一つ吐くと、腰に当てていた方の手を掌を上にした状態でリヴィオの目の前に差し出した。

彼女の言わんとする所を察したらしいリヴィオは肩を竦め、自身の上着の内ポケットに片手を突っ込む。

「私が守銭奴だというのを否定するつもりはないが、ミカも大概《たいがい》だと思うぞ」

「まったくもって心外です。お札に埋もれてウハウハするだけの、陛下の非生産的な変態趣味と一緒にしないでください。私は、ちゃんと使い道を決めて計画的にお金を貯めているだけですから」

「ふふ……随分とまたひどい言われようだな」

「……やっぱりちょっと嬉しそうな顔するんですね。ドMなんですか？」

そんなやりとりの末に、美花の掌には硬貨が一つ載せられた。日本の五百円硬貨と同じくらいの大きさで、帝王らしき人物の澄ました顔が彫られている。

これが二枚で紙幣一枚と同じ価値になるのだから、決して安くはないお駄賃《だちん》だ。

先ほどまでの塩対応が嘘のように、たちまち満面の笑みを浮かべた美花は、目の前の男の白い頬に躊躇《ちゅうちょ》なくぷちゅっと唇を押し付けた。

「毎度ありがとうございます。いってらっしゃいませ、陛下」

「……うむ」

現金上等。

せっかくお望み通りにキスを贈ったのに、塩《しょ》っぱい顔をするリヴィオの心の内など、美花は知ったことではない。

彼にもらった硬貨を、先にもぎ取っていた紙幣と一緒にエプロンのポケットへとしまえば、もうこの場に用はない。

さて仕事だとばかりに意気揚々《いきようよう》と寮の中に戻っていく彼女は、背中を向けたリヴィオが白金色の髪をがしがしと掻き乱していたことも、彼がいやに熱っぽいため息をついたことも——そしてそれを、美花の小脇に抱えられた帝王が面白そうに眺めていたことも、知る由《よし》もなかった。

＊＊＊

「ミカちゃんは、リヴィオのことをどう思っているんだい？」

子供達を学園へと送り出したら、それぞれの部屋の掃除とベッドメイキングをするのも寮母の仕事である。

子供達の部屋は同一の仕様になっていて、十畳ほどの広さの中にシンプルな木の机と椅子、ベッド、作り付けの本棚とドレッサーがある。

他人に見られたくない物、触れられたくない物は、鍵が付いた机の引き出しにしまう。部屋の合鍵は寮母も持っているが、机の引き出しの鍵だけは生徒自身が責任を持って管理するのが習わしだった。

二階フロアにある四部屋を奥から順に回り、脱ぎ捨てられた寝衣とベッドのシーツを剥ぎ取って、廊下に置かれた籐《とう》の籠《かご》に放り込んでいく。洗濯は専門の侍女が請け負ってくれるので、美花は新しいシーツと寝衣を受け取ってベッドを整えるだけだ。

とはいえ、シーツを張るのは結構難しい。シーツの端をマットレスの下に入れる際、どうしても皺ができてしまい、寮母見習いを始めた半年前は美花だって四苦八苦したものだ。

今では随分と熟《こな》れてきて、一つのベッドを整えるのに五分とかからない。その後、床を掃いてゴミを捨て、机の上を拭《ふ》き上げる。上に載っている本などは、読みかけの場合があるため別段本棚には戻さず、机の片隅にまとめて置くようにしている。

そんなふうにてきぱきと動き回る美花を見守っているのが、帝王の飴色の瞳だ。

帝王は、自身を認識できる人間とは物理的接触が可能なため、その腕に抱えられて移動することも少なくはないが、結局は幽体なので一人勝手に空中を浮遊していることの方が多い。

美花が寮母として独り立ちした十日前からは特に、日中の大半は彼女の側でぷかぷかしていることが増えた。

そんな中、唐突に吐き出されたのが冒頭の問いである。

最後の部屋——階段から見て一番手前のカミルの部屋、そのベッドメイキングを終えたところだった美花の答えは簡潔だった。

「残念過ぎるイケメン上司、かな」

「ほう、残念なのかい？　あれは、俺の子孫達の中でも一際いい男だと思うんだがな」

「見た目はねー。私が今まで出会った中でもとびきりの美形だとは思うよ。場合によっては直視するのが憚《はばか》られるくらい」

「そうは言いつつ、さっきみたいに口付けを強請《ねだ》られても、君は照れもしないがな」

笑いを含んだ帝王の言葉にそうねと頷いた美花だったが、別段美形に耐性があるわけでも男慣れしているわけでもない。

美花はそもそも、多くの官僚や弁護士を輩出《はいしゅつ》する名門一家の末っ子だった。そのため、幼い頃から親に連れられて欧米人と接する機会も多く、頬と頬を合わせたり、ハグしたり、時には軽く口付けしたりといった欧米流の挨拶に抵抗がない、というだけなのだ。

「俺としては、ミカちゃんがリヴィオに嫁入りしてくれれば万々歳なんだがなぁ」

「いやいや、何言ってんのよ、おじいちゃん。首長国の皇帝様が、何処《どこ》の馬の骨とも知れない……というか、異世界から来たような女を嫁にしちゃまずいでしょ」

「いやいや、むしろその逆だぞ。ミカちゃんがこの世界の人間でないということは、すなわち十六の国々のどれかを身贔屓する恐れがないということだ。君ほど、中立な立場の者は他にはおらん」

「ううーん……」

リヴィオはいまだ未婚である。二十五歳というのは、美花の世界では独身であってもさほど珍しいことではないが、こちらの世界では少々婚期を逸《いっ》した印象になるそうだ。

ただ、首長国皇帝陛下の結婚というのはなかなかに難しいらしい。いかなる場合も公平であることを求められるため、十六の王国から伴侶《はんりょ》を迎えることができないのだ。

となれば、相手は自国——つまりハルヴァリ皇国内で見繕《みつくろ》うしかないのだが、元々帝王の城下町に過ぎなかったこの国では、当然人口が限られてくる。その上、結婚適齢期で皇帝の伴侶として遜色《そんしょく》のない人材となれば、さらに候補は減っていく。

異世界出身というのが問題にならないのならば、確かに帝王の言う通り、美花も皇妃候補に名を連ねられるだけの条件を満たしているのかもしれない。年齢的にも経歴的にも適当だし、何よりリヴィオの絶世の美貌を前にしても怯《ひる》まないのが良いらしい。

とはいえ、美花には今のところ、リヴィオにも誰にも嫁《とつ》ぐつもりはなかった。

「こっちの世界に来たおかげでせっかく結婚回避できたのに、今更面倒なのはご免だから」

「ミカちゃんは、元の世界で望まぬ結婚を迫られていたのだったか？」

「迫られたどころか、私の与《あずか》り知らぬところで勝手に決定事項にされてたのよ。まったく、人権も何もあったもんじゃない」

「ふむ、君には随分と生き辛い世界であったようだな」

時代錯誤も甚《はなは》だしいが、名のある家に生まれた女性にとってはよくある話だ。見合いの席でも設けられればまだましな方。家に、あるいは親にとって都合のいい相手に、最悪の場合問答無用で嫁がされる。

美花の場合は後者で、ちょうど祖父母の家の台所に立っていた彼女の元に、勝手に結婚相手を決めたと伝えに来たのは母だった。ちなみに名家なのは父方で、母方の実家はたいそう長閑《のどか》な田舎で祖父は教師だった。

とにかく、どうしても結婚を受け入れ難かった美花は、その時生まれて初めて母に反抗した。母に対して積もり積もった思いがあった自分の手が、包丁を握りそうになるのをかろうじて理性で抑えつけ、代わりに振り上げたのが今も美花のエプロンの後ろに差さっているハエ叩きだ。けれども、それが母を打つことはついぞなかった。

母に届く直前、ハエ叩きは空中で何か別の物に当たり――気が付けば、美花は水の中でもがいていて、慌てて水面に顔を出した時にはもうそこは彼女が生まれ育った世界ではなくなっていたのだ。

この時、母の代わりに美花のハエ叩きに打たれたのは帝王だった。

ただただ寮と学園の間にある池のほとりを自由気ままに空中浮遊していただけの彼が、何故まったく別の世界にいたはずの美花のハエ叩きアタックを食らう羽目になったのか。その拍子《ひょうし》に、美花が世界を渡ってしまったことにどういう理由があるのか、論理的に説明できる者は誰もいない。

結果として、美花は実の母を打たずに済んだし、望まぬ結婚もせずに済んだので、御《おん》の字と言えなくもなかった。

「結婚相手として、リヴィオ自身が気に入らないわけではないんだな?」

「陛下のことは、別に嫌いじゃないよ。なんだかんだ言っても金払いはいいし、お金持ちだし」

「ううむ……金のこと以外でも、あれに興味を持ってやってくれんかなぁ」

「観賞対象としてならSランク」

どうやら帝王は、割合本気で美花をリヴィオに宛《あ》てがいたがっているようだ。

ただ、死してなおこの世界における最高権力者でありながら、彼が母と違って美花の意思を無視してまで縁談を進めようとしないのは幸いだった。

美花が世界を渡るきっかけが、帝王との接触だったのは間違いない。それ故に、彼は身一つで見知らぬ世界に来てしまった美花に責任と同情を覚えているらしい。

美花が思うに、二つの世界は創世の時点から全く別の歴史を辿った並行世界なのかもしれない。何らかの理由でリンクしてしまったほんの一瞬、もともと幽体というあやふやな存在であった帝王が美花の世界にはみ出してしまったのではなかろうか。

そんな彼とハエ叩きを介して接触してしまった瞬間、美花の世界は美花までも異物と判断し、帝王と一緒に弾き出してしまった。

対して、こちらの世界が明らかに異物である美花を拒絶しないのは、その住人達が異世界人だからと彼女を差別しないように、あちらの世界よりも寛容だからだろうか。

全ては推測に過ぎない。だが、少なくとも美花の身に起こった現象は帝王のせいではないだろう。だから、帝王が責任を感じる必要はまったくないのだが、彼という後《うし》ろ盾《だて》のおかげで美花にとってこちらの世界はたいそう生き易《やす》かった。

ふよふよと宙に漂う帝王と会話をしながら、美花は寮母の仕事に勤《いそ》しむ。

掃除とベッドメイキングにかかる時間は、一部屋だいたい十五分。美花は、四人の子供達の部屋に三階のリヴィオの私室と自室を加え、毎朝一時間半この作業に費やすことになる。

ただし、全員育ちが良いせいか、ベッドや部屋が散らかっていることはほぼないに等しかった。

最後に自分の部屋を整え、全ての洗い物を洗濯係の侍女に託して終了だ。

ちなみに、マリィが寮母を務めていた時、この洗濯係の侍女やシェフを含めた寮で働く全ての人々の雇い主は彼女だったが、現在その権限は皇帝リヴィオに委ねられている。

そのため、寮母とはいえ美花の地位は寮で働く他の人々と変わらず、妙に畏《かしこ》まることもない対等で友好的な関係を築くことができていた。

彼らは帝王を認識できないが、美花が何もない空間に向かってしゃべっていても、そこに帝王がいるんだなと理解してくれる。

「おじいちゃんはさぁ、成仏《じょうぶつ》する気はないの？　何かまだこの世に未練でもある？」

「未練があるわけじゃないんだが……まあ、時機を失ったとでも言おうか。今更どうすれば成仏できるのか分からなくてなぁ」

「そうなんだ。じゃあ、私があの世に行く時が来たら、一緒に連れていってあげるね」

「おお……ミカちゃんや……それ、最高にグッとくる殺し文句……」

生まれ落ちたのとは違う世界で花開いた美花の人生。

幸《さいわ》いと言っていいのかどうかは分からないが、この時の彼女は元の世界に未練はなかった。

＊＊＊

一日は二十四時間、一時間は六十分、一分は六十秒。

時間の感覚は、美花の元の世界でもこちらの世界でも変わりはない。

太陽は東から昇って西に沈み、月がだいたい三十日周期で満ち欠けを繰り返すところまで同じ。

つまり、この世界がある惑星は自転し、月はその周りを公転しているわけだ。

これもまた、二つの世界が並行世界であると美花が推測する理由の一つであった。


学園の始業時間は午前九時である。

一時限目は九時十分から十時まで。十分ずつの休憩《きゅうけい》を挟んで、二時限目、三時限目とそれぞれ五十分間授業が行われ、午前の授業が終わるのが十二時ちょうど。そこから十三時までが昼休憩になる。

学園と寮は目と鼻の先なのだから、寮のダイニングルームで昼食をとってもいいのだが、天気が良い日は学園側の庭園に設置されたテーブルを囲むのが伝統になっている。

テーブルまで料理を運ぶのはシェフの役目、給仕をしつつ一緒に食べるのが寮母の役目だ。

そのため美花も、十二時までに午前の仕事を片付けて庭園に向かうのだが、この日は少し早めに寮を出た。しかも、その足は庭園に置かれたテーブルの方ではなく、学園に向かう。

重い玄関扉を開けば、すぐ目の前に階段が現れた。学園の建物は三階建てで、現在三時限目の授業が行われている教室は二階にある。しかし、美花は階段には向かわずに、一階の廊下を右の突き当たりまで歩いて古びた扉を開いた。

とたんに漂ってきたのは、どこかノスタルジックな香り。

それもそのはず、ここは帝王が生きていた時代から続く図書館で、中には一千万冊を超える蔵書が収められているのだ。

「図書館というのは、なぜにこう独特の匂いがするのだろうな?」

「おじいちゃん、匂い分かるんだ?」

幽体になっても嗅覚《きゅうかく》は健在らしい。

帝王の言葉に、美花もスンと鼻を鳴らして意識的に匂いを嗅《か》ぐ。たちまち鼻腔《びこう》を満たした香りは、元の世界の図書館のそれと変わらない。

一番に思い出すのは、足繁《あししげ》く通った高校の図書室だ。図書館と呼んでもいいほど大きく静かなあの場所で、窓の外が真っ暗になるまで一人勉強をした。

気付くといつも隣の席に座っていて、痛ましいものを見るような目をしてそろそろ帰りなさいと言ったのは、司書ではない。

懐《なつ》かしさと同時にえも言われぬ切なさを覚え、美花は匂いと共に甦《よみがえ》ってこようとする思い出を抑え込んだ。

「図書館の匂いっていうのは、つまり古書の匂いだよ。紙やインクに含まれてたり、装丁の際に使用された化学物質なんかが、光や熱、湿気に触れることで分解されて揮発性有機化合物が発生するの。匂いの正体はそれ」

「つまりは加齢臭《かれいしゅう》ってことか。本だけ古くなっていい匂いになるなんて、ずるいな」

「おじいちゃん……肉体がある時代になんかあった？」

「俺もアーモンドみたいな香りがするじじいになりたかった」

アーモンドのような香りがすれば、ベンズアルデヒドという化学物質が放出されている証拠。他にもフローラルな香りやバニラ風味の香りであったりと、製本時に含まれる化学物質によって香りの種類も様々だ。

時代によっても使用される化学物質は違うため、揮発性有機化合物を調べることによって古書が作られた年代を割り出すことも可能だという。

図書館には数人の司書が常駐しており、美花に気付いて目礼したり軽く手を上げたりと歓迎の意を示してくれる。美花もそれに会釈《えしゃく》を返しつつ、入ってすぐの場所にある階段を三階まで上った。

図書館の一階と二階は学園側の廊下と扉で繋がっているが、三階だけは図書館内の階段を使わなければ入れないようになっている。

三階に保管されているのが、持ち出し禁止の重要文献や個人情報が記載されたものばかりだというのが主な理由だ。カミルが持ち出した論文も、もともとこの三階で保管されていた。

「――おお、ようこそいらっしゃいました、帝王様。ミカもいらっしゃい」

三階に常駐しているのが、図書館の責任者である館長だ。この時は、作業台の上に古びた書物を広げてルーペで文字を拾っていた。

御年《おんとし》八十になる彼は、帝王と同年代に見える。二人とも真っ白い髪になって肌に皺《しわ》が刻まれても、顔つきには精悍《せいかん》さが窺《うかが》えた。

ふよふよと浮遊する生首と一緒にやってきた美花に、館長は覗き込んでいたルーペから顔を上げて目を細める。

「ここを訪ねてきたということは、大方フランセンの坊のことだろう。父親の論文を持ち出したのが、ミカに見つかったか？」

「あらやだ、館長様ったらビンゴです。お気付きだったんですか？」

「あれの父親も、その父親の論文を同じように持ち出しおったからな。いやはや血は争えんわ。どれ、申請書をお出し。フランセンの坊に関しては、来月予定している曝書《ばくしょ》作業を手伝わせるのを条件に不問にしよう」

「……もしかして、その交換条件取り付けるためにカミルが論文持ち出すの見逃しました？」

曝書というのは書物を虫干しする作業のことだ。毎年司書総出で行うのだが、なにしろ蔵書の数が半端《はんぱ》ないものだからたいそう骨が折れる。

違反行為のペナルティという大義名分を得た館長は、若いカミルをさぞかしこき使うことだろう。

くっそ！　くっそ！　と涙目で悪態をつく彼の姿が目に浮かぶようだ。

「ご愁傷様《しゅうしょうさま》……」

思わずそう呟いた美花の側で、ふよふよと浮いていた帝王がそういえばと口を開いた。

「もう二十年近く前になるか。カミルの父親の時は、確か虫干しばかりか棚卸《たなおろ》しまで手伝わされていたな。あれは、何をやらかしたのだったか……？」

「自分の父親の論文を勝手に持ち出したばかりか、破って捨ててしまったんですよ、帝王様。困ったことに、フランセンの国王と王太子は代々親子関係がこじれてるんです」

ハルヴァリ皇国でも長寿に数えられる館長は、帝王以外では最も長く学園や寮生に関わってきた人物である。その口から飛び出したフランセン王家の問題は、美花にとっては初耳だ。

十日前に寮母を引き継いだばかりの美花に対し、ハルヴァリ皇国にやってきたばかりの一年生はもちろんのこと、半年間マリィを介して関わってきただけの二年生もまだ心を開いてはいない。

彼らは美花に、自分の身の上話などしたことはなかった。

「関係がこじれてるって……つまり、カミルはお父様と上手《うま》くいってないってことですか？　それなのにお父様の書いた論文なんて読みたくなるものでしょうか？」

「大陸一の大国を背負う精神的重圧ゆえか、フランセンの国王は必要以上に世継ぎを厳しく育てる傾向があるようなんだ。父親に甘えたい時期に甘えさせてもらえないままハルヴァリにやってきた子は、同じ年頃をここで過ごした父親の面影を追う。カミルが父親の論文に興味を持ったのも、そういう理由からだろうな」

だから、父親がやったみたいに破り捨てたりしないと約束できるなら、カミルにはゆっくり論文を読ませてやればいい、と館長が続ける。寛大な言葉に、美花はカミルに代わって感謝を伝えた。

「それにしても……王太子だからって蝶《ちょう》よ花よと育てられるわけじゃないんですね。カミルのあのくそ坊ちゃんっぷりも、どうやら反抗期のせいだけじゃなさそう……」

美花に同情されるのは、カミルにとって本意ではないだろう。ただ、親からの愛情に焦《こ》がれる気持ちは美花もよく分かる。

なぜなら彼女も、ずっと親の――母の愛情を欲《ほっ》していて、けれど結局叶《かな》えられないまま今に至っているからだ。

「一国を担《にな》うというのは大変なことだからな。王太子に選ばれたからといって、周りにいるのは味方ばかりではない。将来に対して不安もあるだろうし、焦りもあるだろう。それは何も、カミルに限ったことではない」

千年もの長きに渡って人々を見守ってきた帝王が、しみじみとそう呟く。

人は皆、大なり小なり悩みやコンプレックスを抱えている。それはハルヴァリ皇国にやってくる各国の王太子達も例外ではなく、将来大きな責任と権力を持たされると決まっている分、余計に息が詰まる感じがするだろう。

思春期の彼らは心の中に様々な葛藤《かっとう》を抱えていて、中には自分一人ではどうしようもないものもある。

それが弾ける瞬間を、美花はこの後、思いがけず目《ま》の当たりにすることになる。

館長に申請書を提出して、正式にカミルの父親の論文を借りる手続きを済ませた美花は、帝王とともに一階まで戻った。

時刻はまもなく正午を迎える。昼食の給仕をせねばと急いで学園の玄関扉を潜ったとたん、美花は庭園の一角が異様な雰囲気を醸《かも》し出していることに気付いた。

「うわっ……何ごと？」

学園の側に置かれたテーブルの周りには、すでに授業を終えていたらしい四人の子供達が揃っていた。

けれども、何やら様子がおかしい。

彼らから――というより二人の一年生の間に殺伐《さつばつ》とした気配が漂っているのだ。

「おお、喧嘩か？　存分にやれやれ」

「ちょっと、おじいちゃんやめてよ！　イブ？　ミシェル？　二人とも、どうしたの⁉」

面白そうな顔をして煽《あお》る帝王を窘めた美花は、慌てて二人のもとへと駆け寄って、仲裁のため間に割り込もうとする。

しかし、一足遅かった。いきなりミシェルの胸倉を掴み上げたイヴが叫んだのだ。

「――王族としての責務を果たす覚悟がないのなら、名を捨てて国を出ろ！　王太子なんてやめてしまえっ‼」

怒りに燃え滾《たぎ》る彼女の瞳を目の当たりにし、美花はその場で足が竦んで動けなくなった。

＊＊＊

「お前のような腰抜けを将来君主と崇《あが》めなければならないなんて、インドリアの民《たみ》が気の毒だ‼」

「……っ、こ、腰抜けで悪かったな！　イヴみたいに強い人に、僕の気持ちなんて分かるもんかっ‼」

「ああ、分かるものか！　祖国の次代を担う栄誉を与えられ、帝王様にハルヴァリ皇国で学ぶことを許していただいたというのに、本当は王位なんて継ぎたくない？　王太子になんて選ばれたくなかった？　――ふざけるな！」

「だって……だって、僕は優秀だから選ばれたんじゃない！　父の子で、男が僕だけだったから――だから、父は仕方なく僕を選んだんだっ‼」

学園の玄関扉の前に立ち尽くしたまま、美花はただただ驚いていた。

イヴの剣幕にもだが、それに負けじと言い返すミシェルの姿に、だ。

何より、いつも伏し目がちなのが残念だと思っていた彼のエメラルドグリーンの瞳が、今は強い光を宿して真っ直ぐにイヴを睨み返している。

ミシェルはイヴに胸倉を掴まれたまま、ハルヴァリ皇国に来て初めてと言っていいほどの大きな声で続けた。

「インドリアの誰も、僕が国王になるにふさわしい人間だなんて思っちゃいない！　お飾りみたいに玉座に座らせて、実権は優秀な姉達が握るつもりなんだ！　誰もっ……父だって、僕に期待なんてしてないんだっ‼」

「周りに期待されてないからって、それがどうした！　私だって、祖国に帰れば敵ばっかりだ！　何故自分が王太子に選ばれたのかも分からない！　それでも、いかなる場合も粉骨砕身《ふんこつさいしん》して国家に尽くす——それが王族に生まれた者の責務じゃないかっ‼」

ミシェルのネガティブな発言をどうあっても受け入れられないらしいイヴは、容赦《ようしゃ》のない論難を加える。

彼女の言葉は王族のそれとしては正論なのかもしれない。だが、真理であるかと問われれば、美花は簡単に頷くことはできなかった。

「おじいちゃん、ヤコイラとインドリアって相性良くないの？」

「うむ、まあ……割と正反対の国民性をしているからなぁ」

もともとこの世界の人間ではない美花は十六の王国についてほとんど知らなかったため、寮母を引き継いで新入生を迎え入れるに当たり、彼らと彼らの国に関する情報をある程度与えられた。

イヴの祖国であるヤコイラ王国は移民を祖に持ち占術を重んじる。

最初の国王となった人物は、並外れた身体能力を買われて帝王の護衛として重宝された。移民の自分を信頼し、一族丸ごと受け入れてくれた帝王に心酔していた彼は、帝国に対して絶対的忠誠を誓ったのだという。

その精神は今もヤコイラ王国の王家に受け継がれていて、代々の国王は即位と同時に帝王の子孫であるハルヴァリ皇帝に対して忠誠宣誓を行う。

一方、ミシェルの祖国であるインドリア王国は、領土こそ大陸一小さいが、豊かな土壌と清らかな水に恵まれた農業大国である。

最初の国王となったのは、農作物の品種改良や土壌改革に取り組んで帝国の風土に合った農業の基礎を築いた功労者だ。適切な農作業の時期を知る目安として、暦《こよみ》を整えたのもこの人物であると言われている。

現在、大陸で主食とされている穀物は小麦であるが、実はインドリア王国のごく一部の地域において、米の栽培が行われているという。白米が恋しい美花としては、ぜひともお近づきになりたい国であった。

「ヤコイラがもともと狩猟民族の国であるのに対し、インドリアは農耕民族の性格が際立っている。いずれも一長一短あって甲乙《こうおつ》付け難いな」

「うーん、生活スタイルだけ見て国民性を計るのはちょっと乱暴かもしれないけど……少なくともイヴとミシェルに関しては、性格的に正反対っていうのは確かだよね」

イヴが直情的で短気なのに対し、ミシェルは内向的で大人しい。

二人と接した十日の間にそんな認識ができ上がっていたからこそ、ミシェルがなおもイヴを睨んで喚く姿が、美花には意外だった。

「イヴが何を覚悟して王太子になったかなんて、僕の知ったことじゃない！　自分の価値観を押し付けないでよ！」

「ぬるま湯に浸かって自分の境遇を嘆くばかりのお前を見ていると苛々《いらいら》するんだ！　私は命がけで王太子の地位を守っているのにっ……！」

学園の授業でも寮生同士の関わりでも、ミシェルは極めて消極的だった。ハルヴァリ皇国への留学自体彼の望むところではなかったのだから、ある意味仕方のないことだろう。

けれども、王太子になんてなりたくなかった――なんて言葉は、ハルヴァリ皇国に来てまで吐いてはいけなかったのだ。

「王太子となった自身を否定することは、お前を跡継ぎに選んだ父王様も、それを認めてハリヴァリ皇国の門を開いた帝王様をも否定すること――万が一私がそんなことをすれば、国賊《こくぞく》とされ二度と祖国の土を踏めなくなるどころか、ハルヴァリ皇国を出た瞬間には命がないだろう」

イヴはミシェルの胸倉を掴んだまま、震える声でそう言った。

ミシェルはそれに苦しそうに顔を歪《ゆが》めながら、頭一つ分背が高いイヴを果敢《かかん》にも睨み上げ――

ついに、言ってはならない言葉を――他国を貶《おとし》めるような言葉を吐き捨ててしまった。

「イヴの事情なんか……ヤコイラみたいな野蛮な国のことなんて、知るもんか！」

帝王存命の時代、彼の腹心の中には移民が重宝されることによく思わない者もおり、帝王の目がない場所でヤコイラの祖が差別的な扱いを受ける場合もあった。そのような連中は、帝王を守るために常に武器を携《たずさ》えていたヤコイラの祖を見ては野蛮だと眉を顰めたという。

野蛮な国――そう称されることは、ヤコイラ王国の人々にとって、まさしく地雷だった。

当然、イヴは激昂《げっこう》する。

「――黙れ！　矮小《わいしょう》の民！」

売り言葉に買い言葉。インドリア王国が大陸一小さな国であることにコンプレックスを抱いているミシェルに、この暴言は覿面《てきめん》だった。

「う、うるさい！　うるさいうるさい……っ‼」

自棄《やけ》を起こしたように喚くと、イヴの胸倉を掴み返したのだ。

さすがに黙って見ていられなくなった美花は、今度こそ仲裁のために二人のもとに駆け出そうとする。ところが……

「――待ちなさい」

「――わっ……陛下⁉」

美花の肩を後ろからぐっと抱くようにして止めたのは、いつの間にかやってきていた皇帝リヴィオだった。

リヴィオの執務室があるハルヴァリ皇城の宮殿は、城門から見て学園と寮を背に隠すように聳《そび》えているのだが、渡り廊下でもって図書館と繋がっている。そのため、リヴィオが図書館長を訪ねたついでに学園の方に顔を出すことも珍しくはなかった。

「陛下、あれ止めないと！　このままじゃ、殴り合いの喧嘩になっちゃいますよ？　イヴがうっかりミシェルを再起不能にしちゃいそうで、怖いです‼」

「まあ、落ち着きなさい。ひとまず、上級生に任せてみよう」

「えっ……上級生って……」

「いるだろう？　ちょうど二人」

リヴィオの言葉にはっとした美花が騒動の方に向き直ると、すでにイヴとミシェルは引き離されていた。リヴィオの言う上級生――二年生のカミルとアイリーンが仲裁に入ったのだ。

イヴの手を外させたカミルが、代わりにミシェルの胸倉を掴み上げる。

当然ながら困惑するミシェルに、カミルは毅然《きぜん》と言い放った。

「ヤコイラは、帝王様が最も信頼した勇敢な戦士の国だぞ。かの国を卑《いや》しめることは、帝王様を愚《ぐ》弄《ろう》するも同然だ」

「あ……」

とたんに、ミシェルの顔が真っ青になった。

一方、カミルからイヴの手を受け取ったアイリーンが、肩を怒らせていた彼女ににっこりと笑って言う。

「インドリアは小さいけれどいい国よ？　あの国で育てられた小麦で焼くパンは最高だし、何たってライスが穫れるのよ。私、あれ好き。イヴは食べたことある？」

「ライス……？」

ライスとはそのまんま米を表す単語だ。イヴは米を食べたことはないらしく、毒気を抜かれたような顔をして、きょとんと首を傾げる。

カミルとアイリーンの介入のおかげで、イヴとミシェルは冷静になった。

そうして、お互いに言ってはいけないことを言ってしまったと気付いたようだ。

「ご、ごめ……ごめん……」

「私も……ごめんなさい」

動揺のあまりふらついたミシェルは、胸倉から手を離したカミルに支えられるようにして謝罪を口にする。イヴも落ち着かなく視線を彷徨《さまよ》わせたが、隣でにこにこしているアイリーンに背中を押されるようにして謝った。

カミルとアイリーンが、やれやれといったふうに視線を交わして苦笑する。

彼らから離れた場所でそれを見ていた美花は、ほうと感心したようなため息を吐いた。

「何でもかんでも寮母が口を出さない方がいいんですね……」

「時には子供達を信じて見守ることも大切だ。もしも、彼らだけではどうしようもなくなったなら、ミカのその相棒でもって教育的指導をくれてやればいい」

そう答えたリヴィオだが、カミルとアイリーンが事態を収拾するだろうと確信していたように見えた。

美花がよほど物問いたげな顔をしていたのだろう。リヴィオが実は、と続ける。

「ミカがハルヴァリに来る前、寮に入ったばかりのカミルとアイリーンも、派手にやり合ったことがあってな」

「えっ、あの二人も？　何が原因で喧嘩したんですか？」

「カミルはああ見えて、カミル風に言うと〝くっそ真面目〟だからな。楽天的なアイリーンとはそもそも反《そ》りが合わなかったのだろう」

その時は屈強な上級生がいて、問答無用で喧嘩《けんか》両成敗《りょうせいばい》。生まれて初めて頭に拳骨《げんこつ》を落とされて、目の前に星が飛ぶ体験をしたカミルとアイリーンは、もう二度とその上級生の前では喧嘩をしないと秘かに同盟を結んだらしい。

カミルは現フランセン国王の長男。生まれ落ちたその瞬間から、大陸一の大国を誇るかの国を将来統《す》べることが定められていた人間だ。王太子としての自覚も自負も強く、それを否定しようとするミシェルにイヴ同様の怒りを覚えたに違いない。

「それでも今回、同じように感情的になってミシェルに噛み付かなかったのは、カミルの中で上級生としての自覚が芽生えつつある証拠だろう。とはいえ、今朝はイヴと一触即発《いっしょくそくはつ》になったのだから、まだ完璧にとは言い難いがな」

対して、アイリーンの祖国ハルランド王国は、最初の君主が帝王に仕えた女公爵だったため、彼女にちなんで代々女王を立てている。現ハルランド女王の長女であるアイリーンは、カミル同様生まれ落ちたその瞬間から次の女王となることが決まっていたが、楽天的な性格のおかげでさほど気負っている様子はない。

ただし、ハルランドの女王は今では半ば象徴的な存在となっていて、内政を動かしているのも別の者達だ。立場的には、親にも周囲にも国王として期待されていないと嘆くミシェルに近いかもしれない。

アイリーン自身が傀儡《かいらい》女王となることを殊更《ことさら》嘆いたことはないが、それを良しとしているかどうかは定かではない。

「王太子という同じ立場で、下級生達の悩みや葛藤が理解できるのだろう。当たらず障らず、基本事なかれ主義だったアイリーンが今回わざわざ喧嘩の仲裁に入ったのも、すでに一年ハルヴァリで過ごした彼女の成長の証《あかし》だ」

騒動が治まったのを見届けた帝王は、ふよふよと宙を漂って子供達がいるテーブルの方へと飛んで行った。彼を迎えたイヴとミシェルの表情にはすでにさきほどの殺伐とした雰囲気はなく、カミルとアイリーンも笑顔を浮かべている。

将来祖国の頂点に立つ、あるいは立たされることが決まっている子供達は、それぞれに不安や葛藤を抱えてハルヴァリ皇国にやってくる。

彼らはここで、自分とは違う価値観や文化に触れ、それを柔軟に受け入れることによって視野を広げる。そうして得られるのは、国と国とを超えた友情や信頼――ひいてはそれが、国家間の友好、大陸の平和維持へと繋がっていくのだ。

逆を言えば、ハルヴァリ皇国留学期間中に子供達が険悪な関係になってしまえば、将来その子達の国同士の関係も悪化してしまう可能性があるわけだ。

そうならないように子供達を導くのが、父母役のハルヴァリ皇帝と寮母の使命である。

「責任重大なんですね……私で、いいのかな……」

美花はこの時、改めて自分の任された立場の重大さに戦《おのの》いた。らしくなく、ついつい弱気なことを呟いてしまう。

けれども、そんな彼女の肩を抱いて、同じく責任重大な立場の皇帝リヴィオは笑みさえ浮かべて言った。

「気負う必要は何もない。ミカはミカらしく、そのままの寮母であればよい」

正午の鐘が鳴ったのは、この直後であった。

まもなく、寮の方からワゴンを押して現れたシェフの気紛れランチは——なんとなんとパエリア、つまりは米だった。噂《うわさ》をすれば、というやつだ。

米はもちろん、ミシェルの祖国インドリア王国からの献上物。

アイリーンはイヴに対してここぞとばかりに米の魅力を語り、美花はただひたすら半年ぶりに米を口にした感動に打ち震えた。

第三章

「――陛下、折り入ってお願いがございます」

「……うん、願いを聞く前に、この状況を説明してもらおうか」

今日も今日とて札束で埋まったハルヴァリ皇帝リヴィオのベッド。

いつもの朝と違うのは、そのベッドに――端的に言えばリヴィオの枕の真横に、美花が正座をしていたことだった。目覚めたとたん、枕元に他人が座っていた時の衝撃《しょうげき》はいかほどか。

「おはようございます、陛下」

「おはよう、ミカ……それで、何故こんなことになっている？」

のっそりと起き上がったリヴィオは、寝乱れた白金色の髪を片手で掻き上げながら、目の前にちょこんと座った美花にため息をついた。

「だから、陛下にお願いがあるんですってば。夢枕に立たれてお願いされたことって、何だか叶えなきゃいけない気がするでしょう？」

「夢枕に立つというのは、夢の中に現れることだろう？　だいたい、ベッドの上での約束は無効だぞ。まあ、私の隣に横になって可愛らしくおねだりしてみせる、というのなら考えてやらんこともない」

「枕営業はいたしません。今の陛下のセクハラ発言も看過できません。訴えられたくなかったら大人しく私のお願いを聞いてください」

「枕営業はしないが、恐喝《きょうかつ》はするのか……」

満面の笑みを浮かべて不当要求をする美花を前に、リヴィオは指で眉間《みけん》を揉《も》みながら唸《うな》る。

願いは何だ、と彼が観念したように問えば、美花はますます笑みを深めて口を開いた。

「――土地を売ってください」

「……は？」


十四歳から十六歳までの各国の王太子が通うハルヴァリ皇国の学園。

ここで行われる授業は、言語、数学、生物、物理、化学、それから地理と歴史の全七科目。

地理と歴史に関しては、各国での教育はどうしても主観的になりがちなので、学年関係なしに討議させる形で授業が行われる。教師は図書館三階の主とも言える館長。彼の好意により、この世界について明るくない美花も時々授業に参加させてもらっていた。

言語、数学、生物、物理、化学に関しては、授業内容が違うので学年ごとに時間割が違う。基礎学習は入学する前に自国で習得済みなのが前提のため、一年生の時点から授業内容は高度だ。

こちらの世界の文字を何とか読み書きできるくらいのレベルでしかない美花では到底ついていけるものではないので、これらの授業への参加は端《はな》から諦《あきら》めていた。

それなのにこの日、地理でも歴史でもない授業が、二学年合同で、しかも美花を加えて行われることになった。

場所は学園一階、図書館に繋がる扉とは階段を挟んで正反対の位置にある実験室だ。

この教室を主に使うのは化学の教師だが、これから授業を行うのは生物の教師だった。

「では、ミシェル。ここに来て実演をお願いできるか？」

「は、はいっ！」

実験室の真ん中に置いた大きなテーブルの周りを全員で囲む。そんな中。ミシェルを自分の隣に呼んだのは、長いアッシュブラウンの髪を後ろで一つにまとめた、青い瞳の男性だ。

彼の名はルーク・ハルヴァァリ。前任寮母マリィの一人息子で、皇帝リヴィオにとっては従叔父に当たる。

現在三十五歳になる彼は、すでに十年、学園で各国の王太子達に対して教鞭《きょうべん》を執《と》ってきた。

そんなルークによる本日の授業は急遽《きゅうきょ》開催が決まったものだ。

全ては幾日か前の朝、美花がリヴィオにしたお願いから始まった。

結果的に言うと、土地を売ってほしいというお願いは聞き入れられなかった。何故なら皇国の土地は城下町を含めて全てハルヴァァリ皇族の先祖代々の財産であるからだ。

いかにリヴィオが隠れ守銭奴であろうと、どれだけ金を積まれても皇国の土地は売却することはできない。彼が先帝から相続した皇帝としての財産は、全てそのまま次の皇帝に渡さねばならないのだ。

美花がこつこつお金を貯めていたのは土地を買うためだったので、その望みが潰《つい》えたことに心底がっかりしたのだが、代わりに土地を借りることを提案された。

そもそも美花が土地を必要としていたのは他でもない――全ては彼女を構築するＤＮＡが愛してやまない、白米のためであった。

「ま、まず水に塩を加えて塩水を作ります。濃度は生卵が浮くくらい……実際浮かべてみるといいと思います」

「ふんふん、ふんふんふん。それで？」

「え、えっと、適当な濃度の塩水ができたら、種もみを入れます。沈んだのが中身が充実している良い種もみ、浮いたのは良くない種もみです。これを〝塩水選〟と言います」

「ほうほう、なるほどなるほど。それから？」

ミシェルが行っているのは、芽出しに進めるための良い種もみの選定だった。一際熱心に聞き入る美花に、呆れた顔をしたのはカミルである。

「おい、メイド。いちいち相槌うるさいよ。黙って聞いていられないのか」

「カミルこそ、うるさい。口挟まないで」

「はあ？　なんだと、このくそメイドが……！」

「はいはい、くそくそ。――気にしないで、ミシェル。続けて」

美花に適当にあしらわれ、相も変わらず逆上しかけたカミルだったが、隣に立ったイヴの無垢《むく》な瞳にじっと見つめられたとたん、振り上げそうになった拳を収めた。上級生としての自覚は、彼の中で着々と育っているようである。

「ミカは、よほどライスに対して思い入れがあるようだ。元々いた世界でも、ライスを育てていたのか？」

美花とカミルのやり取りに苦笑いした後、不思議そうにそう問うたのは教師のルークである。

とたんに美花は居ずまいを正して彼に向き直った。

「はい、ルーク先生。祖父母が大きな田んぼを持っていて、親戚《しんせき》一同力を合わせて米を作っていたんです。といっても、私は手伝いをしていただけなので、ミシェルに詳しく教えてもらわないとなにもできないんですけど」

「なるほどね」

大陸一の農業大国であり、唯一稲作を行っているインドリア王国では、王族もそれぞれ私財として農地を所有している。小作人に丸投げしている場合も多いが、ミシェルは農業に興味があったらしく、米作りのノウハウを把握《はあく》していたのだ。

そんなミシェルに、リヴィオと土地の貸借契約を済ませた美花は米作りの指南を請《こ》うた。そして、たまたまそれを聞きつけたルークが、生物の授業の一環として美花の米作りに立ち会おうと言い出して今に至る。

「選ばれし種もみちゃん達をどうするの、ミシェル。このまま土に植える？」

「いえ……えっと、浅い容器に並べて種もみが浸かるくらいに水を入れ、芽出しをします。温度が高ければ早いと三日くらいで芽が出るので、それまで毎日水を換えます」

「温度が高ければってことは、お湯に浸しておけば芽が出るのは早いのだろうか？」

「ああ、うん……早く芽を出させたいのに低温の日が続く場合なんかは、お湯を使ってもいいいね」

アイリーンとイヴも、初めて接する稲作に興味津々《しんしん》だ。上級生と同級生の彼女達からの質問に、それぞれ言葉遣いを変えて答えるミシェルはこれまでにないほど生き生きしているように見えた。

「それで、ミカ。陛下からどれほどの広さの土地を借りれたんだ？」

「はい、ルーク先生。だいたい二坪《つぼ》――この実験室の四分の一くらいです。その広さの借地料なら私のお給料でも毎月無理のない範囲内なので、恒久的に借り続けられるだろう、と陛下が」

「そうか、陛下がそんなことを……。陛下は、ミカがこのままずっとこの世界に留まってくれることを望んでいらっしゃるようだね」

「大変恐縮ではございますが、元の世界への戻り方も分からない身にとっては、ありがたいことです」

ルークを相手にすると、美花は妙に畏まってしまう。というのも、彼の雰囲気が元の世界の知り合いに似ているため、自然とその人物に対するのと同じような態度をとってしまうのだ。

そんな美花を目にする度に、何故かカミルは顔を顰《しか》める。

「……なに、ルーク先生の前だけいい子ぶってるんだよ、気持ち悪い」

ぽそっと小さく、彼の口から吐き出された悪態。それは結局、美花の耳にも届いてしまい……

「……っ、痛っ……いった‼　足っ‼　踏んでるっ‼」

「あらま、失敬《しっけい》」

テーブルの下で、美花の足が思いっきりカミルのそれを踏みつけた。

＊＊＊

学園の終業時間は午後二時五十分である。

学園から寮に戻った子供達は制服から私服に着替えると、お茶を一杯飲むだけの短い休憩をとってから全員揃って町に降りる。

といっても遊びに繰り出すわけではなく、課外活動を行うためだ。

ハルヴァリ皇国唯一の直轄地である城下町には様々な職業に従事している者がいて、子供達は自分の興味のある職場で実際に働き給金を得る。留学中の衣食住は保証されているものの、祖国を出る際に自由にできるお金を持たされない王太子達にとって、こうして自ら稼《かせ》いだ金が小遣いとなるのだ。

職場では、王太子だからといって特別待遇は受けないので、職業体験というよりはアルバイトといった方がしっくりくるだろう。

祖国では絶対にできないであろう得難い体験を、彼らは帝王のお膝元で味わうのだ。

「――気を付けて、いってらっしゃい」

この日も、慌ただしく外へ飛び出していく子供達を、美花は城門の前で見送った。

皇城は緩《ゆる》やかな丘の上にあり、豊かな森に囲まれているが、城門から真っ直ぐに町まで伸びる道には石畳が敷かれている。

その石畳を何となくまとまって降りて行く四人の背中を見守りながら、美花は彼らの行き先へと視線を向けた。

「ほんと、小さな町……」

いつ見ても、美花が城下町に対して真っ先に抱く印象はこれだ。

ハルヴァリ皇国の城下町——つまるところは皇国そのものが、国と呼ぶにはおこがましいほど小さいのは周知の事実。日本も大概小さな国だが、ハルヴァリ皇国と比べれば各都道府県さえ広さでは勝《まさ》るだろう。

何たって、城門に立った美花からでも、目を凝《こ》らせばうっすら見えるほどの距離には石でできた壁がある。丘の上の皇城を中心として、城下町をぐるりと囲ったこれがすなわち国境だった。

「でも、綺麗《きれい》……ヨーロッパに旅行に来たみたいな気分になる」

古き良きヨーロッパを思わせる街並に、まるで絵葉書を見ているかのように錯覚させられる。

風景の中で一際特徴的なのは、空に向かって一本突き出た巨大な時計塔だ。

その天辺《てっぺん》に吊るされたビッグベンを彷彿《ほうふつ》とさせる鐘の音はハルヴァリ皇国中に鳴り響き、人々に正確な時間を知らせてくれる。

その他の建物はというと、様式に一貫性がある。オレンジ色の切妻《きりづま》屋根が、碁盤《ごばん》割りするように通された道に沿って整然と立ち並んでいるのだ。所々に緑が茂り、開けた場所には畑らしきものも見える。

町の中での移動手段は、徒歩か馬車だ。

馬車と聞くと、美花はなんともノスタルジックな印象を覚えるが、壁の外——つまりはハルヴァリ皇国以外の国では、車も鉄道も走っているというではないか。動力は、蒸気と化石燃料が半々らしいが。

ちなみにこの世界では電気も発明されていて、ハルヴァリ皇国で利用されているのは、十六の国々で発電し上納された電気だという。

「街並だけ見ていると中世っぽいけど、実際は近代レベルの文明があるみたい。皇国内で車や鉄道を使わせないのは、古い街並や石畳を保護するためかな」

整然とした城下町の情景は美しく、ハルヴァリ皇国は豊かな国に見える。

けれども、立ち並んだ屋根の数に対して少な過ぎる農地の面積、国内への立入りを厳しく制限する城壁、そして護衛もなしに市井《しせい》に紛れて行く他国の王太子達など、美花はこの国の有様《ありさま》がどこか歪《いびつ》であるように感じていた。

「食糧自給率はおそらく日本以上に低いし、狭小な国内だけで経済を回すのはあまりにも無理がある。それなのに積極的な産業活動でもって外貨を獲得しようとする気配もなく……そもそも国家収益のほとんどが各国からの上納金だなんて、あまりにも受け身すぎない？」

難しい顔をして腕を組み、城下町を見下ろしている美花に、傍《かたわ》らに立つ門番が声をかけようかかけまいかとおろおろしている。課外活動に向かった子供達の背中は、すでに石畳の街道にはなかった。

やがて、カーンと一つ高い鐘の音が鳴り響いた。

これは、時計の長い針が真下を指したのを知らせている。

午後三時の鐘が鳴った直後に子供達が門を潜っていったことから考えると、今は午後三時三十分。

美花は三十分近く門の前に立っていたらしい。そりゃあ、門番もおろおろするはずだ。

気まずくなった美花は門番に愛想《あいそ》笑いを送ってから、ようやく寮に戻ろうとした――その時だった。

「――あら、異端《いたん》の寮母様じゃありませんか。こんな所で油を売っていていいんですの？」

背後から上がった聞き覚えのある女性の声に、美花はたちまち愛想笑いを引っ込めた。

ゆっくりと振り返れば、そこに立っていたのは予想通りの相手。

美花が異世界から来たという事実は別段隠されることもなく、だからといって大々的に吹聴《ふいちょう》されているわけでもない。知っている者は知っているし、知らない者は知らない。それくらいの扱いだ。

事実を知る者も、異世界で生まれ育った人間だからと美花を迫害することも忌避《きひ》することもなく、同じ時を生きる一人の人間として美花を尊重してくれる。死してなおこの世界の支配者と崇められる帝王が彼女の後見をしている――そう、ハルヴァリ皇帝リヴィオが公言したことも、美花にとっては大きな加護だ。

それでも、万人と分かり合うなんていうのはどだい無理な話。どうあっても、美花のことが気に入らない人間だっていて当然なのだ。

今、美花に声をかけてきた女性もまさにそんな一人。〝異邦〟でも〝異世界〟でもなく、わざわざ〝異端〟という言葉を選んで美花を形容したところに、分かりやすく悪意が表れていた。

「あら、ケイトさん、ごきげんよう」

だから美花は、相手の目を真っ直ぐに見つめてそう告げる。にっこりと、門番に向けた愛想笑いとは違う、満面の笑みを浮かべて。

とたんに、美花がケイトと呼んだ女性がギリリと歯を食いしばる気配がした。自分の皮肉に、美花がちっとも堪《こた》える様子がなくて口惜しいのだろう。

「……忌々《いまいま》しい泥棒猫め。あんたみたいな得体の知れない女が、皇城でのさばっていていいはずがないわ」

ケイトの悪意は真っ直ぐで非常に分かりやすい。彼女は美花の全てが気に入らず、憎たらしく、排除したくて仕方がないのだ。

それもそのはず。美花がこの世界にやってきた当時、前任寮母マリィの仕事を手伝っていたのはこのケイトだったのだ。そして、マリィが美花を寮母見習いとして使い始めたことで、ケイトはお役ご免となった。

ケイトからすれば、美花に仕事を盗《と》られたと思うのも致し方ないことだろう。

「いったいどんな手を使ってマリィ様に取り入ったのか知らないけれど、あんたに王太子達のお世話なんて務まるはずがないんだから。きっと今いる王太子達が国に帰ったら、不相応な寮母を宛てがわれたと父王に言いつけるはずよ。そうなったら、ハルヴァァリ皇国の評判もがた落ちだわ。あんた、どう責任とるつもり？」

ケイトはなかなか見目《みめ》の美しい娘である。歳は二十歳で美花ともそう変わらない。

そもそも彼女は城下町で宝石商を営む家の一人娘で、リヴィオの生母の遠縁に当たる。その縁もあって寮の仕事を手伝うことになったらしいのだが、マリィはあくまで侍女の一人としてケイトを使っていたのに、本人は花嫁修業のつもりだったという見事な勘違いっぷり。しかも、彼女がロックオンしていた相手というのが皇帝リヴィオその人だったというから、まったく恐れ入る。

寮母を足がかりに皇妃にまで上り詰めてやろうと目論《もくろ》んでいたのが、思いがけない美花の登場によって野望が潰えたのだ。そりゃあ、美花が憎らしくってたまらないのも頷ける。

せっかく立てた将来設計台無しにしてごめんね。でもそれ、結構ガバガバだと思うよ？　――なんて言ったら絶対火に油を注ぐことになるだろうからとぐっと堪えつつ、美花は笑顔を崩さぬまま告げた。

「ご心配には及びませんよ。マリィ様には到底及びませんけれど、今のところ順調に務めさせていただいております。王太子殿下方には満足して祖国にお帰りいただけるよう、今後も日々精進《しょうじん》して参ります」

「順調だなんて何を根拠に！　この世界の文字もろくに読み書きできないくせに、思い上がるんじゃないわよっ！」

「ご安心ください。寮母に就任するまで半年ございましたので、読み書きは一通り習得しました。業務には支障はないと陛下のお墨付きもいただいています」

「……っ、何てこと⁉　陛下まで誑《たぶらか》し込むなんてっ‼」

言葉を交わす度に、ケイトの声は大きく乱暴になっていく。

一方、美花は努めて、穏《おだ》やかで丁寧《ていねい》な言葉遣いを心掛けた。何故なら、すぐ側に第三者の目があることを知っていたからだ。

「ちょっと、君。いい加減にしなさい。無礼が過ぎるよ」

そう言って、意を決したような顔をして美花とケイトの間に割り込んできたのは、さっきからずっとおろおろしていた門番だった。

もちろん、彼が注意したのはケイトの方。二人の声が耳に届いていた彼は、ケイトが一方的に難癖をつけて美花に絡《から》んでいたように感じたのだ。

実際そうなのだが、もしも美花が売り言葉に買い言葉で同じ調子で言い返してしまっていれば、第三者の目にはただのキャットファイトに映ってしまうだろう。

それでは困る。ちゃんと、ケイト一人に悪者になってもらわなければ。

門番に窘められて、ケイトは怒りと羞恥《しゅうち》で顔を真っ赤に染め上げた。門番の広い背中に庇《かば》われた美花は、ざまあと口にしたくなるのを下唇《したくちびる》を噛んで必死に堪える。

そんな表情をどういうふうに捉えたのかはしらないが、ケイトは燃えるような目で美花を睨みつけると……

「このままで済むと思わないでちょうだい！」

そう悪役さながらの捨て台詞を残し、肩を怒らせて城下町へと降りて行った。

「うひゃあ……怖いね、あの子！　ミカさん大丈夫かい？　災難だったね」

「私は平気ですよ、門番さん。庇っていただきありがとうございました」

いちいち反応の可愛い門番だが、番人を任されるだけあって筋骨隆々《きんこつりゅうりゅう》としている。ケイトの背中をビクビクしながら見送っている彼に猫を被ったまま丁寧に礼を言うと、美花は今度こそ城下町に背を向けた。

寮に戻る道を辿りつつ、ふと呟く。

「……そもそもケイトさん、お城に何しに来てたのかな？」

「宝石商の父親にくっついてリヴィオを訪ねてきたんだ。事前約束もなしに来たものだから、会えなかったようだがな。父親は早々に諦めて帰ったが、娘は往生際《おうじょうぎわ》悪く城内をうろうろしていたのだろう」

「えっ、なんでアポなしで来ちゃうのかな、大人なのに。もしかして、陛下が暇してると思われてるんじゃない？」

「皇帝の母親の遠縁である自分達は優遇されてしかるべき——とでも思っているのだろうな。まったく、思い上がっているのはどっちだ」

美花の呟きに答えをくれたのは帝王だった。いつも飄々《ひょうひょう》としている彼には珍しく、言葉には苛立ちが混じっている。

ケイトにも門番にも見えてはいなかっただろうが、帝王は城下町に向かう子供達を見送っている時から、ずっと美花の側にいたのである。

そうとも知らず、ケイトはひたすら毒を吐き付けてきた。

城下町へと戻っていくその背中を、帝王がどれほど冷たく鋭い瞳で見つめていたことか……。

「……知らないって、幸せなことね」

「んー、何だい？　ミカちゃん、何か言ったかい？」

「何でもなーい。っていうか、うわーん、おじいちゃーん。意地悪されちゃったよー」

「おお、よしよし可哀想《かわいそう》になぁ。ミカちゃんを苛《いじ》める輩《やから》には、そのうち灸《きゅう》を据えてやらんとな」

この大陸の支配者は今もなお帝王だ。その帝王に睨まれた人間が幸せになれる場所が、果たしてこの大陸の上にあるのだろうか。

「ないわ」

美花は小さく首を横に振った。

＊＊＊

ハルヴァリ帝国の日の入りは、だいたい午後七時半過ぎである。

にもかかわらず、この日は妙に暗くなるのが早かった。

不思議に思って窓の外を覗いたことで、美花はその原因を知る。

子供達を城門で見送った時は青一色だったのに、空にはいつの間にか暗雲が垂れ込めていたのだ。

「あっ……うそ、雨……！」

美花が気付くのを待っていたかのように、真っ黒い雲はたちまち雫《しずく》を垂らし始めた。

子供達の課外活動が終わるのは午後七時。美花が慌てて時計を見上げれば、終業時間まで残すところ十五分ほどであった。

「おじいちゃーん。皆のお迎えに行くけど、一緒に行くー？」

「行くー」

勉強と課外活動で疲れた子供達を冷たい雨に打たせるのは忍びない。美花は自分用の他に四本の傘《かさ》を抱え、帝王を誘って寮の外へと飛び出した。

池のある庭園を突っ切って、学園の建物を玄関から裏口へと抜ける。

次いで目の前に聳え立ったのはハルヴァリ皇城の宮殿だ。学園と寮が正面玄関同士向かい合わせになるように建てられているのに対し、学園と宮殿は背中合わせになるような形で建っている。

皇帝の執務室もある宮殿の出入口にはさすがに衛卒《えいそつ》が立っていたが、もちろん美花は顔パスだった。

宮殿を出てすぐ見えてくるのが、四時間ほど前に子供達を見送り、ついでにケイトに絡まれたあの城門だ。

雨の勢いはさほど強くないものの、すでに足もとには幾つも水たまりができている。

美花は右手で傘を差し、左手に四本の傘をしっかりと抱え直すと、踵の低いパンプスで水たまりに突っ込まないよう気を付けながら城門に向かって歩き出そうとした。

「——ミカ」

と、突然背後から馴染みの声で名を呼ばれ、美花は踏み出そうとした足を引っ込める。

振り返れば、傘を差して颯爽と歩いてくるリヴィオの姿があった。

「陛下、どうしたんですか？」

「子供達を迎えに行くのだろう？　傘を貸しなさい。一緒に行こう」

リヴィオの申し出は正直ありがたかった。というのも、傘を四本抱えるのは思っていたより大変だったのだ。

美花は二本の傘を彼に預ける。リヴィオは四本全て自分が持つつもりだったようだが、それだと一緒に行く意味がないので、美花が断固拒否した。

帝王はそもそも幽体なので濡れはしないのだが、雨の中に晒しておくのはどうにも寒々しいと思った美花が自分の傘の下へと引っ張り込んだ。

城門に辿り着いた時、先ほどケイトから庇ってくれた門番がまだ、雨を避けつつ門の下に立っていた。

門番はすぐさまリヴィオに気付き、さっと姿勢を正す。明らかに緊張した面持ちの彼に、リヴィオは男でも見惚《みほ》れるような美貌に笑みを広げて声をかけた。

「先ほど、ミカが世話になったそうだな。礼を言う」

「い、いえっ、陛下！　自分は当然のことをしたまでで っ……あのっ、恐縮ですっ‼」

「また何かあった時は力になってやってくれ。よろしく頼む」

「はいっ、陛下！　仰せのままにっ‼」

すれ違いざまに、ポンとリヴィオに肩を叩かれたとたん、門番は真っ赤になった。

直立不動になった彼の横を、美花は会釈だけして通り過ぎる。

門を潜り、濡れた石畳を一歩踏みしめた時、背後から慌てたように「いってらっしゃいませ！」と門番の声が追いかけてきた。

「……陛下の男たらし」

「待て待て。心外にも程があるぞ？」

「あんな純情そうな門番さんを誘惑するなんて……っていうか、私があの人にお世話になったところ、執務室から見えてたんですか？」

「いや、帝王様が教えてくださった。宝石商の娘に絡まれたんだそうだな？」

いつの間に……と、美花は肩にくっついている帝王を見遣《みや》る。日がな一日美花の側にいるように思われる帝王だが、幽霊だけあって神出鬼没《しんしゅつきぼつ》。一瞬リヴィオの前に顔を出して、次の瞬間には美花の隣に戻っている、なんて芸当も朝飯前なのだ。

そもそもケイトの件は、美花にとってはわざわざ皇帝に告げ口するほどの出来事ではなかった。暴力でも振るわれたのなら話は別だが、彼女に言われた言葉くらいで傷付くほど柔ではない。

それに、万が一ケイトが暴力に訴えてきた場合だって、伝家《でんか》の宝刀《ほうとう》ことハエ叩きが唸るだけだ。

「あの一家には困ったものだ。私の母を養育したのは自分達だからと、どうにかして外戚《がいせき》を気取りたいらしい」

「あら、遠縁だって聞いてましたけど、お母様の育ての親だったんですか？」

雨の街路を行く人々は足早で、並んで歩く美花とリヴィオに構う者はいない。

その類稀《たぐいまれ》なる美貌が傘の下に隠されていることで、ここにいるのが皇帝だと誰も気付いていないのだろう。

だからこそ、リヴィオは珍しく私室以外で完全無欠の皇帝の仮面を剥ぎ取って続ける。

「私の母は早くに親を亡くしたらしくてな。だが、連中が母を引き取ったのはその境遇を哀れんでのことではなく、単に下働きをさせるためさ。さんざん母をこき使っておいて、先帝である私の父に見初《みそ》められたとたんにころっと態度を変えたそうだ」

「思考回路が単純で分かりやすいですね。嫌な連中ー」

「もともとハルヴァァリ皇家御用達《ごようたし》の宝石商の一族だったことで、代を重ねる度に驕《おご》りも増したのだろう。しかし、母が関わるのを嫌がったために父はあの一家を重用しなかった。その父が退位したから、今度は私に取り入りたいらしい」

「ガッツはあるのにずれてるんですね。陛下、ケイトさんからもめちゃくちゃベクトル向けられてますから、うっかり既成事実でっち上げられないように気を付けた方がいいですよ」

美花の言葉に、リヴィオは決して人前では見せない、心底嫌そうな顔をして頷いた。

ちなみに、リヴィオの両親——先代のハルヴァァリ皇帝夫妻だが、二人仲良く健在である。

リヴィオに玉座を譲ったとたん、二人は手と手を取り合って出奔《しゅっぽん》——したわけではなく、普通に大陸一周旅行を満喫《まんきつ》している。二十年ぶりの新婚旅行だと言ってウキウキと出かけて以降、もうかれこれ五年戻ってこないらしい。つまり、リヴィオは今、在位五年目。

毎年多かれ少なかれ各国の王太子を迎えるので、ハルヴァァリ皇国の皇帝と寮母が在位中に国を空けることはできない。

その反動か、先帝夫妻や前任寮母マリィのように、隠居したとたんに皇国を飛び出して行ってしまう傾向があった。

「陛下も、退位したら大陸一周旅行とかする予定なんですか？」

「そうだな……しかし、一人で旅をするのは味気ないし、そもそもまずは玉座を譲る相手が必要だ。

——というわけで、ミカ。私に嫁いで跡取りを産んでみないか？」

「そんな適当な口説《くど》き文句で靡《なび》くと思われたなんて心外です。憤慨《ふんがい》です。慰謝料を要求します」

「ミカ……最近、私よりがめつくなってきていないか？」

雨はやはりさほど強くはならず、雫が傘を叩く音も案外静かで二人の会話を妨《さまた》げることはなかった。

辺りには雨の匂いが漂っている。土のような葉っぱのような、独特の匂いだ。

その正体は、晴れている間に植物が発した油分が、湿度が高くなると土壌から放出されて発せられる匂いであると耳にしたことがある。つまりは、図書館の古書の匂いと同様に、化学物質の匂いなのだ。

美花の記憶の中にある元の世界の雨の匂いと、今まさに体験している雨の匂いには、大きな違いはなかった。

しとしとと雨が降り続く中、まず美花達が辿り着いたのは、古びた木の扉の前だった。

軒下で傘を畳み、雫が垂れるそれを壁際に立てかけてから扉を開く。

とたんに、美花の鼻腔に残る雨の匂いの記憶を凌駕《りょうが》したのは、芳《かんば》しい紅茶の香り。

こぢんまりとした店内には、四角いテーブルが一つと、入り口から真っ直ぐ奥にカウンターが置かれていた。

壁一面に何段にも仕切られた棚が作り付けられていて、無数のガラス瓶が並んでいる。その一つ一つに味わいの異なる茶葉が詰まっているというのだから、種類の多さに圧倒される。

ここは、ハルヴァリ皇家御用達の紅茶専門店であり、課外活動を行う王太子達を度々受け入れてくれている皇帝陛下のお墨付き。現在、この店で働いているのは……

「――えっ、どうしてここに……？」

扉が開閉したのに気付いてカウンターの奥から顔を出し、訪ねてきたのが美花達と知って驚いた声を上げたのはミシェルだ。

ミシェルが紅茶専門店を課外活動先に選んだ動機は、彼自身が人見知りで話下手なため、美味《おい》しい紅茶を振る舞うことで人をもてなし、打ち解けるきっかけを作れるようになりたい、というものだった。

南国の海を思わせるエメラルドグリーンの瞳。それをぱちくりさせている彼に、美花はにっこりと笑って告げた。

「雨が降ったきたから迎えに来たよ、ミシェル」

「迎えにって……僕を？　あの……わざわざ、来てくれたの？」

今年度の新入生が本格的に課外活動をするようになって雨が降るのは、今日が初めてだった。

そのため、皇帝と寮母、それから帝王まで揃って迎えにやってきたことに、ミシェルは驚きが隠せない様子。

といっても、代々の皇帝や寮母が雨の度に子供達のお迎えに奔走する、なんて習慣はない。実際、前任寮母マリィの場合は、その時々で手が空いていた侍従や衛卒に迎えを頼んでいたのだから。

それでも美花はこの日、自らが傘を持って寮を飛び出していた。

ケイト相手に順調に寮母を務めているなんて宣ったものの、包容力も経験値も美花は到底歴代の寮母達には及ばないだろう。マリィの真似事《まねごと》をしようにも、たった半年で学べたことは少なかった。

思春期まっただ中。人格形成に大きく影響を及ぼすこの時期の子供達を導くという責任重大な役目に、美花は戦《おのの》いたことがある。けれどその時、同じ重責を担うリヴィオが言ってくれたのだ。

美花は美花らしく、そのままの寮母であればよい――と。

それでは、〝美花らしい寮母〟とはどういうものだろうか。自らを客観的に見るのはとても難しいことだ。

さんざん悩んだ末、美花は自分がしてほしいと思うことを、子供達にもしてやろうと考えた。

そしてこの日は、にわか雨に見舞われた自分がかつて母に望んだように、傘を持って子供達をそれぞれの職場に迎えにいこうと瞬時に思い至ったのだ。

美花は、一度でいいから学校まで母に迎えにきてもらいたかった。雨の中傘を差し、他愛《たわい》のない話をしながら一緒に歩いて帰ってみたかった。

結局叶えられなかった自身の望みを、他人に押し付けているだけなのかもしれない。

自らの手でそれを叶えることで、自分の望みも成就《じょうじゅ》したように錯覚する、ただの自己満足なのかもしれない。それでも……

「一緒に帰ろう」

片手を差し伸べてそう告げた時、ミシェルが心底嬉しそうな笑みを浮かべて頷いたものだから――今後も雨の日は自分が迎えに来よう、と美花はこの時決意した。

＊＊＊

ミシェルが世話になっている紅茶専門店の店主は、物腰の柔らかな老紳士だった。大陸中の紅茶に精通し、広い人脈を持つ彼をミシェルは師と呼んで尊敬している。

店主に見送られて店を出た一行が次にやってきたのは、先ほどの紅茶専門店のものよりも、さらに年季の入った扉の前だった。

美花が傘を置いて取っ手を引けば、ギイイッと軋んだ音を立てて扉が開く。とたんにむわっと鼻腔を刺激したのは、紅茶よりもずっと癖のあるエキゾチックでスパイシーな香りだった。

「あらー？　お揃いでどうしたの？」

ミシェル同様、店の奥のカウンターからひょっこり顔を出したのはアイリーン。

彼女が前年に引き続き課外活動先に選んだのは、こちらもハルヴァリ皇家御用達、老舗《しにせ》の薬局だった。

壁一面、所狭しと並べられた箱に入っているのは薬草で、店主の薬剤師はまさしく魔女のような老婆だ。

「おばーちゃーん。お迎えきたから帰るわねー」

「ふん、こんな雨くらいでぞろぞろと大層なことだね。気を付けてお帰り」

皮肉屋だが根は優しい薬剤師を、アイリーンは実の祖母のように慕っていた。

傘をくるくる回して上機嫌なアイリーンを加え、次に一行が向かったのは、城下町でも最も賑わう大通り――その一角で営業している大衆食堂だった。

雨が煩わしかろうと腹は減る。ちょうど夕食の時間に差しかかっていることも手伝って、店の前は中に入ろうとする客でごった返していた。

そのため、美花達はこっそり路地に入って店の裏へと回ると、勝手口をノックする。

「……おう、こりゃお揃いで」

やがて、のっそりと勝手口から顔を出したのは壮年の男性だった。白髪《しらが》混じりの髭面で、人相も悪ければ愛想も悪い。シャツの上に着けたエプロンなんて、寮のシェフが見たら卒倒しそうなほど油で汚れていた。

男性の向こうからは、美味しそうな料理の匂いが漂ってくる。美花は思わず、ごくりと唾《つば》を飲み込んだ。

「おい見習い、迎えだ。今日はもう上がれ」

美花やリヴィオの顔をじろりと眺めた男性は、中に向かってそう声をかけると、さっさと中に引っ込んでしまう。そして、彼と入れ替わるようにして勝手口から出てきたのはイヴだった。

イヴは外に居並ぶ面々に、両目をぱちくりさせる。

「お迎え……？」

「うん、イヴ。お疲れ様。一緒に帰ろうね」

美花の言葉に、イヴはたちまち小麦色の頬をほんのり赤らめ、うんと頷く。

すらりと背が高く大人びて見えるイヴだが、中身はまだまだあどけなくて可愛らしい。

先ほどの無愛想なコックはこの大衆食堂の店長だ。ああ見えて実はハルヴァリ皇家の傍系で、おそらくは帝王の存在も認識できているだろうと思われる。

さて、ミシェル、アイリーン、イヴの三人を回収し、残るはカミル一人。

カミルの勤め先は、イヴが働く大衆食堂から大通りを少し行った先、細い路地の奥にある工房だった。

彼が師事しているのは、腰の曲がった老齢の靴職人だ。昼間は大通りの隅に陣取って、道往《ゆ》く人々の靴の修理を請け負っている。弟子入り二年目に突入したカミルが担当するのは主に靴磨きだが、少しずつではあるが修理の手伝いもさせてもらえるようになってきたらしい。

雨はまだ降り続いている。雨足が強くなる前にカミルを連れて寮に戻ろうと、彼の傘を抱えた美花は自然と早足になり、一行の先頭を歩いていた。

そんな彼女が、一足先に路地へと続く角を曲がろうとした、その時だった。

パシャパシャと水を跳ねる音が近づいてきたと思ったら、突然ぱっと誰かが路地から飛び出してきた。

「わわっ……」

「――は？　メイドっ⁉」

現れたのはカミルで、びっくりしてよろけた美花の腕を咄嗟《とっさ》に掴んで支えてくれる。

おかげで、雨の中でひっくり返らずに済んだ美花はほっとしたものの、腕に触れたカミルの手は濡れて冷たく、心なしか頬もいつもより白く見えた。どうやら彼は、濡れて帰る覚悟で工房を飛び出してきたらしい。

「ああもう、せっかちなんだから！　迎えが来るまで工房で待たせてもらえばいいのにっ‼」

美花は慌てて自分の傘を差しかけてやりながら、ワンピースのポケットから取り出したハンカチで、カミルの赤い前髪からポタポタと垂れる水滴や涙のように頬を濡らす雫をそっと拭《ぬぐ》ってやった。

「え、は……？　何だこれ……？」

「何って、皆でカミルを迎えに来たんでしょ。とにかく、早く帰って着替えなきゃ。風邪《かぜ》引いちゃうよ」

思ってもみないメンバーに迎えられ、カミルは随分面食らっている様子。それが証拠に、彼にしては珍しく美花に世話を焼かれてもされるがままだ。

すっかり水滴を拭われ、自分用の傘を受け取ってようやく、カミルは美花が差しかけていた傘の下から少しだけ名残《なごり》惜しそうに出た。

雨がやんだのは、皇城の門まであと少しという所まで帰ってきた頃だった。

もうまもなく山際に沈むという時間になってやっと雨雲を追いやった太陽が、辺り一面を真っ赤に染め上げてしまう。城下町から戻ってきた場合は皇城が西の方向になるので、建物の隙間から差し込む西日でかなり眩《まぶ》しい。

強い光を直接目に入れないよう、お役ご免となった傘を畳みながら俯《うつむ》き加減で歩いていた美花だったが、突然前から聞こえてきた声にぱっと顔を上げた。

「——あっ、ねえ！　見て見て、皆！　あそこっ‼」

はしゃいだ声の主は、いの一番に城門に続く石畳の坂を駆け上がったアイリーンだった。

坂の途中で立ち止まって振り返り、青空のような色合いの瞳をきらきらと輝かせて城下町の方を指差している。

美花達もいったん足を止めると、彼女の指先が指し示す方向へと視線を向けた。

とたん、誰ともなしに、わあっ……と感嘆の声が上がる。

美花の視線も、その光景に一瞬にして釘付《くぎづ》けになった。

「虹だ……すごい……」

城下町の上には、大きな大きな虹がかかっていた。

皇城から見て城下町は東の方角だ。西から東に流れていった雨雲は、遠くでまだ雫を垂らしているのだろう。

西から差した夕日の光がその水滴の間で屈折し、雨雲が去った空の下に立つ美花達に見事な虹を見せてくれていた。

「夕方に虹が出ると、翌日は晴れるんだって」

「なんだ、それ。迷信か？」

美花が誰に聞かせるともなしに呟いた言葉を拾ったのはカミルだった。

自然と横に並んだ彼の言葉に、美花はううんと首を横に振る。

「迷信じゃなくて経験則だから信憑性《しんぴょうせい》はあるよ。夕方に虹が出るってことは、雨雲が東の空に去って西からはっきりと夕日が差している——つまり、西の空はよく晴れているってことでしょ？天気は基本的に西から東に移り変わるから、明日やってくるのは今私達が西に見ている空ってことになる」

美花の解説に、子供達は興味深そうに聞き入る。先に行っていたアイリーンまで、坂を下って彼女の側まで戻ってきた。

ついでに、虹はどうしてできるのかと問われたため、光の屈折と反射について詳しく説明する。その延長で、虹には色の濃い主虹と色の薄い副虹があるという話まで及ぶと、子供達はとたんに分かったような分からないような顔になった。

すると、それまで傍観していたリヴィオがくすりと笑って口を挟む。

「ミカは随分と物知りなんだな」

「でしょう、陛下。こう見えて私、元の世界ではいっぱい勉強してたんですよ」

「それはそれは……勉強が好きだったのか？」

「え……どうでしょう。そもそも勉強をしないという選択肢《せんたくし》がなかったから、好きか嫌いかなんて考えたことなかった……」

かつて母は、美花に多くの期待を寄せていた。学校でも塾でも、一番の成績をおさめることを求められていて、美花はいつだって懸命にそれに応《こた》えようとしていた。

だって、母に褒めてもらいたかったから。自慢の娘だって言ってもらいたかったから……。

ふと、美花の顔から表情が抜け落ちた。

はからずも揃ってその変化を目の当たりにした一同は、はっと息を吞む。

一番に我に返ったのは、さすがは年の功。帝王だった。

「ミカちゃんは頑張り屋さんなんだなぁ」

「うん、そう……私、頑張ってたんだよ、おじいちゃん」

帝王が殊更優しい声をかければ、美花はすぐにいつも通りの明るい表情に戻った。

そして、何となく気まずくなった空気を払拭《ふっしょく》するように、まだ隣にいたカミルに話を振る。

「ちなみに、朝に虹が出ると後々雨が降るそうだよ。どうしてだか分かる？」

「……朝は太陽が東にあるから、虹は西側に見える。ということは、西の空で雨が降っていることになり、その雨雲はやがて東に流れてくる」

「そうだね、正解。よくできました。カミル、えらいえらい」

「ばかにすんな」

美花がカミルの赤い髪をわしゃわしゃと撫でると、彼はぷるぷると頭を振ってその手を払った。

まるで水滴を払う犬のような仕草が可愛く思えて、美花はくすりと笑う。

カミルはそんな彼女をちらりと横目で見てから、ぼそりと呟いた。

「雨も、別に嫌いじゃない」

「ん？」

「雨が降ったら……今日みたいに迎えにきてくれるんだろ？」

「あらま」

この時、カミルの顔が真っ赤に見えたのは、皇城の向こうから差す夕日のせいなのか、それとも

――。

「雨の日のお迎えもいいもんだね、おじいちゃん」

美花はスキップしたいような気分になって、傍らに寄り添っていた帝王に笑ってそう言った。

第四章

寮の消灯時刻は午後十時である。

シェフや侍女達といった通いの者達はすでに帰宅している時間なので、消灯作業は基本的に住み込みの寮母である美花の仕事だった。

子供達がそれぞれの部屋にいること、それから火元や戸締まりを確認してから廊下の電灯を暗くする。夕食後に再び宮殿の執務室に行っていた皇帝リヴィオも、さすがにこの時間になれば三階の私室に戻っている。

消灯作業を終えた美花は、いつもならば就寝の挨拶だけしにリヴィオの私室の扉をノックするのだが、この夜は少し違っていた。

「陛下、すみません――ちょっと裏の丘まで顔貸してください」

「こんな時間に人気《ひとけ》のない場所に呼び出しを食らう理由に心当たりはないんだがな」

ハルヴァリ皇国は常春《とこはる》の国である。一年中穏やかな気候が続き、暑くもなく寒くもなく快適な毎日を過ごすことができる。

しかしながら、日が落ちれば屋外はいくらかひんやりとして、少しばかり肌寒く感じられる。

そのため、美花はいつものワンピースの上に一枚カーディガンを羽織り、芝生に敷いたキルトの上にゴロンと仰向けに寝転んだ。

そうすると、視界いっぱいに満天の星空が広がる。

雲もなく、月もない。この夜、地上に届く星々の瞬きを邪魔するものは何もない。圧巻だった。

「琴座のベガ、鷲座のアルタイル、白鳥座のデネブ……思いっきり夏の大三角形だわ。じゃあ、それが跨《また》いでいる白っぽいのは天の川かぁ……」

昼間の太陽の動きが、美花の元の世界とこちらの世界で違いがないように、こうして見上げた星空も、田舎の祖父母宅で最後に見上げたもの、そして少しだけ齧った天文学で得た知識と相違なかった。

空の色は黒というより濃い群青《ぐんじょう》。その上にちりばめられた無数の星屑《ほしくず》を見つめていると、何だか空に吸い込まれてしまいそうな心地になる。

そんな時、頭の天辺同士をくっつけるような形で、美花の頭上に誰かが寝転ぶ気配がした。次いで、左右の両脇にもそれぞれ誰かが身体を横たえる。

美花を挟むようにして、彼女が敷いた大判のキルトの上に寝転んだのはアイリーンとイヴだった。

そして、美花の旋毛《つむじ》に赤い頭をグイグイ押し付けてくるのはカミル。彼は、一人だけ寝転ぶタイミングを逃がしておろおろしていたミシェルを自分の隣に寝転がらせると、すっと腕を伸ばして星空を指差した。

「北に見える、あのいつも動かない星は何だ？」

「あれはポラリス。こぐま座のしっぽの先にある二等星。現在の北極星だね」

「じゃあ、南にある赤い星は？」

「一等星アンタレス。女神の命で傲慢《ごうまん》な英雄を自慢の毒針で葬《ほうむ》り、星座になってもなお英雄を追いかけているサソリの心臓だよ」

夜空に広がる星々の分だけ、無数の逸話や寓話が存在する。

美花が知っているのは一般教養程度だが、カミルを含めた四つの頭がもっと聞かせろとにじり寄ってきた。

消灯時刻の午後十時をとっくに回ったというのに、寮には現在誰もいない。

始まりは、夕食後にふと覗いた窓の向こうに広がる星空が、あまりにも美しいのに美花が気付いたことだった。

夕刻にざあっと雨が降り、大気に含まれる塵《ちり》や埃《ほこり》が洗い流された夜は星が綺麗に見えるのだ。

奇《く》しくも今宵《こよい》は新月。さらに、明日は休日なのでちょっとくらいの夜更《よふ》かしは許されるだろう。

思い立ったが吉日とばかりに、美花は子供達の私室を回り、星を見に行かないかと誘った。

日没間際に雨が降り、課外活動中の子供達を城下町まで迎えに行ったのをきっかけに、少しだけ互いの心の距離が近づいたように感じていたのは美花だけではなかったようだ。全員から「行く」との答えを受け取った美花は、その足で三階にあるリヴィオの私室に向かい扉を叩いたのである。

というのも、ハルヴァリ皇国に留学中の王太子達は、消灯時刻以降の外出は原則として禁止されている。

寮内の移動は可能だが、互いの部屋を行き来したり、人の部屋に泊まることは許されない。詳しいことまでは美花も聞かされていないが、過去に王太子達の間で間違いが起こったことがあったらしく、以降風紀が徹底されているのだ。

そんな中で唯一、消灯時刻を過ぎての外出や王太子同士の接触が許されるのが、ハルヴァリ皇帝の監視下にある場合だった。

そういうわけで、この星座観望会に半ば強制参加させられたリヴィオはというと、キルトの敷物に腰を下ろしてワインをちびちびやっている。

愛する札束塗《まみ》れの時間を割《さ》かせてしまう償《つぐな》いとして、美花は彼のために簡単なおつまみを用意した。

と言ってもただの卵焼きである。砂糖と醤油《しょうゆ》は……ないので塩で味を付けただけのシンプルな卵焼きだが、これをリヴィオがいたく気に入った。

ワインに卵焼きが合うのか——ぎりぎり未成年で飲酒の経験がない美花には実際のところは分からない。

「——あっ、流れ星！」

と、カミルに強制的に寝転がらされて、少々居心地が悪そうにしていたミシェルが突然空を指差して叫んだ。

だが、本人が思った以上に大きな声が出たのだろう。ミシェルが伸ばした腕を恥ずかしそうに下ろす気配を感じつつ、美花は記憶の中から情報を掘り出す。

「これが私の世界における夏の星空だとすると……流れ星はペルセウス座流星群かな」

「流星群ってなあに？」

「えっとね、私達が今いる惑星とは普段異なる軌道で公転している彗星《すいせい》があるんだけど、一年のうちのある時期だけ軌道が交わるのね。で、その時、彗星がまき散らしている塵が〝流星群〟として見えるの」

「流れ星って、塵なの……？」

美花にぴったりと頭をくっつけて問うたのはアイリーン、流れ星の正体に若干《じゃっかん》ショックを受けたらしいのがイヴだった。

その間にも、空には幾つも星が流れていく。光の尾が長いもの、短いもの。一瞬で儚《はかな》く燃え尽きるものもあれば、ゴオッと音が聞こえてきそうなほどくっきりとした光を引っ張って満天を横切るものもあった。

「昔は、不吉なものとされていたんだぞ。星が流れると人が死ぬって言われてな。実際、俺は流れ星を見た直後に死んだ」

「——えっ!?　ちょっと……いきなりヘビーな話ぶっこんでこないでよ、おじいちゃん！」

世間話をするような軽い調子で不穏《ふおん》な言葉を口にしたのは、帝王だ。

ちなみに彼の生首は、美花がキルトに寝転んでからずっとその腹の上に乗っかっている。ぎょっとした一同の視線を集めつつ、帝王はわっはっはっと笑って続けた。

「まあ、流れ星に見とれて階段を踏み外したせいなんだがな。いやあ、うっかりうっかり」

「それって、別に流れ星のせいじゃないじゃん！」

偉大なる帝王の死の真相に突っ込みを入れたのは美花だけで、四人の子供達は言葉を失ってしまっている。

リヴィオまで飴色の瞳をまん丸にしているところを見れば、帝王のうっかりな死因は有名な話ではないようだ。

「死ぬ時は簡単に死ぬんだ。どんな人間でもな。大事なのはどう死ぬかじゃない。どう、生きるかだよ」

帝王様のありがたい格言に子供達は神妙《しんみょう》な顔で頷く。

その後の切り替えが一番早かったのはアイリーンだ。帝王のうっかりな死因にちなんで、人生で一番の失敗談を語り合おうと言い出した。彼女は時々わざと空気を読めないふりをして、その場の雰囲気を変えてくれる。

「五歳の時に初めて恋をしたの。相手は王宮に仕える庭師の息子で、アメジストみたいな瞳のとっても綺麗な男の子だったわ。彼も私のことを好きだと言ってくれたのが嬉しくて、この人が将来私の夫になるのよって王宮中を触れて回ったの。そうしたら——翌日から庭師は別の者に変わっていて、彼とは二度と会うことはなかったわ」

そう言って、アンニュイな表情をしてため息をつくアイリーンに、他の三人の王太子が「なるほど、察した」といった様子で大きく頷いた。

王族の権力争いに巻き込まれた哀れな平民が、理不尽な理由で闇《やみ》に葬られるなんて日常《にちじょう》茶飯事《さはんじ》、

〝王宮あるある〟らしい。アイリーンの初恋の相手は、生きているのかいないのかも分からないという。

「ある朝、ヤコイラ王家に受け継がれてきた占術用の水晶に、背中から血を流して倒れている長兄の姿が映ったのを見たんだ。けれど占術師は何も言わないし、私もきっと気のせいだと思ってそのまま放置した。そしたら――その日の夜、長兄が女に背中を刺されて重傷を負った。あの時、どさくさに紛れてとどめを刺しておくんだった」

続いて失敗談――というには鳥肌が立ちそうな話を淡々と語ったのはイヴである。アイリーンが満面の笑みで「せっかくのチャンスだったのにねぇ」と相槌を打つのが空恐ろしい。

不穏な女子二人のエピソード。それに比べれば、男子二人の失敗談はまだどこか微笑ましいものだった。

「十歳の時、単身こっそり町に降りたんだが、うっかりしていて閉門の時間までに城に帰れなくなってしまった。仕方なく一晩町で過ごし、翌朝開門に合わせて城に戻ったら、俺が行方不明だといって王宮中大騒ぎになっていた」

「僕には姉が三人いて、昔からよく女性の服を着せられたんです。ある日、隣国の王太子殿下と姉達がお見合いすることになって、面白がった彼女達が僕にまでドレスを着せて引っ張り出したんだけど、その……姉達を差し置いて、僕が王太子殿下に求婚されてしまって……」

フランセン王国とインドリア王国。どちらの王宮もその時は蜂の巣をつついたような騒ぎであったろうに。カミルもミシェルも、当時を思い出したのか苦笑いを浮かべている。

空にはまた一筋、星が流れた。

「——リヴィオ、お前の番だぞ」

傍観者に徹して優雅にグラスを傾けていたリヴィオに、話を振ったのは帝王だった。

とたん、子供達は「えっ？」と顔を見合わせる。

皇帝陛下に失敗談なんてあるわけない——そう、彼らの顔にはまざまざと書かれていた。

美花はふと不思議に思う。

千年前に大陸を統べた偉人で、今もなお全ての国々の上に君臨する支配者であり、現状幽霊。偶像化される要素なら帝王の方がずっと多いはずなのに、王太子達は皇帝リヴィオの方により夢を見ている。

リヴィオの類稀なる美貌と、彼自身が完全無欠な皇帝陛下の仮面を被り続けているのが所以《ゆえん》だろうか。

そう思い至ったからこそ、この後リヴィオが子供達の予想を裏切るように口を開いたのが、美花には少し意外だった。

「成人して、初めて酒を口にした時のことだ。どれが自分の口に合うかが分からずに、ありとあらゆる種類の酒を片っ端から飲んでみたのだが……」

そこでいったん言葉を切ったリヴィオが、頭を突き合わせて寝転がった美花達に顔を向ける。

ちなみにこの大陸の成人は十八歳からで、飲酒が許されるのもこの年齢からだ。

子供達が固唾《かたず》を呑んで耳を傾ける中、リヴィオはふっと力の抜けた笑みを浮かべて続けた。

「――今になってもまだ、どの酒もさほど旨《うま》いと感じたことがない」

「陛下……それってもしかして、そもそもアルコールが口に合わないんじゃないですか？」

「そうかもしれん。ただ惰性的に飲み続けたがために、就寝前に酒を飲まねば物足りなく感じるようになってしまった。――私の犯した失敗は、もっと早い時点で己《おのれ》の嗜好《しこう》を受け入れなかったことだ」

「それはそれは……」

大陸唯一の皇帝として、立場上酒くらい嗜《たしな》めるようにならなければいけなかったのだろう。

自身の嗜好に合わないものを義務的に摂取し続けた末にそれが習慣化してしまったなんて、失敗談などと言って笑い飛ばすには、美花は少々気の毒に思えた。

子供達も同じように感じたようだ。リヴィオの告白に失望するどころか、数年後酒を飲めるようになった自分への戒《いまし》めとして心に刻んだ模様である。

流星群はいよいよ極大に達し、目で追うのが間に合わなくなるほどあちらこちらで星が降った。

そんな中、一際長くくっきりとした光の尾を引いた輝きが、寝転んだ美花の足もとから頭上へと流れる。

それを追ったために、彼女は大きくのけぞるような体勢になり――その結果、自分をじっと見下ろす瞳とかち合って面食らった。カミルである。

「……お前は？」

「えっ……」

「人生で一番の失敗談。告白していないのは、もうお前だけだぞ」

「ああ、そっか……そうね……」

図らずも取りを務める羽目になってしまったことに、別段美花はプレッシャーを感じたわけではない。

場を和《なご》ませられるような笑える失敗談だって話せたし、最悪それが作り話であってもばれはしまい。

上手にお茶を濁《にご》すことはできたはずだ。

馬鹿正直に打ち明ける必要だってきっとなかった。

けれどもこの時、美花は真実、自身の人生で一番の失敗談を晒した。

「私――大学受験に失敗して、母に見捨てられたんだ」

＊＊＊

美花の母は、多くの官僚や弁護士を輩出する名門一家に当主の後妻として入った。

母方の祖父と変わらない年齢の父には前妻との間に三人の息子がおり、全員一流大学出の超エリート。

娘は美花一人だったので、父は随分可愛がってくれたように思うが、今思えば我が子というよりは愛玩《あいがん》動物に接するような態度であった。すでに成人した優秀な息子達を持つ父は、最初から美花には何の期待もしていなかったのだ。

けれども母は違った。

父の前妻に対して異様とも思えるほどの対抗心を抱いていた彼女は、美花を身籠《みごも》ると同時に、腹違いの兄達が通ったのと同じ国内最高峰の大学に進学させる目標を定めていたらしい。

美花は幼稚園から高校まで一貫の進学校に通い、常に学年トップの成績を収めるよう求められた。付き合う友達も精査され、放課後の時間はほぼ毎日習い事の予定で埋まっていた。

そんな日々を、当時の美花は嫌だと思ったことはなかった。期待に応えれば、母が嬉しそうな顔をしたからだ。

自分のためではない。母のために、あの頃の美花は生きていた。

そんな日常が崩壊したのは、美花が大学受験に失敗した時――今から一年近く前のことだ。

内申書は完璧だったはずだし、直前に受けた模試の結果も充分合格ラインに達していた。

それでも、結果的に美花は希望の大学から合格通知をもらえなかった。原因として心当たりがあるとしたら、受験当日に少々熱っぽかったことくらいだろう。

とにかくこの時、美花は物心ついて以来初めて、母の期待を裏切ってしまったのだ。

合否の結果を知ったとたん、母は凄《すさ》まじく怒り狂い始めた。

これまで手塩にかけて育ててきたのが無駄になったと美花を詰り、腹違いの兄達に劣る美花など無価値だと罵倒《ばとう》し――そうしてついに、母は決定的な言葉を口にした。

「――あんたなんか、生まなきゃよかった！」

初めての挫折《ざせつ》を味わったその日。

自分は母にとって自尊心を満たすための道具でしかなかったのだと気付かされ、美花は絶望した。


美花が生まれ育った世界と、ハルヴァリ皇国を含む大陸があるこちらの世界。

この二つは並行世界ではないかと美花は推測しているわけだが、その根拠の一つとなっているのは太陽軌道や朔望《さくぼう》周期の一致だ。

さらにハルヴァリ皇国には、過去にも美花のように世界を越えてきてしまった人間がおり、その明確な証拠が本人達の手記として存在していた。

手記は日本語で書かれている上に、所々に美花が身を寄せていた祖父母の家がある田舎の地名が出てくる。かの地域にはいくつもの神隠しの伝説が残っていて、もしかしたらそのうちの何人かは、美花のようにイレギュラーな現象に巻き込まれてこちらの世界に来てしまったのかもしれない。

手記は現在、他の多くの重要参考資料とともに図書館の三階にて厳重に保管されていた。

「――ミカは、元の世界に戻りたいと思わないのか？」

そんな質問が降ってきたのは、美花が先人の手記を読んでいる時だった。

椅子に座った美花を背後から囲うように机に両手を突き、彼女の頭越しに手記を覗き込んだのは、生物学の教師ルークである。

思いがけない距離の近さに美花は少しばかりどぎまぎしつつ、それを誤魔化《ごまか》すようにこほんと一つ咳払いをしてから口を開いた。

「えっと、そうですね……こちらの世界で仕事を任されたばっかりですし、幸いここは居心地がいいですし……とりあえず、今すぐ戻りたいとは思っていないかもしれません」

「かもしれない、とは自分のことなのに随分と曖昧《あいまい》な答えだな」

「元の世界に戻る方法は現状見当たりませんが、実際戻れる可能性が出てきた時に自分の考えがどう変わるか分かりませんから。ただいかなる場合でも、寮母の仕事を途中で放り出すような無責任な真似はしたくないと思ってはいます」

「それはそれは……高尚《こうしょう》なことだ」

称賛なのか、それとも皮肉なのか。

どちらともとれる言葉を吐いたルークは、机に突いていた手を外して美花から離れていった。

「……あの男は、ミカちゃんよりもよっぽどこの世界で生き辛いのかもしれんなぁ」

とたん、美花の手元からそんな呟きが上がった。帝王である。

美花にべったりの帝王は、今日も今日とて彼女の側に貼り付き、今もまた机の上に転がって手元の手記を一緒に覗き込んでいたのだ。

しかし残念ながら、父親である先代寮母の夫と似たルークの青い瞳には、帝王の姿は映っていなかったのだろう。

認識できない者にとって、帝王の存在は幽霊そのものだ。見えないし触れられない。

それが証拠に、何も知らずにルークが机に突いた手は、美花の目には帝王の脳天から顎までを貫通しているように見えていた。だが、ハルヴァリ皇族に生まれながら帝王が認識できないことに、ルークが少なからずコンプレックスを抱いていると知っている美花は、その光景には一切コメントしなかった。

「帝王様が当然見えてしかるべき血筋に生まれた自分にできないことが、本来この世界に存在するはずのないミカにできるんですもの。ルーク先生にとってはミカの存在そのものが不条理なんでしょうねぇ」

「かと言って、行き場のない苛立ちをミカにぶつけて八つ当たりするほど、子供じゃない。さっきの質問……ルーク先生はミカに〝元の世界に戻りたいと思う〟と答えてほしかったんじゃないかな」

さらに口を挟んできたのは、アイリーンとイヴだ。

アイリーンら二年生はルークが教師を務める生物学の授業の一環で図書館に調べ物をしに来ていた。イヴら一年生も、言語学で古代文字を習うに際し図書館に資料を探しにやってきたらしい。

二人は何故か美花を挟むようにして、彼女の席の両側にそれぞれ陣取った。

「私はミカが、ルーク先生が相手だと妙に畏まる……ていうか乙女《おとめ》っぽくなるの、前から気になってたのよね。ねえ、ルーク先生ってミカの好みなの？」

「ミカは……ルーク先生が好きなのか？」

アイリーンの質問もイヴの質問も結局はどちらも同じ内容だったのだが、その際の表情が正反対だった。

前者は面白い玩具《おもちゃ》を見つけたとでも言いたげな満面の笑みに対し、後者は聞くべきか聞かざるべきか葛藤の末とでもいった様子で真剣そのもの。

共通しているのは、二人とも美花からの回答を得るまで引き下がらなさそうだということだ。

両側から詰め寄られ、美花は肩を竦めて苦笑する。

そうして、別段隠し立てするほどのことではない、と口を開いた。

「ルーク先生ってね、似てるのよ――私の初恋の人に」

とたん、アイリーンの瞳が好奇心で輝いた。イヴも、興味深そうに身を乗り出してくる。

彼女達に詳しく聞きたいと強請られた美花は、手記を閉じて机の端に寄せ、代わりに帝王の生首を両腕に抱き込むようにして続けた。

「私がさ、大学受験に失敗したって話をしたでしょ。その前後ですごくお世話になった先生がいたのよ。年頃もちょうどルーク先生と同じくらい。髪の色とか顔の雰囲気とかも結構似てて……あと、声もそっくりなのよね」

「その先生が、ミカの初恋の人なんだ？」

確かめるようなアイリーンの言葉に、美花は黙って頷く。

流れ星が降り注ぐ夜空の下で、大学受験に失敗したことを打ち明けた時、アイリーンとイヴを含めた子供達やリヴィオ、帝王だって別段驚いたふうではなかった。

そもそもこの世界には受験という概念がないのでピンと来なかったのだろう。

ただし、それに失敗したせいで母に見捨てられたと聞いて、大学受験が美花にとって人生を大きく左右する重要なものであったのだろうと理解はしたようだ。

それでもあの時、美花の失敗談を誰も笑わなかった。失敗した美花を可哀想だと同情する者もいなかった。

その失敗も、今ここにいる美花を作り上げた要素の一つであると認め、ただただ受け入れてくれたのだった。

「高校……って、ちょうどこの学園の子達と同じ年代が通う学校なんだけど、そこで私が三年生の時の担任だったんだ。偶然母とは同郷だったこともあって、私に目をかけてくれてたんだと思う。受験に失敗して行き場をなくした私が祖父母のもとに身を寄せられるよう取り計らってくれたのも、その先生だった」

けれども、担任教師とはそれっきりだと告げると、アイリーンもイヴもとたんに不満げな顔になった。

「えー、ミカったら告白しなかったの？　おじいさまとおばあさまの所じゃなくて、その先生の家に転がりこんじゃえばよかったのにー」

アイリーンの言葉に、イヴもうんうんと頷いて同調しているが、今度は美花が唇を尖らせる番だった。

「だって――その先生、既婚者……しかも新婚だったんだもん」

とたんに、アイリーンとイヴが声を揃えて「ああ……」とため息をついた。二人して、そりゃあしょうがないと言外に告げる。美花も苦笑いを浮かべるしかなかった。

美花に無価値の烙印《らくいん》を押した母は、彼女が別の大学に行くことも浪人生になることも許さなかった。

母の敷いた人生のレールに沿って走っていた美花は、ただ一度踏み外しただけで、その先のレールを全て外されてしまったのだ。自分の力ですぐさま新しいレールなんて敷けるはずもない。右も左も分からずその場で立ち竦んでいた美花のために、そっと新たな道を指し示してくれたのが件《くだん》の担任教師だった。

彼の知る美花の母は三人姉妹の末っ子で、小さい時から都会に憧れていたらしい。田舎を嫌い高校卒業を機に上京し父と結婚。それから一度も実家に戻っていなかったため、祖父母も伯母《おば》達も、美花が生まれたことさえ知らされていなかったという。それでも担任教師から事情を聞いた彼らは、美花を家族として温かく迎え入れてくれた。

それから半年後――今現在から遡《さかのぼ》るなら半年前、いきなり現れた母に結婚を言いつけられるまで、美花はのどかで幸せな日々を送ることができたのだ。

「ミカが、今すぐ元の世界に帰りたいって強く思わないのは、お母様のせい？」

「うん……そうだね。もう母の言いなりになるのは嫌だけど、母のことを完全には嫌いになれない。だからこそ、物理的に距離が置けている今はすごく落ち着いていられる。母から逃げてるみたいなのは、ちょっと癪《しゃく》だけどね」

アイリーンの問いに笑ってそう返した美花の肩に、トンと黒い頭が乗る。イヴだった。

突然の甘えるような仕草に美花が驚いていると、イヴはくっついたまま口を開いた。

るはず……」

「ミカを大事にしない母親からなんて、逃げたらいい。他にもっとミカを大事にしてくれる人がい

だから、逃げたっていいんだ。イヴはそう続ける。

「私も、王太子に選ばれてからヤコイラでは生き辛かった。兄弟には妬《ねた》まれて、食事に毒を盛られたことも一度や二度じゃない。でも、ハルヴァリでは誰も私を傷付けたりしない。帝王様のご加護のもとにあるんだって、三年間は安心していられるんだと思うと嬉しかったんだ」

ハルヴァリ皇国で過ごす三年間は、王太子達は祖国の柵《しがらみ》から解放され、帝王とハルヴァリ皇帝によって庇護される。その間に、彼らは力を身につける。三年後に祖国に戻った時、そして玉座に座った時に、あらゆる妨害や悪意に打ち勝てるよう、強くなるのだ。

イヴはこの時、課外活動先として大衆食堂を選んだ理由も教えてくれた。

「毎食毒を盛られるのを恐れるくらいなら、自分で食事を作れるようになりたい。大事な人に、自分の手で美味しくて安全な食事を用意してあげられるようになりたいんだ」

健気《けなげ》な言葉に胸が熱くなり、美花は自分の肩に乗ったイヴの頭を撫でた。

すると、反対の肩に今度は金色の頭が乗っかった。アイリーンだ。

ふふ、と笑う彼女に合わせて美花の肩も揺れる。

「二人の話を聞いたんだから、私も打ち明けないと不公平よね。私は別にハルランドで居心地が悪いと思ったことはないけど、不満がないわけじゃないのよ。あの国の男達は、女王は人形みたいにしゃべらず飾られておけばいいと思ってるんだから」

女王の国ハルランドの実権は、現女王の兄であるアイリーンの伯父が握っているという。ここ何代も女王は時々の権力者の傀儡《くぐつ》だが、アイリーンはそう成り下がるつもりはないらしい。

「私が奴らの言いなりになるってことは、次の女王となる私の娘にもそんな人生を強要することになるんだもの。――そんなの、絶対に嫌だわ」

楽天主義の典型的お姫様キャラは彼女の隠れ蓑《みの》。腹に一物抱えながら、周囲の大人達が油断をするよう御《ぎょ》しやすい女の子を演じているのだ。

そんなアイリーンは薬局を課外活動先として選び、日々薬草の知識を深めている。

薬草と毒草は紙一重《ひとえ》。その知識をどこでどう使うつもりなのか……尋ねるのには少し勇気がいりそうだ。

美花は黙って、アイリーンの頭を撫でた。

「――ミカ、少しいいだろうか」

その時、ふいに本棚の向こうからルークが顔を出して美花を呼んだ。

アイリーンとイヴをくっつけた彼女に一瞬目を丸くした様子だったが、美花がはいと返事をすればすぐに我に返る。

「ライスに関する資料をまとめていたのを思い出したんだ。栽培の参考になるかもしれないから、君も読むか？」

「わあ、ありがとうございます、先生！　ぜひ拝読させてください！」

そう言ってアイリーンとイヴの間から立ち上がった美花は、もう一度二人の頭を撫でた。

数日前、実験室で選別された種もみは無事発芽し、育苗培土に移されてすくすく生長中だ。

美花の初めての稲作には生物教師のルークも興味津々のようで、苗の様子を頻繁《ひんぱん》に観察している。

資料はルークの執務室にあるらしく、それを借りたら一度寮に戻ろうと思った美花は、彼と一緒に図書館を出ることにした。

さっさと階段を下りていくルークを追いかけようとするも、ぐっと手を掴まれて一度その場に踏みとどまる。美花の手を掴んでいたのはアイリーンで、彼女はにっこりと腹に一物ありそうな笑みを浮かべて口を開いた。

「昨日、おばあちゃんに習って惚れ薬を作ったの」

「え、惚れ薬……？」

「で、その惚れ薬ね――さっきお茶の時間にルーク先生のカップに盛っておいたから」

「……は？」

この授業の直前、図書館三階に集まった面々は館長の計らいでお茶の席を囲んだ。

その時、率先して紅茶を淹《い》れたのはアイリーン。

さらに、アイリーン曰《いわ》く惚れ薬を盛られたルークの正面に座っていたのは、美花だった。

「そろそろ薬が効いてくる頃だろうから、ルーク先生にどんな気分か聞いておいてね」

「ミカ――早くおいで」

もはや、は？　しか言葉が出てこない美花を、おそらく何も知らないだろうルークが階段の下から呼んだ。

＊＊＊

生物学教師ルークの執務室は、学園の三階にあった。

学園の廊下と図書館は、一階と二階は扉で繋がっているというのに、三階には扉がなくて行き来できないようになっている。

そのため、図書館の三階から学園の三階に行くには、図書館内の階段を二階まで下り、廊下に出て学園側の階段を三階まで戻らなければならなかった。

現在、子供達は全員図書館に集まっている。カミルとミシェルの姿はお茶の後は見かけなかったが、図書館内でそれぞれ生物と言語の授業の資料探しをしているはずだ。

他に授業は行われていないこの時間、学園側には美花とルーク以外に人の気配がない。図らずも、広い学園内で二人っきり。

しかも、ルークの執務室というプライベートスペースにて、美花は現状に目を白黒させていた。

「あ、あの……ルーク先生？　これはいったい……」

ルークの行動はいきなりだった。

執務室に招き入れるなり、彼は美花の背中を閉じた扉に押し付けるようにして立たせると、その前に両腕を組んで仁王《におう》立ちをした。

そうして、熱を帯びた瞳でじっと美花を見下ろしながら口を開く。

「なあ、ミカ。アイリーンが淹れたお茶を飲んでから、だんだんと気が昂《たか》ぶってきたような気がするんだが——理由を知っているか？」

「あー、あのー……えーと、ええーっとっ……」

美花はしばしうろうろと目を泳がせていたが、額が触れそうなほどぐっと顔を近づけられ、とうとう観念する。

「アイリーンはその……ほ、惚れ薬を先生のお茶に混ぜた、と。——申し訳ありません。完全に私の監督不行き届きです。ご気分が優《すぐ》れないようでしたら、アイリーンが師事している薬剤師の方に中和剤か解毒剤がないか聞いて参ります」

「……ほう、惚れ薬とは」

美花の話を聞くと、ルークは何故かくすりと笑った。得体の知れない薬を紅茶に混ぜて飲まされたなんて、憤慨してもしかるべき仕打ちに対し、彼はなおもくすくすと笑う。

思わずきょとんとする美花の目の前で、ルークは生物学教師の顔になって口を開いた。

「あのね、ミカ。惚れ薬なんて人の精神を操《あやつ》るような薬が果たして作れると思うか？　私の答えは否だ。惚れた腫《は》れたに関しては、催眠術の方がまだ効果がありそうなもの」

「え……」

「可能性として考えられるのは媚薬《びやく》の類だろう。有名なのはイモリの黒焼きだったりマンドラゴラだったりを原料とするものだな」

「びやく」

つまり、ルークの紅茶に入れられたのは惚れ薬という名の媚薬ということだろうか。

美花はそろりと視線を上げてルークの顔を見上げたが、たちまち目を逸《そ》らした。

「……ルーク先生はご気分が優れない様子でいらっしゃるので、私は早急にこの場を離れますね。今日の授業はこの時限でおしまいですし、どうかゆっくり休んでください」

「ふふ、ミカ。私は今、どんな顔をしているんだ？」

なおもくすくすと笑うルークの頬は僅かに上気し、青い瞳は熱に浮かされたように潤《うる》んでいて――つまり、ものすごく色っぽい。普段の彼のかっちりとしたイメージとの差が、薬の効果を物語っていた。

「まあこの程度の軽い悪戯《いたずら》、目くじらを立てるほどのことではない。この学園は毎年一癖《ひとくせ》も二癖もある生徒が集まるからな。ここで十年も教師をやっていれば、彼らの悪戯に巻き込まれることもそう珍しいことではないさ」

「うう……先生、なんて寛容な……神ですか」

「ただ、調子に乗って度が過ぎることのないよう、寮母の君がしっかり導いてやりなさい。――あと、アイリーンには特別に宿題を倍にしてあげると伝えておいてくれ」

「わあ、先生！　やっぱり怒ってるんじゃないですか⁉」

ぱっと顔を上げて叫んだ美花を見て、ルークは珍しく声を上げて笑った。

その笑顔に美花は初恋の人――実の親よりもずっと自分を思いやってくれた担任教師を重ねる。

彼もめったに声を上げて笑ったりしない人だったが、いつだって美花を慈愛に満ちた眼差しで見守ってくれていた。

それを思い出したとたん、美花の胸はつきんと痛んだ。

アイリーンとイヴには初恋の相手とは告げたものの、実際美花の担任教師への想いは恋と言えるほどに成長してはおらず、どちらかというと憧れに近かっただろう。

元の世界に未練はないと思っていたが、もしも許されるならもう一度、彼に会ってみたい。

そんなことを思いつつ、目の前にあるルークの顔に担任教師の面影《おもかげ》を重ねる美花の眼差しは、自然と切ないものになる。

ルークはそれに何を思ったのだろうか。彼はふと美花の耳元に唇を寄せ、囁いた。

「そういえば……私が紅茶を飲んだ時、正面に座っていたのは君だったな。もしも惚れ薬が本物で、私が君に惚れてしまっていたら――どうする？」

「えっ、惚れ……!?」

美花がぎょっと目を丸くするのと、ルークが彼女を囲うようにして扉に両手を突くのは同時だった。

いきなり身動きが取れない状態にされてしまい、さしもの美花も焦り出す。

アイリーンの言う惚れ薬は、生物学教師のルークの認識では媚薬であろうと言う。それが事実だとするならば、効果のほどは様々にしろ多かれ少なかれ性的興奮を覚えさせる作用があるはず。

そんな状態にある男性と人気のない場所で二人っきりになってしまうことが、どのような結果をもたらす可能性があるのか――思い至らなかったのは完全に美花の落ち度だ。

ここで万が一間違いが起こってしまっては、彼女自身の貞操はもちろん、ルークの沽券にも関わる。

美花はごくりと唾を飲み込むと、努めて冷静を装いながら口を開いた。

「ルーク先生、ひとまず落ち着いてください。先生は今、正常な状態ではいらっしゃらないのです。私はすぐにこの場を離れますので、先生は薬の効果が消えるまでどうかしばらく安静になさってください」

「この程度の媚薬に惑わされるほど柔じゃないさ。だがどうしてもというなら……そうだな、監督不行き届きの贖罪《しょくざい》として、ミカがこの熱を鎮《しず》めてくれるか?」

美花はたまらずひえっと悲鳴を上げた。

インテリな印象が強いルークの口から、皇帝の仮面を脱いだリヴィオ並みのセクハラ発言が飛び出してしまったからだ。

思わず胸の前で両腕に何かを抱えるような仕草をすれば、ぐえっと蛙《かえる》が潰れたみたいな声が美花の耳に届いた。帝王である。

「こぉら、ミカちゃんや！　何を躊躇《ためら》っている！　今こそ、その腰に装備した武器を抜かんかいっ‼」

「いやいやいや、ムリムリムリムリ！　ルーク先生をハエ叩きでぶっ叩くなんて、そんなの絶対無理だからっ‼」

実のところ、美花はただの一瞬たりともルークと二人きりになどなっていなかったのだ。

図書館の三階から学園の三階まで移動する最中も、ルークの執務室に入ったとたん扉に押さえつけられた時だって、美花の側にはずっと帝王がいたのだから。

ただし、ルークには帝王の存在が認識できない。

彼の目にはこの時、何かを抱きかかえるような恰好をした美花が、何もない腕の中に向かって喚いているように見えていただろう。そして彼は、自分には見えない帝王の姿が美花には見えているということを知っている。

「……そこに帝王様がいらっしゃるのか」

ルークの掠《かす》れた声が耳元に響く。美花が返答に窮するうちに、彼はさらに畳みかけた。

「帝王様に聞いてくれないか。私には、どうしてあなた様の姿が見えないのか、どうしたら、見えるようになるのか、と」

帝王の言葉はルークの耳には届かない。だが、その逆は可能だ。

ただし、ルークの問いに対する帝王の答えは、美花が伝えるのが憚られるほど如何《いかん》ともしがたいものであった。

「――諦めろ。それが、自然の摂理《せつり》だからだ」

美花の顔が一瞬にして強張《こわば》る。それだけで、ルークには充分な答えだったのだろう。

かっと見開かれた彼の両目は、痛々しいまでの苦渋に満ちていた。

「どうして――どうしてだ！　どうして私にだけ見えないんだ……‼」

悲痛な叫びとともに、ルークは両の拳で強く扉を叩いた。

ドンッと大きな音が響き、扉に背中を押し付けられていた美花の身体が跳ねるほどの衝撃がくる。

「ハルヴァリの人間でも、ましてやこの世界の人間でもないミカに見えて、何故私にはっ……‼」

ルークがこれほどまでに心をさらけ出してしまっているのは、アイリーンが紅茶に盛った薬の影響か、それとも彼の視覚的には美花と二人きりという状況のせいなのだろうか。

どちらにせよ、我に返った時、ルークはひどく後悔するだろうと美花は思った。

いつも冷静沈着、理知的な教師に徹している彼の面目《めんぼく》を保とうとするならば、美花は一刻も早くこの場を去るべきだ。そのためには、帝王の言う通り、相棒ことハエ叩きを振りかざしてこの場を脱する他ないだろう。

美花はついに決意を固め、エプロンのリボンに差したハエ叩きの柄《え》を後ろ手に掴んだ――その時だった。

コンコン

突然扉をノックする音が聞こえ、美花もルークもはっとした。

続いて、扉の向こうから声がかかる。

「――失礼。ルーク先生、こちらにミカはおりますでしょうか」

美花にもルークにも馴染み深い声——その主は、リヴィオであった。

＊＊＊

ハルヴァリ皇城の宮殿は、六本の尖塔《せんとう》を備えた一際大きな建物だ。

学園と寮をその広い背に庇うように立つ様は、実に頼もしく雄大であった。

皇帝執務室はそんな宮殿二階の中心にあり、正面には城門越しに城下町を望む巨大な窓とバルコニー、背面には学園と寮が窺える出窓が作り付けられている。

壁一面に飾られているのは歴代のハルヴァリ皇帝の肖像画だろう。

ざっと三十人分。どれもこれも見目麗《うるわ》しいご尊顔だが、おおよそ六十個の飴色の瞳に見つめられるのは圧迫面接を受けているようでどうにも居心地が悪い。

作曲家達の肖像画に囲まれて落ち着かない気分になった、学校の音楽室を彷彿とさせた。

「こういう肖像画ってどうして皆真顔なんでしょうね。笑顔の方が絶対イメージいいですのに。陛下の肖像画はもっとポップな感じにしましょうよ」

「ぽっぷ、とは？」

「大衆迎合的ってことです。一般の方々が気軽に家に飾れるようなのがいいと思います。幸い、陛下顔だけはいいですから」

「ミカはもう少しくらい私に対して言葉を選んでも罰は当たらない思うぞ。……いや、しかし大衆受けする肖像画か。レプリカを量産して売る、というのも手だな……」

美花と二人っきりなのをいいことに、普段は隠している守銭奴の顔を覗かせたのはこの皇帝執務室の主であるリヴィオだった。

いや、この部屋だけではなく皇城や城下町を含め、ハルヴァリ皇国の端から端まで全てが、今現在彼の所有物である。

もちろん、学園の建っている土地も建物自体も——つい先ほどまで美花がいたルークの執務室だって、厳密に言えばリヴィオのものだ。

美花をその執務室の扉に押し付けていたルークは、リヴィオの登場によって一気に我に返ったらしい。

とたんに自身の言動を顧《かえり》みてひどく狼狽《ろうばい》し、消え入りそうな声ですまないと謝る彼を、美花は一言だって責めようとは思わなかった。

ただお互いどうにも気まずかったものだから、本来の目的であった米作りに関する資料を受け取ると、美花は挨拶もそこそこにルークの執務室から飛び出した。

扉をノックしたリヴィオが美花に用があると告げていたために、ルークに引き止められることもなかった。

彼はしばらく執務室から出られないであろうと察し、帝王はその旨を図書館にいる二年生に伝えに向かってくれた。ルークからの伝言として宿題二倍の刑を言い渡されたであろうアイリーンは、今頃悲鳴を上げてカミルにでも泣きついているに違いない。

美花はというと、扉の向こうで待っていたリヴィオにより、今度は彼の執務室に連れて来られて今に至る。

こちらの世界にやって来て、ハルヴァリ皇城内に住まうようになり半年以上経つが、美花が皇帝執務室に足を踏み入れるのはこれが初めてのことだった。

「それで、陛下。私に用って何ですか？」

壁一面に飾られた肖像画はさておき、殊更立派な調度が揃う広い部屋を興味深そうに眺め回しながら問う。

部屋の中央にはこちらも立派な革張りのソファセットが置かれていた。

四人並んでも余裕で座れそうな大きなソファの一脚に、美花はリヴィオと並んで座っている。彼との距離が近いのはいつものことなので、さほど気にならなかったが、その口が別段用はなかったとのたまったのには驚いた。

「えっ……ない？」

「用があると言ったのは、ルーク先生の前からミカを穏便《おんびん》に連れ出すための方便《ほうべん》だ」

リヴィオにとってルークは従叔父だが、皇太子時代に生物学を教わった相手でもあるため、今もまだ〝先生〟と呼んでいる。対するルークはリヴィオを〝陛下〟と呼び、すでに一線を引いている様子。

ルークが薬を盛られたことを把握していながら、美花が彼と二人っきりになったことを、リヴィオは何故か知っていた。その上で、いくらなんでも迂闊だろうと彼は顔を顰める。

どうやったって嫌味なほどに整った相手の面相にいっそ感心しつつ、美花はお言葉ですがと口を開いた。

「ルーク先生ってば執務室までの道中は全然普段とお変わりなかったんですよ？　まさか、部屋に入ったとたん豹変《ひょうへん》するなんて思わないじゃないですか」

「それが浅慮《せんりょ》だと言っているんだ。こっちは、ミカがルーク先生にうっかり手篭《てご》めにされそうだと帝王様がおっしゃるものだから、慌てて飛んでいったんだぞ」

他の者の前では決して見せない苦虫を噛み潰したような顔をしたリヴィオは、美花からすれば思いのほかおかしなことを言う。帝王はずっと美花と一緒にルークの執務室にいたというのに、その彼から話を聞いて飛んできたとはいったいどういうことなのか。

その上、〝手篭め〟だなんて馴染みのない言葉が飛び出してきたものだから、美花はきょとんとして首を傾げる。

それを見て何を思ったのか、リヴィオはその美貌に珍しく苛立ちを滲ませると、並んで座っていた美花の肩をぐっと掴んだ。

「ミカには危機感というものが足りない。今しがた、ルーク先生との間で間違いが起こりかけたというのに、懲《こ》りずにのこのこと私の執務室に入ってきて……言っておくが、この部屋の扉を私の許可なしに開けられる人間は、今現在誰もいないんだぞ。私が今ここで変な気を起こしでもしたら、お前はいったいどう対処するつもりなんだ」

リヴィオがそう畳みかけると同時に、美花の身体はぐいっと押されてソファの上に倒される。

そのままのしかかってきた、壁一面を飾る歴代の肖像画の誰よりも麗しい皇帝を、美花はぽかんと口を開いた間抜け面で見上げるという失態を犯してしまった。

ただ、彼女が惚《ほう》けたのも一瞬だった。

すばやく腰の後ろに伸ばされた右手が、自身の身体とソファの間に挟まっていた相棒——ハエ叩きを抜き取る。

右手を勢い良く振りかぶった美花は、次の瞬間、少しのためらいもなく目の前のお綺麗な顔に向かってそれを振り下ろした。

ブンッ、と鈍《にぶ》い音を立てて平たいヘッドが空を切る。細い柄は大きく撓《しな》ってバネのようだ。

ところがそれが完全に振り下ろされる直前、とっさのところでリヴィオが美花の手ごと柄を掴んで止めた。

「私に対しては相変わらず容赦がないな、ミカは。ルーク先生相手には、得物を抜きさえしなかったというのに」

「ルーク先生をハエ叩きでぶつなんて無理ですってば。あの人繊細《せんさい》そうですもん。それに比べて陛下はメンタル最強だし……っていうか、そもそも危機感が足りないとか、毎朝私に寝室まで起こしに来させている人が言う台詞じゃないですよね？」

「確かにそうだな。私がミカを手篭めにする機会なら今までいくらでもあった——これからもな」

「うわっ、うっわ！　明日の朝からは、金属バット持って起こしにいきます‼」

美花の相棒たるハエ叩きはひとまず取り上げられ、ソファの前のテーブルに載せられた。

そうして空いたリヴィオの手が、美花の背中とソファの間に滑り込んだかと思うと、押し倒した時とは裏腹に丁寧に抱き起こしてくれる。

自然と間近に迫った彼の顔は、やっぱり何度見ても感心するほど整っているが、そんな中でも特に印象的なのは帝王と同じ飴色の瞳だろう。

こちらの世界では青系や緑系が主流の中、日本人の茶色にも近い色合いの瞳にはどこか親近感を覚える。

そこでふと、美花は改めて壁一面の肖像画を見回した。

「そういえば……歴代の皇帝陛下は、皆さん瞳の色が同じなんですね」

「ハルヴァリ皇帝の瞳は帝王様の瞳そのものだからな。同じ色にもなるさ」

「ふーん、おじいちゃんからの遺伝ってことですか？　じゃあ……もしかして、ルーク先生は瞳の色がハルヴァリ皇家の血筋ではないお父様譲りだから、おじいちゃんが見えないんでしょうか？」

「……いや、ルーク先生は……」

帝王の存在が認識できない劣等感に苦しむルークの姿を、美花は先ほどまざまざと見せ付けられた。

彼にとっては美花からの哀れみも同情も余計なお世話だろうが、せめて原因が分かれば少しは吹っ切れるのではないか――そう思って呟いた言葉に答える形でリヴィオの口から語られたのは、美花の予想だにしない内容だった。

「ルーク先生には、そもそもハルヴァリ皇家の血は一滴も流れていない。彼は――大叔母夫婦の実の子供ではないからな」

「えっ⁉　じゃ、じゃあ……実のご両親は……」

「母親は、ハルヴァリ皇国に留学中だったとある国の王太子。父親も、別の国の王太子だ。ルーク先生は、二つの王国の王太子達の間に私生児として生まれた」

「私生児……」

——諦めろ。それが、自然の摂理だからだ。

何故自分には帝王が見えないのか、どうすれば見えるようになるのかと問うルークに、そう帝王が答えた理由がこれで分かった。

ルークにハルヴァリ皇族としての欠陥があったのではない。そもそも、帝王が認識できる血筋の人間ではなかった、ただそれだけのことなのだ。

ハルヴァリ皇国としては、留学中の王太子同士の恋愛自体を禁止しているわけではないが、将来それぞれの国の君主となる彼らが添い遂げることは現実的には非常に困難である。

ルークの両親も結局は卒業とともに破局した。それぞれの祖国に戻って君主となった後、各々《おのおの》に伴侶を迎えて、すでに我が子に玉座を譲っているという。

彼らの間に生まれたルークは、当時寮母を務めていたマリィが監督不行き届きの責任をとる形で引き取ったらしい。

「寮で消灯時間後に互いの部屋を行き来したり泊まったりするのが禁止されたのって……」

「ルーク先生の両親の件があったからだろうな」

幸いと言っていいのかどうかは分からないが、ルークの瞳の色合いが義父となったマリィの夫のそれとそっくりだった上、髪の色もよく似通っていたおかげで、事情を知らない者には実の親子に見えていた。また、子供のいなかった夫婦は、ルークに深い愛情を注いで大切に育てた。

帝王のことさえなければ、ルークの人生は充分に幸せなものになったはずだ。あるいは、帝王の言う通り、彼が認識できないことを自然の摂理だと思って諦められれば、もっと楽に生きられるだろう。

いっそ、出生の秘密を本人に知らせてやるべきなのでは、と美花は思う。

自身が抱き続けてきた劣等感が不可抗力なのだと悟れば、今後の人生に対する気の持ちようも変わっていくだろう。それに比べれば、成人して随分と経つルークにとって実の両親が別にいるなんて事実は些細《ささい》なことではなかろうか。義理の両親に愛されて育った自覚があるならば尚更である。

けれども、リヴィオは美花の提案には頷かなかった。その理由を、彼はこう語る。

「事実を知ってしまえば、実の両親が誰なのかも必ず知りたくなる。いかにルーク先生が理性的な方であろうとも、その欲求には抗《あらが》えないだろう。彼が両親の国の王位継承権に関わる可能性は、帝王様を認識できない時点でないに等しいが、現在片親の違う兄弟がそれぞれの国の君主として立っている以上、ハルヴァリ皇国としてはわずかでもその治世を脅かすわけにはいかない」

もしも、ルークが真実を知るとすれば、それは彼自身の死の間際だ——そう告げられ、美花はひゅっと息を呑んだ。自分がとんでもない事実を聞かされてしまったと気付いたからだ。

「……陛下、どうしてルーク先生本人にも言えないようなことを私に話したんですか？」

おそるおそる美花が問う。新米寮母に国家レベルの機密なんて荷が重いどころの話ではない。

そんな美花に対して珍しく完全無欠の皇帝陛下の顔になったリヴィオは、厳《おごそ》かな声で告げた。

「王太子達の将来のため、ひいては大陸の泰平とハルヴァリ皇国の立場を末永く維持するため、寮内の風紀を徹底しなければならないが、要《かなめ》となるのは皇帝ではなく寮母だ。ミカには過去の事例とその結果を把握することによって、責任重大な立場にあることを自覚しておいてもらいたい」

たちまち両の肩に重い物がのしかかってきたような気がして、不安になった美花は俯いた。

そんな彼女の肩に、並んで座っていたリヴィオがするりと腕を回し抱き寄せる。

美花がはっとして見上げれば、すぐ目の前にあった美しい顔には先ほどとは打って変わって実に人間臭い笑みが貼り付いていた。

「――というのは建前《たてまえ》で」

「え……？」

きょとんとする美花の耳もとに、リヴィオがにやりと口の端を上げて囁く。

「本当は、ミカと秘密を共有することによって、それをルーク先生本人に隠し続けることへの罪悪感を軽減させたかったんだ。今日から我らは共犯だな、ミカ」

「――は？　いや、ちょっと待って！　いくらなんでも一方的過ぎやしませんか⁉」

ふふふ、この大陸にもはや逃げ場はないぞ、ミカ」

「しかも、機密厳守を理由に合法的かつ半永久的に、ミカをハルヴァリに縛り付けることができる。

「ひえっ……やだやだやだ！　国家権力振りかざしてくるの、こわいっ‼」

不穏な言葉を囁きながらも、美花の肩を撫でるリヴィオの手はひどく優しい。

そうとも知らず、彼の胸に両手を突っ張って逃げ出そうとする美花を、両腕を背中に回すことによってすっぽりと抱き込んだリヴィオは、さらなる不敵な笑みを浮かべて言った。

「そういうわけだから、今後も末永くよろしく頼むぞ、ミカ」

「いや、頷きませんけどね⁉」

そんな二人の押し問答は、書類を持ってきた侍従によって皇帝執務室の扉がノックされるまで続いた。

第五章

学園は、三日に一度休みがある。この日は放課後の課外活動も休みなので、王太子達は私室でのんびり過ごしたり、城下町に遊びに行ったりと各々好きなように過ごす。

美花が正式に寮母となって二月ほど経ったとある休日、彼女の初めての田んぼではついに田植えが行われることになった。

種もみから発芽させ、育苗培土に移して育てていた苗は、すっかり葉も増えて青々としている。それを一束ずつ丁寧に植えていくわけだ。

大学受験を失敗した美花が身を寄せた祖父母宅は、親戚一同が毎日食べるだけの米の確保を目的とした自給的農家だった。その上で、定年まで地元の小学校で校長を務めた祖父は、各地から不登校や引きこもりの子供達を受け入れ、住み込みで農業体験をさせるボランティアをしていた。美花もこちらの世界にやってくる半年前までは悩める子供達に混じり、田植えも一度だけ体験した。

泥の中に裸足《はだし》で突っ込むのは最初は抵抗を覚えるが、いざ泥に塗れてしまえばすぐに慣れる。

「……おい、メイド」

「いやだから、メイドさんじゃないってば。なぁに?」

泥だらけになりながら苗を植えていた美花は、曲げていた腰を伸ばして後ろを振り返る。

そこには、ふくらはぎまで泥に塗れて立ち尽くすカミルの姿があった。

今日の田植えは当初、美花は稲作の師であるミシェルと二人で行う予定だった。

ところが、話を聞きつけたイヴとアイリーンがやってきて、前者は袖とズボンの裾《すそ》をたくし上げて意気揚々と水田に飛び込み、後者は日傘片手に木蔭で優雅に見物を決め込んだのだ。

ちなみに帝王はアイリーンの腕の中。フリフリレースの日傘を差した可愛らしいお姫様が、にっこりと微笑みながら老紳士の生首を抱いて立っている、というシュールでホラーな光景を背景に田植えは始まった。

やがて図書館帰りらしきカミルも通りがかり、帝王やアイリーンと並んで木蔭で傍観するのかと思ったら、いきなり靴を脱いで水田に入ってきたのには美花も驚いた。

ただし、すぐに粘着質な泥に絡まれて身動きがとれなくなったらしい。

「……たすけろ」

「……え、なんて？」

「助けろって言ってるんだ！」

「ええー……」

相変わらず生意気な物言いだが、こちらを睨んでくるのは涙目だわ、生まれたての子鹿のように両足をプルプルと震わせているわで、どうにも憎めない。

美花はやれやれと肩を竦めると、ぐちゃぐちゃと音を立てながら側まで歩いていってカミルの手を掴んだ。

「……うわっ、お前の手、泥だらけじゃないかっ！」

「そりゃそうだよ、当たり前でしょ。田植えしてるんだもん」

「……って、ぎゃあ！　やめろ！　俺の腕に泥を塗りたくるなっ‼」

「泥ぐらいで、ぎゃあぎゃあ煩《うるさ》いな。あんたそもそも何をしにきたのよ」

土に触れるというのは、人間にとってとても大切なことだ。

特に幼少期の子供達の泥遊びには、五感を刺激し心の発達を促す効果や、可塑性《かそせい》の高い素材に触れることによって想像力を育てる効果、土の中にいる雑菌に触れることによって抵抗力を養う効果など、様々なメリットがある。また、砂や泥の手触りは、鬱病《うつびょう》の予防にも良いとされるセロトニンというホルモンを分泌させるらしく、情緒を安定させる効果があると言われているのだが……

「紳士たるもの、女子供だけに力仕事をさせるのは忍びない。仕方がないから手伝ってやろうとしているんじゃないか」

「女子供って……まあ、ミシェルとイヴと私だから間違っちゃいないけど……」

「いいから、さっさと苗を寄越せよ。あと、植える場所まで俺を誘導しろ」

「ええ～……やたらと世話のかかる紳士だなぁ……」

両足をプルプルさせながらもふんぞり返る相手に美花は呆れる。けれど、せっかくやる気になっているのだから、と言われた通り彼の右手に苗を一束握らせ、えっちらおっちら水田の奥へと左手を引いて行った。

米作りは土作りから、というのが美花の祖父の口癖だった。

稲の発育には、肥料の主成分である窒素、リン酸、カリウムの三元素を含み、有機物が豊富で微生物が棲《す》みやすく、柔らかくて酸素が充分、さらに水はけの良い土が適している。

条件に合うよう堆肥《たいひ》を混ぜたり粘土質の土を加えて水はけを調整することによって、バランスのよい土壌を用意するのが美味しい米を作るための第一歩だ。

美花が米作りのためにリヴィオから借りた土地は、寮と学園の間に広がる庭園の一角にあった。

ここを選んだのは、寮からも学園からも近くて足を運びやすいこと、ビオトープとして子供達が生物の観察をするのにも役立ちそうなこと、それから大きな池が近くにあることが主な理由だった。

池を満たすのはミネラルたっぷりの地下水らしく、水田に欠かせない豊富な水が確保できたのは心強い。

美花はまず一面の草を取り除いて土を耕し、それから五十センチほどの深さに掘って水田にする区画を整備した。周囲には土を盛って畦《あぜ》を作り、底をしっかり固めつつ周りには煉瓦《れんが》を敷き詰めて水漏れを防ぐ。

その後、掘り起こした土を解《ほぐ》したものを戻して水を入れ、平らに均《なら》してようやく田植えの準備は完了だ。

ここまで力仕事ばかりで、美花一人ではたいそう骨が折れただろう。だが、寮からも学園からもよく見える場所を選んだおかげで、美花が作業をしていると今日みたいに誰かしら寄って来て手伝ってくれたのだった。

「――やっているな」

「随分楽しそうじゃないか」

あらかた田植えが終わった頃、連れ立って通りかかったのはリヴィオとルークだった。

続柄は従甥と従叔父に当たる二人は、互いに思うところはあれどもそれなりに気が合うらしく、割合よくつるんでいる。とはいえ、リヴィオが完全無欠の皇帝陛下の仮面を脱ぐのは、今もまだ美花の前だけだ。

美花が拵《こしら》えた水田はたったの二坪――おおよそ畳四枚分。大した大きさではないので、四人でかかれば隅から隅まで植えてもあっという間。最初は泥の感触におっかなびっくりだったカミルもすぐに慣れ、最終的には肘《ひじ》まで水に浸けて熱心に苗を植えてくれた。

ひんやりとした泥から足を抜いて、畦に上がってきた美花達に、リヴィオとルークが同時に相好《そうごう》を崩す。

こういう時、この二人は驚くほど似ていると感じるのに、実際の彼らには一滴の血の繋がりもないのだ。

薬を盛られたルークが美花の前でうっかり心の内を曝《さら》け出してからしばらく経ったが、その時のことについてあれから互いに言及することは一切なかった。

自身にハルヴァリ皇家の血が流れていないことを知らないルークは、帝王を認識できないコンプレックスをこれからも抱えて生きていく。皇帝リヴィオや各国の王太子達といった、当たり前のように帝王と接することができる者達を前にした時の劣等感、この世界の人間でさえないのに帝王に目をかけられている美花に対する嫉妬《しっと》――今もまだ、きっとこの瞬間でさえ、ルークの心の中には様々な感情が渦巻いていることだろう。

それでも彼はリヴィオの側に立ち、王太子達に学問を教え、それから――

「ミカ、随分はしゃいだみたいだな。頬に泥が付いているぞ」

苦笑を浮かべてそう告げると、胸のポケットからハンカチを出して美花の頬を拭ってくれた。

そうすると、大学受験に失敗して母に無価値の烙印を押され、どうしていいのか分からず泣きじゃくったあの日――美花の人生で一番辛く悲しかった時、同じようにハンカチで涙を拭ってくれた担任教師の面影をどうしても重ねてしまうのだ。

美花はそれを振り払うように、努めて明るい笑みを作る。

「いえいえ、ルーク先生。はしゃいでいたのは、私じゃなくてこちらの坊ちゃま……って、カミル？　何してくれてんの⁉」

「さっき、腕に泥を塗りたくられたお返しに決まってるだろ」

「うわっ、ちょっとやだ！　どろんこ遊びなら一人でやって！　寮母さんは今日はお休みですよ⁉」

「うるせー、お前は年中無休で働け」

せっかくルークが拭ってくれた頬は、何故だか拗《す》ねたような顔をしたカミルの横暴のせいでまたもや汚れてしまった。

ちなみに美花の今日の恰好は、いつものワンピースとエプロンドレスではなく、白い無地のシャツと柔らかな綿素材のズボン。

汚れないように袖と裾を捲《まく》り上げていたのだが、カミルと戯《じゃ》れ合ったためにすっかり泥だらけだ。当然ながら美花もやられっぱなしではないので、カミルもなかなか悲惨な有様になっていった。

「……お前達、仲が良いのは結構だがな」

やがて、傍観に徹していたリヴィオがため息混じりに口を挟む。

とたんに、仲良くなんかないですっ！　と声をハモらせた美花とカミルに、彼は寮の方を一瞥《いちべつ》してからお馴染みのアルカイックスマイルを浮かべて告げた。

「せっかくの休みが説教で潰れるようなことにならねばよいがな」

リヴィオの視線を辿った瞬間、美花とカミルは仲良く震え上がる。

寮の玄関には、洗濯係の侍女が般若《はんにゃ》のような顔をして仁王立ちしていた。

階段の踊り場に取り付けられた窓から、朝日が斜めに差し込んでいる。

強い光は窓枠の輪郭を滲ませ、照らした階段の一段一段に濃い陰影を作り出していた。

窓の向こうには大きな池を備えた庭園が広がり、その一角には小さな田んぼが見えた。

美花はコツコツとパンプスの踵を鳴らして階段を下りながら、前日の田植えの様子を振り返る。

さらにその後、衣服を必要以上に泥だらけにした罪でカミルともども洗濯係の侍女から大目玉を食らったのを思い出し、苦笑を浮かべたちょうどその時、一階から二階へと繋がる踊り場から顔を出したシェフと目が合った。

「おはよう、ミカさん！　ああっ……朝一番に君の微笑みを目にすることができるなんて、僕はなんて幸せなんだろう！　きっと今日は素晴らしい一日になるよ‼」

「おはようございます、シェフ。相変わらずお上手ですね。今日もよろしくお願いします」

芝居がかったキザな台詞にも笑顔で応対。たとえそのレトリックが生理的に合わなくても、シェフが人畜無害な人間であると知っている美花が彼を邪険《じゃけん》にすることはない。

その後、朝食の用意ができていると告げて一階へ戻るシェフを見送ると、美花はさて、と呟いて二階の廊下に向き直った。

今日もまた、四つの部屋の扉を朝の挨拶とともに順々にノックしていく。

三つ目の部屋までは、いつも通り順調だった。部屋の中からすぐに挨拶が返ってきたし、一番目の部屋のイヴなんてすでに身支度を済ませていたらしく、わざわざ扉を開けて挨拶をしてくれた。

問題なのは、四つ目の部屋だった。

「おはよう、カミル。起きてるの？」

何度声をかけても返事がない。美花は一緒に付いてきたイヴと顔を見合わせてため息をつく。

カミルが朝に弱いのは相変わらずだが、最近は自力で起きられるように努めていた節《ふし》があり、ここ幾日かは美花がノックをすればぶっきらぼうな声が返ってきていたのだ。

昨日は初めての泥んこにはしゃいでいたので、疲れが出てうっかり寝坊してしまったのだろうか。となれば、合鍵の出番である。美花はエプロンポケットから鍵の束を取り出して、慣れた様子で選び取った一本を目の前の扉の鍵穴に突っ込んだ。

ガチャリ、と意外に大きな音を立てて鍵が開いても、扉の向こうでカミルが慌てる気配はない。やはり彼はまだ夢の中らしい。

ため息を吐きつつ、わざと大きな音を立てて扉を開けた美花だったが、そこではたとあることに気付き、慌ててイヴを仰ぎ見る。ちなみに、イヴは美花よりも頭一つ分は背が高い。

「えーっと……あのね、イヴ。カミルってば、その……すっぽんぽんで寝ている可能性が高いんだけど……」

「平気。男の裸なんて見慣れてる。ヤコイラでは風呂上がりや鍛錬《たんれん》の後、筋肉自慢の兄達がいつも裸でほっつき歩いていたし、私も腹筋割れてからは人に見られても全然気にならなくなった」

「いやいやいやいや！　お兄さん達はともかくとして、イヴは気にしようよっ！　っていうか、イヴの腹筋割れてるんだ⁉　触ってみてもいい？」

「いいよ」

筋肉の質や皮下脂肪の厚さの関係で、女性は男性よりも腹筋が割れにくい傾向にあるが、二つ返事をもらった美花がさっそく触れたイヴのお腹は、申告通り見事なシックスパックにでき上がっていた。

身体能力に優れた民族であるヤコイラ人にとって鍛え上げられた肉体こそステータス。そんな価値観の中で生まれ育ったイヴからすれば、カミルのような華奢な少年の裸体など何の感慨も覚えない代物らしい。

そこまで聞くと、美花はいっそカミルが気の毒に思え、彼の名誉のためにもできるだけイヴの目に晒さないようにしてやろうと決意する。

カミルの部屋の中に踏み込むと、カーテンを開くのをイヴに任せ、美花はベッドに直行した。

人一人分こんもりと膨らんだ上掛けからは、少し癖のある赤い髪が覗いている。

ベッドの横に置かれた椅子の背には、今朝もまた脱ぎ散らかしたバスローブが乱雑に引っ掛けられていた。

美花はそれを手に取ると、肩があるだろう辺りを上掛けの上から掴んで揺する。

「カミル、起きなさい。イヴに可哀想なものを見るような目で見られたくなかったら、今すぐ起きて服を着なさい」

「……うう」

ベッドの上でもぞもぞしつつ、カミルが呻《うめ》く。

そうして、ようやくその顔が上掛けの下から出てこようとしたその時、シャッと軽快な音を立ててカーテンが開いた。

一気に飛び込んできた強い光に怯み、思わず美花まで両目を瞑る。

やがて恐る恐る瞼を開いた先に、上掛けから剥き出しになった白い肩を見つけると、彼女は大慌てでバスローブをかけてやった。

それでもまだ起き上がってこないカミルに、カーテンを開け終わって美花の側までやってきたイヴが、怪訝《けげん》な顔をして言った。

「ミカ、何だか様子がおかしいよ?」

「……え？」

この時カミルの顔は、その髪と見紛《みまが》うほどに赤かった。

＊＊＊

水銀式の体温計が示した数値はぴったり三十九度。

カミルの口に銀色の舌圧子《ぜつあつし》が突っ込まれて喉《のど》が晒された末、診断結果は〝風邪〟だった。

この朝、イヴと一緒にカミルの部屋を訪れた美花は、彼が真っ赤な顔をしてベッドに横たわっているのに気付いて思わず悲鳴を上げた。

駆け付けたリヴィオが事情を察してすぐさま呼び寄せたのがルークである。

ルークは医師の資格を持っていて、学園の校医を兼任している。帝王が認識できないというコンプレックスを克服しようと奮闘した結果か、彼はいろいろとハイスペックだ。

「昨日、水田に入らせたのがいけなかったんでしょうか……」

「いや、それよりも泥を落とすのに水を被った後、髪もろくに乾かさないでうろうろしていただろう。ミカに注意されても聞かなかったんだから、自業自得《じごうじとく》だ」

厳しい言葉を吐きつつも、カミルに上掛けを掛け直してやるルークの手は優しい。

額に濡れタオルを載せられたカミルは、熱のせいで潤んだ瞳で美花とルークを無言で見上げていた。

「授業はもちろんだが、課外活動も今日は休みだ。後で侍従あたりにカミルの師匠殿への連絡を頼んでおこう」

「はい、先生。よろしくお願いします」

「私は授業があるから学園の方にいるが、もし何かあったら呼んでくれ。すぐに飛んでくる」

「分かりました。ありがとうございます」

ルークを見送ると、美花はカミルのベッドの側に戻って椅子に腰を下ろした。

美花と一緒に発熱したカミルの第一発見者となったイヴも、美花の悲鳴に驚いて飛んできたアイリーンとミシェルも突然のことに随分と動揺していたが、リヴィオがすかさず彼らを宥めて朝食に向かわせてくれた。

食事はよほどの理由がない限り全員が揃って食べるのがこの寮のしきたりだが、今朝の出来事は〝よほどの理由〟に当てはまる。体調を崩した仲間に寮母が付き添うことに、異を唱える者など誰もいないだろう。

学園に向かう子供達の見送りも今日はリヴィオが引き受けてくれたため、美花はこのままカミルに付き添うことにした。

「……俺は、頼んでないからな」

「はいはい」

「別に、メイドに付いててもらわなくたって、養生くらい一人でできるし……」

「うんうん」

「帝王様がいてくれるから、お前なんかいなくったって寂しくないんだからな……」

「そっかそっか」

ルークが出て行ったとたんに口を開いたカミルの声は普段と違って弱々しく、憎まれ口にも覇気《はき》がない。

実はリヴィオが美花の悲鳴を聞いて駆け付けた時に一緒にやってきて以降、ルークの診察中もずっとベッドの上にいた帝王に、カミルはぐすぐすと鼻を鳴らしながら縋《すが》り付いていた。

素直じゃないのは相変わらずでも、突然熱が出て心細い気持ちは隠し切れないらしい。言葉とは裏腹に一人にしないでと訴える薄青の瞳がひどくいじらしかった。

「かわゆいねぇ」

「かわゆいなぁ」

たまらず眦を緩めて声を揃えた美花と帝王を、かわゆくないっ！　と涙目で睨む様子もやっぱりかわゆい。

美花は苦笑を浮かべつつ、タオルを冷水に浸して絞り直し、カミルの額に戻してやった。

「……みっともない」

ぽつり、とカミルが呟く。美花は帝王と顔を見合わせ、続く言葉に黙って耳を傾けた。

「風邪くらいで寝込むなんて、みっともない……授業も仕事も休まなきゃならないなんて、自分が情けない……」

美花に対しては生意気でまだまだ子供っぽい言動も目立つが、カミルは学園の生徒としても王太子としてもたいへん優秀で、真面目で責任感もある。

微熱くらいならば、平静を装って授業にも課外活動にも出ていただろうし、体調不良を周囲に悟らせないよう取り繕えたかもしれないが、今回は熱が高過ぎて上手くいかなかったのだろう。

そんな自分が歯痒《はがゆ》くてやるせない。そう呻いて唇を噛み締めるカミルに、美花は首を横に振った。

「みっともなくたっていい、情けなくたっていいんだよ。授業だって仕事だって、そんなの全部休んだらいいの。一番大事なのは、カミルが元気でいることなんだから」

そう言って目の前の赤い髪をわしゃわしゃと撫でる。するとカミルはやめろと言いつつも、美花の手を振り払うのではなくぎゅっと掴んだ。

「こんなふうに……誰かにベッドの横に付き添ってもらったこと、今までなかった……」

身体が弱っている時は心も脆《もろ》くなるものだ。ぽつりと吐露《とろ》されたカミルの胸中に、美花は黙って耳を傾ける。

「早く自立するようにって、俺だけ生まれてすぐに母の宮から離れた部屋に移されていたから。フランセンの王太子に甘えはいらない……代々ずっとそうだったからって、父に言われて」

さほど年の変わらない弟妹は最低十歳までは母の側に置かれていたというのに……そう呟いて唇を噛むカミルの姿はあまりにも痛ましかった。

「そっか……それじゃあ寂しかったよね。王太子はずっとそうだったってことは、カミルのお父様も子供の頃に同じ気持ちを味わったはずなのに、大人になって忘れちゃったのかな？」

「祖父は家族を顧みない人だったらしくて、父は祖父を冷血漢だと言って嫌っていた。ああはなるまいと、母や弟妹のことは確かに大事にしてる。けど、俺は世継ぎだから……」

――フランセンの国王と王太子は代々親子関係がこじれている。

美花はいつか聞いた図書館長の言葉を思い出していた。大陸一の大国を背負う精神的重圧ゆえか、フランセンの国王は必要以上に世継ぎを厳しく育てる傾向がある、と。

カミルは王太子としての自分の立場をよく理解しているし、将来良き国王となるべく努力も惜しまない。

それなのに、大切にされるのは弟妹ばかりで、彼は寂しいと口にすることも許されないなんて、あまりにも不公平だろう。美花はカミルの手をぎゅっと握り返した。

「お前の父も昔、ここで寮母に胸の内を吐き出したことがあったさ。その頃はまだ、父親に振り向いてもらいたい、愛されたいという気持ちはあったのだろうな」

カミルの枕元で帝王が語り出す。もしも腕があったなら、カミルの頭を優しく撫でてやっていただろうと思わせる、慈《いつく》しみに満ちた声だった。

「だが、願いが叶わぬまま大人になって王となり、大国を担う気負いに圧《お》し潰されそうになる最中に生まれたのがお前だ、カミル。その時、父は思ったのだろうよ。この子を大国の王にふさわしい人間に育てねばならない。そのためには、親にも誰にも甘えずとも生きていけるだけの強さが必要だ、と」

「獅子《しし》は我が子を千尋《せんじん》の谷に落とすってやつね。それ、私の大嫌いな言葉だわ。虐待《ぎゃくたい》を正当化しようとしているみたいだもん。這い上がって来た子は親獅子に対して恨《うら》みしか抱いていないわよ」

帝王の言葉に、美花は苦虫を噛み潰したような顔で返す。

カミルはベッドに横になったままそんな二人を見つめていたが、やがて熱で潤んだ瞳で天井を睨むようにして口を開いた。

「俺は……父みたいにはならない。いつか親になる時が来ても、自分の子供には俺みたいな寂しい思いは絶対にさせたくない」

美花と帝王に誓うように、あるいは自分自身に言い聞かせるように、カミルはそう告げた。

それを聞いた帝王は、ますます慈愛溢れる表情をしてうんうんと頷く。腕があったなら、やっぱりカミルの頭がぐちゃぐちゃになるまで撫で回していたことだろう。

そんな帝王の分も込めて、美花が赤い髪を撫でる。

やめろ、と弱々しい声が返ってきたが、美花の手が振り払われることはなかった。


「寒い」

「はいはい、上掛け一枚増やそっか？　汗をたくさんかいた方が早く熱が下がるっていうしね」

「喉が痛い」

「よしよし、ええっと、喉にいいものって何だったっけな。大根、生姜《しょうが》、蜂蜜《はちみつ》、蓮根《れんこん》、葱《ねぎ》、レモン……うん、蜂蜜レモンなら作れそう」

「退屈だ、何か面白い話しろ」

「うーん、面白い話……面白い話……うちの祖父がタヌキに化《ば》かされて、延々竹やぶの中を歩かされた話でも聞く？」

幸いなことに、カミルの熱は正午を回る頃には段々と下がり始めた。

途中で覗きにきたルークが言うには、この分なら夜までには平熱に戻るだろうとのこと。

体調の回復に伴って美花に対する要求も増えていったが、甘えられているのだと思えばできる限り叶えてやりたくなる。

「タヌキ？　何だそれ。詳しく話せ」

「イヌ科の動物だよ。町内会でしこたま酒を飲んでお土産《みやげ》ぶらさげて帰る途中、祖父の少し前を着物姿の女の人が歩いていて、帰る方向一緒なんだなーいいお尻だなーと思って眺めていたら、いつの間にか見覚えのない竹やぶの中にいたんだって。相変わらず女の人は前を歩いているけど行けども行けども追いつかないし出口も見つからず、気がついたら朝になってて祖父は田んぼのど真ん中で大の字になって寝てたらしい」

「それが、タヌキってやつの仕業だと？　お前の世界には人間を化かす動物がいるのか……恐ろしいな。それで、お爺様はご無事か？　その化け物からどんな惨《ひど》い仕打ちを受けたんだ？」

「いや、お土産だった餡《あん》ころ餅《もち》を持っていかれただけなんだけどね」

ベッドの横に置いた椅子に腰掛けて、美花は正真正銘カミルに付きっきりだった。

帝王の姿はいつの間にか消えていたが、カミルはもうぐずぐずと寂しがることはなかった。

「このお話の教訓は、お酒は飲み過ぎるなってことと、スケベ心もほどほどにねってこと。カミルも、大人になったらお酒と綺麗なお姉ちゃんには気を付けるんだよ？」

「そんなの、お前に言われるまでもない」

憎まれ口は相変わらずだが、美花に対して部屋を出て行けとは言わないし、むしろ額を冷やすための水を交換しに行こうと席を立てば、どこへ行くんだと縋るような目で見上げてくる。

そんな彼を放っておくことなど到底できなくて、ちょうど着替えを持って部屋を訪れた洗濯係の侍女に水桶《みずおけ》を託した。泥遊びなんかするからですよ、と昨日のことを蒸し返されても甘んじて受け入れた。

「……一人で養生できるって言ったけど……あれ、取り消す」

「んん？」

カミルが唐突なことを言い出したのは、シェフが差し入れてくれたリンゴを二人で食べていた時だった。

六等分にしたリンゴの皮の部分を耳の形に残し、ご丁寧にレーズンの目を付けたそれは、可愛いウサギリンゴ。暇を持て余したシェフの力作である。

酸味が少なくさっぱりとした甘味で、シャクシャクとした食感のリンゴはいずこかの王国からの献上品らしい。

ベッドに腰かけ、それを一かけ咀嚼《そしゃく》し終えたカミルは、美花から顔を逸らして続けた。

「お前が……ミカが付いててくれて、よかった。一人じゃないから、寂しくなかった」

「お、おおお……」

いつになく素直な思いを口にしただけでなく、これまで美花のことを頑《かたく》なにメイドと呼び続けていたカミルが、この時初めて彼女を名前で呼んだのだ。驚きと感動と、それからちょっぴりの照れくささで、美花からはまともな言葉が出てこなかった。

そんな彼女の反応が不満だったのか、耳まで真っ赤になったカミルが振り返って叫ぶ。

「もし！　今後ミカが寝込むようなことがあったら、その時は俺が付き添ってやるからなっ‼」

「えっ、どうしたの？　なんで急にデレたの？　大丈夫？　また熱上がってきたんじゃない？」

「熱なんかもうねえわ、ばーかっ！　お前に借りを作るのが不本意だからに決まってるだろっ‼」

「ああ、はいはい、ばかですよ。そんなに叫ばないの。本当に熱上がっちゃうよ？」

ゼエゼエと息を荒げるカミルを慌ててベッドに横にさせ、額にそっと掌を載せる。

美花の手が冷たかったのか、カミルは心地よさそうに両目を閉じた。

そんな彼を見つめながら、今しがた告げられた言葉を思い返したとたん、美花の口元がゆるゆると綻《ほころ》ぶ。

ちらりと片目を開けてそれを見たカミルが、唇を尖らせて言った。

「……何、笑ってんだよ」

「うん、だって……嬉しくて……」

「……は？」

「弱っている時に、誰かが側に付いいてくれるって、とても心強いことだよね」

美花の父はそもそも忙しい人で、自分の都合のいい時しか娘に構わなかったし、母は医者を呼んで診察に立ち会った後は、美花の世話を家政婦に任せてろくに見舞いもしなかった。学校を休まなければいけなかった時などは、せっかくの皆勤賞が……内申書が……と、美花自身ではなく彼女の評価ばかりを心配していたのを思い出す。一度大事な試験の直前に体調を崩した時なんて、熱冷ましの注射を打って学校に行かされたことまであった。

そんな美花が初めて手厚い看病を受けたのは、祖父母宅に身を寄せてすぐのことだった。軽い風邪だったが、祖父や祖母、伯母達が、代わる代わる側に寄り添い気遣ってくれた時、美花はとても嬉しかったのだ。

母にとっては何の価値もなくなってしまった自分でも、まだ存在していてもいいんだと分かって、ようやく前を向いて生きていこうと決意したきっかけでもあった。

そして、この経験があったからこそ、美花は今回寝込んだカミルに寄り添うことができたのだと思う。

「……借りは返す。大船に乗ったつもりでいろよ」

ぶっきらぼうにそう告げたカミルが、額に載った美花の手の上に自身のそれを重ねた。

そんな彼の手は、いつの間にか美花の手を覆えるほどに大きくなっていて、とたんに頼もしく感じられた。

＊＊＊

「三十六度八分……よかった……」

カミルの脇の下に突っ込んでいた体温計をそっと引き抜いてみれば、ガラス管の中の水銀は平熱を示していた。そっと触れた彼の首筋も、燃えるようだった今朝とは大違いだ。

美花がタオルを絞り直して額に載せてやった頃には、彼はうとうととし始めていた。

どうやら熱は夜中のうちに上がっていたようで、昨夜はあまり眠れなかったらしい。

やがて規則正しい寝息が聞こえ始めると、美花はようやく安堵のため息を吐いた。

その時、コンコンと控えめなノックの音が響く。

せっかく寝付いたカミルを起こしてしまわないかと美花が返事をためらっている間に、ノックの主はさっさと扉を開いてしまった。

「――カミルは寝たか」

「陛下、しー」

やってきたのはリヴィオで、その手にはポットとカップが載ったトレイがあった。

足音を立てずに入ってきたリヴィオは窓際の机の上にトレイを置くと、紅茶を注いだカップをソーサーに載せて美花に手渡す。

さらに、自分の分の紅茶も注ぐと、机の前に置かれていた椅子をベッドの方へと移動させて座った。

ただいまの時刻は午後三時を少し回った頃。学園の授業はすでに終わり、子供達が課外活動のために城下町に出かけたであろう時間だった。彼らを見送るのは本来美花の役目であるが、登校時の見送り同様今日はリヴィオが代わりに務めてくれたのだ。

帝王がカミルの側から離れたのも、彼の回復を見届けて安心した上で、皇城の外に向かう他の子供達を見送るためだったのだろう。

すうすうと穏やかな寝息を立てるカミルを眺め、リヴィオも眦を緩める。

「随分と顔色がよくなったな。熱も下がってきていると帝王様がおっしゃっていたが」

「はい、今計ったら平熱まで下がっていました。ルーク先生も、この調子ならもう心配ないだろうとおっしゃってくださいました」

皇帝が手ずから淹れてくれた紅茶はベルガモットの香りがするフレーバーティーだった。爽やかな香りとあっさりとした飲み口に、美花の口からも自然とほっとため息が零《こぼ》れる。

そんな彼女の黒髪を、リヴィオが労うように撫でてくれた。

「よく面倒をみてやってくれたな、お疲れ様。カミルは私が見ておくから、少し部屋に戻って休んできなさい」

美花はすかさず首を横に振る。カミルが目を覚ました時、側にいてやりたいと思ったからだ。

「陛下こそ、お疲れでしょう。今日は私の仕事もいろいろ任せてしまいましたし……」

その時、身じろいだカミルの額から濡れタオルがずり落ちて、目元にペタリとくっついてしまった。

美花が慌ててカミルに手を伸ばそうとするも、両手に持ったカップとソーサーに一瞬阻《はば》まれる。

その隙に、さっさとカップをベッドサイドのテーブルに置いたリヴィオが立ち上がった。

彼は熱を吸収した濡れタオルを水桶に戻すと、そっとカミルの額に手を置く。赤い前髪を優しく指先で梳《す》き、熱の具合を確かめるように頬や首筋に触れる様は慈しみに溢れ、まさに我が子の体調を気遣う父親の姿そのものであった。

「陛下は、いつもそんなふうに子供達に寄り添うんですか？」

「そんなふうに、とは？」

「子供達のこと、すごく大事にしているでしょう？」

「……ふむ」

美花が水桶の中のタオルを絞って手渡せば、リヴィオがそれをまたカミルの額に載せてやる。

すうすうと、カミルが再び規則正しい寝息を立て始めたのを見届けると、リヴィオは美花の隣に置いた椅子に座り直して、にやりと人の悪い笑みを浮かべて言った。

「ハルヴァリ皇国の収益のほとんどを十六の王国からの上納金が占めている。王太子の留学を受け入れるのは首長国としての責務ではなく単なる国家的経済活動であり、王太子達はハルヴァリ皇国を維持していくための大切な金蔓《かねづる》だ。丁重に扱うのは当然だろう？」

「……うっわ、最低……聞きたくなかった」

「その最低な男に雇われて給料を受け取っているのだからミカも同罪だ。私の手駒として今後もしっかり励んでもらおう」

「やだやだ、やめてください！　私は陛下に魂まで売り渡したりしませんよ！」

そう言ってぶんぶんと首を横に振る美花を、リヴィオは面白そうに眺めていた。

美花の目から見て、ハルヴァリ皇国の有様はやはり歪であった。

この国は、かつての帝王の直系が治める首長国であるという肩書だけで成り立っている。

各国が納める上納金はお布施《ふせ》や寄付のようなものであり、あくまで任意。それぞれの国の国王がどれほどハルヴァリ皇国、あるいは死してなおこの世界に存在し続ける帝王に帰依《きえ》しているかによる。

すなわち、王太子時代にハルヴァリ皇国で過ごす三年間で、どれほどこの国と帝王に心酔するかによって、彼らが国王となった暁《あかつき》に差し出してくる金額が決まるのだ。

だから、ハルヴァリ皇帝であるリヴィオは王太子達をとても大事にする。といっても、上客として媚《こ》び諂《へつら》うわけではなく、彼らが本当に必要とする存在となって導かねばならない。

頭ごなしには叱らない。贔屓はしない。努力を認める。個々を尊重する――ハルヴァリ皇帝は、威厳に満ち、それでいて寛容で頼もしい理想の父親を演じる。

実際、リヴィオの言葉だと、彼がいかにも子供達の父親役をビジネスライクに演じているように聞こえるだろう。

ただ、あどけない顔をして眠るカミルを見守るその眼差しは、金蔓に向けるにしてはあまりにも柔らかく澄んでいるように、美花の目には映った。

窓の外が暗くなり始めた頃、課外活動で城下町に降りていた三人が珍しく揃って帰ってきた。

三人は自分の部屋には入らずに、カミルの部屋に押しかけてきてベッドに腰かけた彼を囲む。その膝の上に、ぽんと小さな丸い缶を置いたのはイヴだった。

「これ、お見舞いだって。カミルのお師匠様から」

「は？　俺の師匠って……ええっ……!?」

イヴと缶を見比べて、カミルが目を白黒させている。

無理もない。カミルの課外活動の師匠は、イヴが師事する大衆食堂の店主に輪をかけて無愛想な老齢の靴職人だ。そんな男が、弟子がたった一日熱で寝込んだだけで見舞いの品を寄越すなんて、誰が想像できただろう。

大衆食堂の常連でもあるカミルの師は、昼食を食べに寄った際にそれをイヴに託したのだという。しかも、缶の中には、色とりどりのキャンディが詰まっていた。

「あの気難しい顔をしたお師匠さんが、このキャンディ缶を選んでいる姿を想像したら……めちゃくちゃ可愛いよね!?」

美花の言葉に、その場にいた全員が即座に頷いた。

この後、カミルの熱が下がり食欲も出てきたことから、全員一緒にダイニングで夕食を食べることになった。夕食後は、子供達が湯を浴びている間に美花が全員のベッドを整える。こればかりは譲れない寮母の役目で、リヴィオや侍女に代わってもらうわけにはいかなかったのだ。

子供達が最初に整えたカミルの部屋に集まって消灯時刻まで話すと言うので、美花は慌てずに各部屋のベッドメイキングを済ませることができた。

最後に訪れたリヴィオのベッドで、うっかり片付け忘れられていた紙幣を一枚エプロンのポケットに保護したが、後からやって来た部屋の主にすぐにバレて回収されてしまったのは心底解せない。もちろん一割を要求したものの、それを硬貨一枚に引き上げる代わりにおやすみのキスを要求された。

あくどい取引を持ちかけられた美花は、報酬をさらに硬貨二枚に引き上げさせるべく交渉を開始したが、リヴィオもなかなか頷かない。硬貨二枚は紙幣一枚と同じ価値だから、当然と言えば当然なのだが。

守銭奴対守銭奴の話し合いは、結局消灯時刻まで続いた。

だから美花は、カミルの部屋に集まった子供達が何を話し合っていたのかを知らない。

「──で、何があった？」

口火を切ったのは部屋の主であるカミルだった。

彼とアイリーンがベッドに腰かけ、その前に置いた椅子にミシェルとイヴが座る。

アイリーンの膝の上には、帝王の生首が鎮座していた。

次に口を開いたのはイヴだ。

「ケイトって女を知ってる？」

とたんに、帝王の飴色の瞳が瞬く。それは、いつぞや城門の前で美花に絡んできた宝石商の娘の名だった。

美花がこの世界にやってくるまで数ヶ月、押し掛け女房的に寮母見習いをしていたケイトを知っているカミルとアイリーンは揃って遠い目をする。一方、ケイトと面識のないミシェルは、帝王と上級生二人の反応におろおろするばかりだった。

小さくため息をついたカミルがイヴに向き直る。

「知っているには知っているけど……そいつがどうかしたか？」

「ミカが、身体を使って陛下を籠絡《ろうらく》したって周囲に言いふらしている」

とたんに、は？　とカミルとアイリーンの声が重なった。帝王は声を上げなかったが、白い髭を生やした口元が物騒《ぶっそう》な笑みを作る。

ひえぇっ、と一人震え上がるミシェルを他所《よそ》に、イヴが続けた。

「今日は、わざわざ私に伝えに店まで来た。彼女の従妹《いとこ》がホール係をしていて手引きしたらしく、倉庫に食材を取り行ったら待ち構えていたんだ」

ケイトの話の中では、美花はいきなりこの世界にやってきて、婚約間近だったリヴィオとケイトの間を引き裂いた悪女ということになっていた。

もちろん、実際はリヴィオとケイトの間に婚約の話など持ち上がったこともないのだが、いずれ寮母の地位をマリィから受け継ぐつもりだったケイトは、本気でそのままハルヴァァリ皇妃の座に収まるつもりでいたらしい。

「ミカは寮母にふさわしくない、彼女のせいで私達も不自由しているだろうって……」

「ふうん……それで？　イヴはそいつの言葉を信じるのか？　メイドが……ミカが寮母にふさわしくない、身体を使って陛下に取り入ったって、お前は思ってるのかよ」

嘲《あざけ》るようなカミルの問いに、イヴは両目をカッと見開いて吠えた。

「そんなこと思っているもんか！　陛下がミカを重用しているのは、ミカの働きを認めているからだっ‼」

きっぱりと告げられたその言葉に、カミルは一転、満足そうに微笑んだ。帝王とアイリーンも微笑みを浮かべている。ミシェルだけはおろおろとしつつ、ぐっと握り締められたイヴの拳を宥めるように撫でた。

「それが分かってるなら充分だ。他人の言葉になど惑《まど》わされるな。人も物も、自分の目で見て評価し判断するんだ。それで、あの女はイヴに取り入ってどうしようというんだ？」

「とにかくミカに寮母を辞めさせたいらしい。私に祖国の父に訴えて、寮母の交代を陛下に進言してもらえと言ってきた」

「へえ……」

とたんに、この場にいる全員が真顔になった。

彼らの祖国を含む十六の王国は、帝王とハルヴァリ皇帝を崇めているが、ハルヴァリ皇国の属国ではない。それなのに、ハルヴァリ皇国の一市民に過ぎないケイトは、自分のために一国の君主を動かせと要求してきたのだ。おこがましいにもほどがある。

ケイトが、四つの国の王太子達からはっきりと敵認定された瞬間だった。

第六章

バタンと大きな音を立てて、すぐ目の前で扉が閉まる。

さすがの美花も眉を顰めて呟いた。

「……陛下に言いつけちゃうんだから」


この日、美花は図書館長にお使いを頼まれて城下町に降りていた。館長馴染みの古物商に、探している古書の目録を届けてほしいと頼まれたのだ。

子供達を課外活動に送り出した後で手が空いていた美花は二つ返事で引き受けて、いつものワンピースの上に鉤《かぎ》編みレースのボレロを羽織って城門を飛び出した。

顔馴染みの門番には一人で町に降りて大丈夫かといやに心配されたが、さすがは首長国だけあってハルヴァリ皇国はすこぶる治安がいいと聞く。そもそも、各国の王太子達でさえ護衛もなく闊歩《かっぽ》できるのだから、美花がおおっぴらに一人で出歩こうとも何の問題もない――そう、思っていた。

少し前までは。

美花は今しがた、半ば追い出されるようにして出てきた木の扉を睨む。

扉の向こうは比較的高級な部類の貴金属店だ。ショーケースには煌《きら》びやかな宝飾品が並んでいた。

店主は恰幅《かっぷく》のいい中年の男性で、美花よりいくらか年上の姉妹が主に接客を担当している。美花がこの貴金属店を訪れたのは、寮母に就任してからは初めてだったが、マリィが現役の頃には彼女に連れられて何度か足を運んでいた上、商品だって購入したことがあったのだ。

それなのにこの日、美花が店の扉を開くなり、接客係の姉妹はあからさまに顔を強張らせると、申し訳ありませんが本日はもう閉店でございます、と告げ――冒頭の通り、彼女の目の前で扉を閉めたのだった。

時刻はちょうど午後六時。

ハルヴァリ皇国ではまだ太陽は沈まない時間だが、一般的な終業時刻は過ぎているため帰途につく者も少なくはない。ただ、目の前の貴金属店の閉店時間はまだ二時間も先であることから、美花が入店拒否をされたのは明白だった。

「確かに、今日はちょっと素見《ひやか》してやろうくらいのノリで寄ったけどさ、一見《いちげん》さんでもないのにあんまりだよね。凹《へこ》む……」

「ミカちゃんや、気にするな。宝飾品が欲しいならば、あの店では扱えないような上等なのをリヴィオに用意させよう」

一緒についてきていた帝王が慰めようとしてくれるが、さしもの美花も項垂《うなだ》れる。というのも、不愉快な思いをさせられたのが今の貴金属店で四軒目だったからだ。

最初に訪れたのは、お使いに行った古物商の向かいに建つ靴屋だった。今も履いているお気に入りのパンプスとは別にもう一足欲しいな、とショーウインドーを覗いたとたんにカーテンを閉められたのは絶対に偶然ではない。直前に店主らしき中年の女性とガラス越しに確かに目が合ったのだから。

その次は、若者で賑わうパーラーだった。店先で販売していた搾《しぼ》り立てフルーツジュースを注文しようと列に並んだのだが、美花の順番が来たとたんに材料がなくなったと言って断られてしまったのだ。売り切れなら仕方がないと割り切れなかったのは、店の奥から山盛りのフルーツが覗いていたからだ。にやにやしながらこちらを眺めていた、店主らしき中年男性の顔は忘れない。

さらにその次に訪れた文房具店はひどいものだった。

軸が陶器や宝飾品で飾られた派手なものに紛れ、シンプルな木軸の万年筆を見つけた美花が手に取って感触を確かめようとしたところ、触るな！　と一喝《いっかつ》されて飛び上がりそうになった。

「おたくさんに売るもんはない。出て行ってくれ」

店の奥から出てきた初老の男性は怖い顔をしてそう言うと、美花に向かってしっしっと犬を追い払うような仕草をした。

そうして、最後が今扉を閉められたばかりの貴金属店だ。

「もしかして私、お金持ってないように見られてる？　ちょこちょこ陛下から巻き上げてるから、そこそこ懐《ふところ》は温かいんだけどなぁ」

「皇帝から金銭を巻き上げているとだけ聞けば、ミカちゃんはなかなかの悪女だな」

時折不躾《ぶしつけ》な視線が自分に向けられたり、遠巻きにしてひそひそ話をされているのにも気付き、美花は大きくため息をついた。誰かがよからぬ噂でも流したのだろうか。

それでもすぐに皇城に逃げ帰らなかったのは、町の人間すべてが美花に冷たいわけではないからだ。

最初の靴屋の二軒隣にあった別の靴屋はゆっくり試着させてくれた上、若い店主がカミルの師匠である靴職人の甥の子供であることが判明して話が弾んだ。

パーラーでジュースを飲み損《そこ》ねた時は、一部始終を目撃していたらしい向かいの雑貨屋の主人が、美花を呼び寄せてわざわざ紅茶をご馳走《ちそう》してくれた。

三軒目の文房具店に至っては、偶然店内に居合わせた老婦人が見兼ねて店主を窘めてくれたのだ。彼女は常連の上客だったらしく、店主は冷や汗をかきかき弁明に追われていた。

まさに、捨てる神あれば拾う神あり。

ただし美花はこの後、早々に皇城に戻らなかったことを少しばかり後悔することになる。

彼女が様々な店舗が建ち並ぶ通りを歩いていた時のことだ。二階より上はだいたい住居になっていて、どこのベランダも緑が溢れている。

「おおっと、危ない」

「わわっ……!?」

突然、美花は帝王に肩を押されよろめいた。すると、彼女が足を踏み出そうとしていたその位置に、上からビシャッと水が落ちてきたではないか。帝王が対処してくれなければ、おそらく美花は頭からそれを被っていたであろう。

ぽかんとして上を仰ぎ見れば、二階の窓辺に陶器の鉢を引っくり返して持つ若い女性の姿があっ

郵便はがき

170-0013

STAMP HERE

東京都豊島区東池袋3-22-17
東池袋セントラルプレイス 5F
(株)フロンティアワークス

アリアンローズ 編集部 行

〒□□□-□□□□ Tel. (　　) 　- 住所	
ふりがな 名前	P.N.《ペンネーム》
年齢 a.18歳以下 b.19〜24歳 c.25〜29歳 d.30〜34歳 e.35〜39歳 f.40〜44歳 g.45〜49歳 h.50〜54歳 i.55〜59歳 j.60歳以上	○をつけてください 男・女
職業 a.学生 b.会社員 c.主婦 d.自営業 e.会社役員 f.公務員 g.パート/アルバイト h.無職 i.その他	購入書店名
購入書籍名	
注意 ★ご記入頂きました項目は、今後の販促活動および出版企画の参考のために使用させて頂きます。それらの目的以外での使用は致しません。★販促活動にて、ご記入頂いたご感想などを公開する場合は、ご記入頂いたペンネームを使用し、個人を特定できない形で記載致します。こちらに同意いただける場合は、「同意する」に○をつけてください。	○をつけてください 同意する・しない

アリアンローズ 愛読者アンケート

	良	←	普	→	悪
●本書の満足度	5	4	3	2	1
●本文はどうでしたか？	5	4	3	2	1
●イラストはどうでしたか？	5	4	3	2	1

●Webの原作を知っていましたか？　A.Yes　B.No

●上の質問でNoと答えた方は、何で本書を知りましたか？

A.書店で見て　B.バナー広告を見て　C.公式HPを見て　D.友人・知人に聞いて
E.TwitterやFacebookなどのSNSを見て
F.その他（　　　　　　　　　　）

●よく買う本を教えてください。（アリアンローズ作品、雑誌など複数回答ＯＫ）

（　　　　　　　　　　）

●本書の購入理由は何ですか？（複数回答OK）

A.Webで原作を読んでいたから　B.著者のファンだから　C.イラストに惹かれて
D.イラストレーターのファンだから　E.好きなシリーズだから　F.帯を見て
G.あらすじを読んで　H.その他（　　　　　　　　　　）

●好きな物語の要素を下記より3つ選んでください。

A.異世界転生　B.現代　C.トリップ　D.乙女ゲーム　E.悪役もの　F.ラブコメ
G.冒険　H.学校・学園　I.料理・スイーツ　J.逆ハーレム　K.主人公最強・チート
L.魔法使い　M.王女・王族　N.兄妹・姉弟　O.貴族・令嬢

●本書へのご感想・編集部に対するご意見がありましたら、ご記入ください。

ご協力ありがとうございました！

た。

彼女の側には緑が植わった同じような鉢が幾つも置かれている。そのうちの一つに貯まっていた水を彼女がうっかり引っくり返した時、たまたま美花が下を通りかかった……という可能性もゼロではないだろう。

けれども美花はこの時、二階の女性がわざと自分を狙《ねら》って鉢を引っくり返したのだと確信した。

なぜなら……

「あらあら、ごめんなさぁい」

全く心の籠《こも》っていない声でそう言って、心底意地の悪い笑みを浮かべて見下ろしていたのが、いつぞや城門の側で美花に絡んできた宝石商の娘ケイトだったからだ。

美花は知らず知らず、ケイトの一族が代々受け継いできた宝石店の前に差しかかっていたらしい。

「――あやつ、引きずり下ろすか？」

美花の耳元に、帝王が珍しく地を這うような声で囁いた。

ケイトに帝王が認識できないのは分かっている。触れ合うことのできない彼女をどうやって引きずり下ろすつもりなんだろうと一瞬美花は思ったが、帝王ならばどうにかして実行してしまいそうだとすぐに思い直した。何といっても千年存在し続ける地縛霊。やってやれないことはなさそうだ。

けれども、美花は首を横に振った。

「あの無礼な女を許すのか、ミカちゃん。一矢報《いっしむく》いてやればよかろう」

「別に許すわけじゃないけどね……おじいちゃんがわざわざ手を下すまでもないかなって」

美花がそう言って周囲を見回すと、それに倣《なら》った帝王もすぐに合点《がてん》が入った様子で「なるほど」と頷いた。

人々が家路を急ぐ往来に、突然二階から水が降ってきて驚いたのは、何も美花だけではなかった。見て見ぬふりをして通り過ぎていく者もいる。美花を見てヒソヒソと言い交わす連中もやっぱりいる。

だが、往来を利用する大半の善良な人々が、鉢の水を二階からぶちまけておきながらニヤニヤと軽薄な笑みを浮かべている非常識な女にどのような印象を持ったかは――言うまでもないだろう。

「今の出来事で一番損したのは、たぶん彼女自身だよ」

「ははは、ちがいない！」

ケイトに向けられていた人々の視線は、次いで彼女のいる建物の一階、老舗の宝石店の看板に移る。

なるほど、あの非常識なのはこの宝石店の娘か、と人々は思ったに違いない。

ケイトは自分の行動が、自分自身ばかりでなく家業の評判を下げることになるかもしれないなんて、きっと考えてもいなかったのだろう。

美花はこれ以上関わるまいと、さっさと宝石店の前から離れた。ケイトが二階から何か言っていたような気もするが、彼女の言葉をわざわざ立ち止まって聞いてやる義理は美花にはない。

この頃になると徐々に空は赤くなり始めていた。

そんな中、美花は自分の足もとを見下ろして「あーあ」とため息を吐く。

帝王のおかげで頭から被るのは免《まぬか》れたものの、石畳の道路に叩き付けられて跳ねた水が美花のお気に入りのパンプスを汚していたのだ。どうやら土を含んだ水だったらしい。

とたんにテンションはだだ下がり。やっぱりお使いが済んだらさっさと皇城に戻るべきだったと後悔し始める。

ところがその時、前方にある人物を見つけ、美花はぱっと顔を輝かせた。

「カミルー‼」

「――は？　ミカ⁉　帝王様もっ⁉」

通りの端に椅子を置き、その前に据えた木箱に腰を下ろしていたのはカミルだった。

美花は喜色を浮かべてカミルに駆け寄り勢い良く椅子に腰を下ろすと、目を丸くしている彼に向かって請うた。

「お代は弾むから、ピッカピカにしてくださいな！」

「うわっ、お前これ……雨の後でもないのに、どこで泥水被ってきたんだよ！」

美花の汚れたパンプスを見たとたん、カミルは盛大に顔を顰めたが、すぐさま柔らかな布を取り出し表面を拭ってくれた。

その丁寧な所作が、ここに来るまで散々な目にあって少々ささくれ立っていた美花の心まで癒《いや》してくれるようだ。

思わず目の前の赤い頭をよしよしと撫でれば、両手が塞《ふさ》がっているカミルはブンブンと首を横に振り、子供扱いするな、と拗ねたような声で言った。

＊＊＊

「――お前はもう、一人でフラフラするな」

美花がここに辿り着くまでの経緯を聞いたカミルは、唸るような声でそう言った。

土の混じった水をかけられた黒いパンプスは、水分を拭っても白くくすんだようになってしまった。

カミルは慣れた手付きでその表面にクリームを塗り込みつつ、眉間に皺を刻んで続ける。

「大方の元凶はケイトだ。あの女がミカの悪い噂をまき散らしている」

「あー……やっぱり？　そんなことだろうと思ったわ」

作業をするカミルの赤い頭を見下ろしながら、美花はやれやれと肩を竦めた。

その膝の上にちゃっかり乗っかった帝王も、珍しく憮然たる面持ちである。

美花が入店拒否を食らった一軒目の靴屋と二軒目のパーラーはケイトの行きつけらしい。店主達は上客であるケイトに迎合《げいごう》して美花を敬遠したのだろう。

三軒目の文房具店の店主はケイトの父親の腰巾着《こしぎんちゃく》だという。自分の娘が寮母になれなかったのは美花のせいだと思っているケイトの父親に同調して、彼女を敵視しているようだ。

四軒目の貴金属店はケイトの父親の取引先らしいので、忖度《そんたく》したのかもしれない。

「皇太后陛下の血縁ということで、ケイトの一族はそれなりに一目置かれているようだ。だが俺の師匠やアイリーンの師匠みたいな良識ある方々の多くは、連中の慢心が目に余ると言って意図的に距離を置いている」

「へえ……カミルは随分と情報通なんだね」

美花が感心したように言うと、カミルは「まあな」と少しだけ得意げな顔をした。

往来の隅で向かい合う美花とカミルの側を、家路を急ぐ人々が通り過ぎて行く。ハルヴァリ皇国は国家としてはごくごく小さいが、それでも町では多くの人間が生活を営んでいた。

大陸一大きな国の次期国王であるカミルは、質素なシャツとズボンを身に着けてそんな町の風景に紛れている。彼の肩書を知らない者には、ただの名もなき靴磨き少年にしか見えないだろう。

「カミルはさあ、どうして靴磨きの仕事を選んだの?」

美花はふと疑問に思ったことを口にする。他の三人がそれぞれの職場を希望した理由は聞いていたが、カミルに関しては知らなかったのを思い出したのだ。

カミルはほんの少しだけ逡巡するような素振りを見せ、しかしすぐに口を開いた。

「俺が十歳の時、単身こっそり町に降りて閉門の時間までに城に帰れなくなってしまった話をしただろう?」

皇城の裏の丘で流星群を眺めながら、それぞれの人生で一番の失敗談を打ち明け合った時のことだ。

頷く美花に、カミルはパンプスを磨く手を止めずに続けた。

「あの時、町で知り合った同じ年頃の靴磨きが一晩泊めてくれたんだ。両親は亡《な》くなり、父親に教わった靴磨きをして生計を立てていると言っていた。家なんか荒屋《あばらや》みたいで翌日のパンを買う金もろくにない。なのにそいつ、すごく明るくて前向きで……一生懸命生きていた」

靴磨きの少年の生き様を目の当たりにし、カミルは自分が恵まれていることを知った。それと同時に、自分が国王となった暁には彼らのような子供達のこともしっかり守っていかなければと身に染みて思ったのだという。

「ろくに字も書けなかったけれど、博識で情報通。毎日いろんな靴を磨きながら人を見る目を養い、処世術を身につけていた。俺も、そいつに倣いたいと思ったんだ」

そうして、実際にカミルが働きだしたハルヴァリ皇国の城下町には、いろんな人間がいた。

彼を社会人と認め敬意を持って接する者、逆に、子供だと侮《あなど》り横柄《おうへい》な態度をとる者。

労いの言葉とともにチップを握らせてくれる客もいれば、代金を投げつけるようにして寄越す客もいた。

良い悪いにかかわらず、それはカミルが祖国で周囲に傅《かしず》かれていては到底味わえない経験だった。

「それに、実際師匠に弟子入りしてみて、靴自体にも興味が湧いたんだ。卒業までに、自分で一足靴を作ろうと思っている」

「そっか、それは楽しみだね」

そうこうしているうちに、美花のお気に入りのパンプスは、カミルの手によってすっかり輝きを取り戻した。爪先など黒曜石《こくようせき》のごとく艶めいている。

「わあ、すごーい！　新品の時よりもピカピカになったような気がする！」

「お前それ履きっぱなしだからな。気が向いたら、また寮でも磨いてやるよ」

「本当⁉　嬉しいー、ありがとう‼」

「お、おう……」

素直に喜びを表す美花に、カミルは一瞬面食らったような顔をしたが、すぐに満更《まんざら》でもなさそうに頷いた。

さてはて、時刻は午後六時半。カミルの終業時間まであと三十分ほどあり、美花がいつまでも椅子を占領していては営業妨害だ。

しかし、邪魔にならないよう先に皇城に戻ろうと立ち上がった彼女を、カミルが呼び止めた。

「俺の話を聞いていなかったのか？　もう一人でフラフラするなって言っただろう！」

「いやいや、大丈夫だって。絡まれても相手にしなければいいんだし」

「……俺が嫌なんだよ。悪意を持っている奴がいるって分かっている場所に女を一人で行かせては、男が廃《すた》る」

「あらま、紳士ぶっちゃって」

生意気で反抗的なばかりだったカミルに心配されているのが、何だか少しくすぐったい気持ちになる。

それを誤魔化すように茶化《ちゃか》した美花に、カミルはぐっと眉を顰める。そんな仏頂面《ぶっちょうづら》していたらお客さん来ないよー、と眉間の皺を指先で撫でれば、頭を振ってそれを払った彼が真剣な表情をして続けた。

「イヴが勤めている食堂の前の広場に噴水があるだろう。あそこなら人目も多いからめったなことは起こらないはずだ。仕事が終わったら拾いに行くから、そこで待っていろ」

「ええー、平気なんだけどなぁ……」

するとここで、それまで黙っていた帝王が口を挟んだ。

「ミカちゃんや、ここはカミルの顔を立ててやってくれんか。それに、ミカちゃんがまたさっきみたいな思いをするのを見るのは、俺も嫌だなぁ」

「おじいちゃんがそう言うなら……」

美花がようやく頷くと、カミルはあからさまにほっとした顔をした。

しかし美花もカミルも、そして帝王でさえも、この時決めた待ち合わせ場所で後々あんな騒動が起ころうとは、思ってもいなかった。


「――それが、大人の言うことですか。恥を知りなさい」


怒髪《どはつ》天を衝《つ》く、というのは今の自分のような状態を指すのだと、美花はどこか客観的に思った。

人間、生きていれば腹の立つことくらいいくらでもある。

美花だってこの日、いくつもの店で理不尽な扱いをされて怒りを覚えたし、ケイトに鉢の水をわざとかけられそうになったのなんて相当業腹《ごうはら》だった。

それでも、喧嘩を買うつもりはなかった。連中と同じ土俵に上がってやる義理などないと思っていたのだ。

けれども、この時はだめだった。

美花は到底看過することはできなかった。

相手が非を認めない限り、絶対に許すことはできない。その胸倉を掴み上げ、何だったらタコ殴りしてやりたいくらい、とにかく美花は激しい怒りに燃えていたのだ。相棒のハエ叩きを寮に置いてきたことが心底悔やまれる。

カミルと別れた後、美花は彼に言われた通り、待ち合わせ場所である広場の噴水の縁に腰を下ろして時間を潰していた。

町の中心部に位置する広場は馬車の終着地にもなっており、あちこちの通りから多くの人々が集まってくる。特に噴水は夜になるとライトアップされ、絶好の待ち合わせスポットとなっていた。真ん中から噴出するのは、地下深くより吸い上げ濾過《ろか》した飲料用水だ。手で受けて喉を潤す者もいる。

噴水を丸く囲む石の縁に座っていると、噴き上がった水の飛沫《しぶき》がミストのようになって心地よかった。

人待ちしている者は大勢おり、ライトアップされた噴水を背にしているので逆光になって顔が分かりにくい。そのため、勤め先である大衆食堂から出てきたイヴも、最初は美花の存在に気付かず前を通り過ぎそうになった。

彼女に付きまとうようにして馴《な》れ馴れしくくっついている人物も然《しか》り。

「ねえ、少しくらいいいでしょう。ちょっとだけ顔を出してちょうだいな。ねぇお願い」

「断る。夕食の時間に遅れて皆を待たせるわけにはいかない」

猫撫で声でイヴに話しかけているのはケイトだった。もう一人、彼女と同じ年頃で顔立ちの似た女性も一緒だ。

イヴは心底迷惑そうな顔をしてきっぱりと拒絶しているが、ケイト達にめげる様子はない。

「私に関わるなってあの寮母に言われたのね。あなたが私と仲良くなって、私の方が寮母にふさわしいって言い出されるのを恐れているんだわ。あんな女のことなんて気にしないで、私達と一緒に楽しみましょう。美味しいお酒をご馳走するから」

「ミカのことを悪く言うのはやめてくれ。不愉快だ。それに、私はまだ酒を飲める年ではない」

「あらあら、そんな硬いこと言わないで？　真面目なばかりで融通《ゆうずう》が利かない人間なんてつまらないわよ。一国の女王となるのだから、遊びの一つや二つは経験しておかないと……ね？」

「軽率な真似をして周囲に迷惑をかけたくはない。自分の立場くらい弁《わきま》えている」

美花は我が耳を疑った。国家が預かっている他国の王太子に戒律を破るよう教唆《きょうさ》する人間がいようとは、驚きを通り越して戦慄《せんりつ》する。

何より、しっかりと自分自身を律するイヴを、融通が利かないだのつまらないだのと扱《こ》き下ろした相手に、美花はこの時明確に殺意を覚えた。

カーッと頭に血が上った。そうして、気が付けばイヴの腕を引っ張って自分の背後に押しやり、ケイトとその連れを相手に啖呵《たんか》を切った後だった。

これまでのらりくらりと口撃を躱してばかりだった美花が急に反撃に出るなんて予想だにしていなかったのだろう。ケイト達はぽかんと口を開いて間抜け面を晒している。

美花はそんな相手の顔を冷ややかな目で見据えながら、イヴを背に庇って堂々と言い放った。

「うちの子に手を出そうというなら――容赦はしません」

＊＊＊

「ミカ……」

イヴがおずおずと服の裾を握ってくる。美花が振り返れば、彼女の小麦色の頬はほんのりと色付いていた。

一方、ようやく我に返ったらしいケイトの顔は、一気に夕焼け空と同じ色に染まった。

美花の言葉も存在も、何もかも気に入らないらしい彼女の瞳が憎悪《ぞうお》に燃え、呪《のろ》い殺さんばかりに睨みつけてくる。

「何よ、あなた！　こんな時間にここで何をしているのよ！　寮母なら、寮で子供達の帰りを待っている時間でしょう！」

「その子供を誑かそうとしている人がいるから、大人しく待ってなんていられないんですよ」

「――分かった！　あなた、寮母の仕事を放り出してここに男を漁《あさ》りに来たんだわ！　陛下を誑《たら》し込むだけでは飽き足らず、何人のハルヴァリの男達を弄《もてあそ》ぶつもりなのっ⁉　ああ、なんて浅ましいのかしら‼」

「そもそも、その寮母の仕事をするために、私は無事子供達を連れて帰りたいんですけど？」

キャンキャンと喚くケイトに対し、美花は冷静沈着に言葉を返す。

いつぞや城門の前で対峙《たいじ》した時と同じく、美花は彼女とキャットファイトをするつもりは毛頭《もうとう》ない。

ただ前回側にいたのは門番だけだったが、今回は大勢の観衆がいる上に、背中にはイヴを庇っているのだ。

課外活動で城下町に出る際、王太子達は学園の制服からシンプルな衣服に着替えて町に溶け込もうとする。イヴもこの時、カミル同様に質素なシャツとズボンという恰好だった。

ただしイヴの場合に限り見た目だけでヤコイラ人だと分かってしまうため、彼女がハルヴァリ皇城に留学中の王太子で、それを背に庇う美花が寮母だというのは観衆達にも知られているだろう。

美花はケイトと同じ土俵になど上がってやるつもりはない。

ただ、彼女を一方的に潰すつもりで勝負に出た。

「語彙《ごい》力も発想力も貧相過ぎて話になりませんね」

「なっ、なんですって……！」

「私を言い負かしたいならば、もう少し頭を使ってはいかがですか？　その頭は飾りですか？　そもそもあなた、口を開けば男性の話ばかりなさるんですね？」

「……っ、あんた！　言わせておけばっ‼」

美花が観衆――もとい野次馬《やじうま》達の耳には届かぬほどの声で煽れば、とたんにケイトは頭の天辺から湯気が噴き出しそうなほどに激昂した。

ケイトが衝動のままに右手を振り上げる。

ただならぬ気配を察したイヴが前へ出ようとするが、美花はさっと片手を上げてそれを制した。

代わりに美花は丹田《たんでん》に力を込めて、予想し得る衝撃に備える。

その瞬間に至るまでも、彼女はただひたすら冷静だった。

――パンッ

「――ミカッ！」

ケイトの右手が美花の頬をひっぱたいた。音の割に痛みはさほどでもない。

悲鳴を上げたのは、美花ではなくイヴだった。

それと同時に、人垣の向こうからも切迫した声が聞こえてくる。

「――ミカっ……おい！　くそ、どけっ！　通してくれっ‼」

仕事を終えたカミルが約束通りに美花を拾いにきてくれたようだ。だが、どうやら野次馬に遮られてこちらまで辿り着けないらしい。

広場は騒然となっていた。

ヤコイラ王国の王太子を背に庇った寮母を、ケイトが一方的に罵《ののし》った末に暴力を振るったのだ。

この光景を見てもまだケイトに味方できる者は、よほど盲目的な信奉者か親兄弟くらいだろう。

それが証拠に、彼女に向けられる野次馬の視線は一気に冷ややかになった。ここに来て、ようやく自分達が犯した過《あやま》ちに気付いたケイトの連れは、真っ青な顔でおろおろし始めたが時既に遅し。

いまだ自分の置かれた状況を理解できないケイトの方が、ある意味幸せなのかもしれない。

「あんたのせいよっ！　あんたが現れたせいで、私の人生はめちゃくちゃだわ！　マリィ様は私を皇城に戻してくださらないままハルヴァリを出て行ってしまわれたし、陛下は会ってもくださらない――全部、あんたのせいよっ‼」

「いやそれ、全然私のせいじゃないですよね？　単にあなたが皇城で嫌われているだけですよね？」

「ふざけないでよっ！　私を嫌う人なんているはずがないじゃないっ‼」

「いや、私は思いっきり嫌いですけど」

ずばり言い切った美花に背中から抱き付き、私も嫌いだ、とイヴが重ねる。

美花のぶたれた方の頬を後ろから覗き見て、赤くなってると呟いたかと思ったら、射殺さんばかりにケイトを睨み据えた。

「俺も嫌いだな」

唸るように呟いたのは帝王だ。

すぐ側にあった彼の顔がちょっとびっくりするくらい物騒になっていたので、美花は静かに視線を逸らした。

千年ものの幽霊様は迫力がすごい。怒りの矛先を向けられているケイト本人に、この顔が見えないのは幸せなのか不幸なのか――あいにく美花には判断がつかなかった。

「――俺も、あんたのことは大嫌いだ」

次いで、ケイトの前に立ち塞がってそう告げたのはカミルだ。

必死に人垣を掻き分け、息せき切らして駆け付けてくれた彼の背中は、美花には随分と頼もしく見えた。

以前は美花と同じ背の高さだった彼の頭が、いつの間にか少し見上げるくらいの位置にあることにふと気付き、子供の成長の早さを思い知らされる。

「あら、カミル様……まあまあ、困った方だわ。いまだに反抗期が続いていらっしゃるのかしら」

一方、カミルと対面したケイトは唇の端を歪に引き上げてそう言った。

確かに、ケイトが寮の仕事を手伝い始めた年の初めにハルヴァリ皇国に留学してきたカミルは、生活環境の変化によるストレスと反抗期を拗《こじ》らせて、当時は周囲にとって随分扱い辛い子供だった。

皇帝リヴィオに取り入るのが目的で寮に入り込んでいた、ケイトのような下心がみえみえな相手には特にあたりがきつく、ろくに口をきいたこともなかったのだ。

それなのに、まるで聞き分けのない子供を諭すように馴れ馴れしく話しかけられて、カミルは嫌悪を露《あらわ》にする。

「あんたがミカに関してデタラメを吹聴しているのを、俺たちが知らないとでも思っているのか。

今後一切、俺たちにもミカにも関わらないでくれ」

「そう言えと、その女に言われたんですか？　何か弱味でも握られて脅《おど》されているんでしょう⁉」

「そんなわけあるか！　何でもかんでもミカのせいにするなっ‼」

「ああ、いやだ！　王太子殿下にこんなことを言わせるなんてっ！　やっぱりあんたみたいな女に寮母を任せてはおけないわっ‼」

毅然としたカミルの言葉も自分の都合のいいように歪曲《わいきょく》し、ケイトはますます美花に憎悪を滾らせる。唯我独尊《ゆいがどくそん》ここに極まれり。

どうあっても揺るがない彼女の自尊心に、美花はいっそ感心すら覚える。

一方、カミルはこめかみに青筋を立てていた。

少年らしい潔癖さと幼さ故の癇癖《かんぺき》は、まさに瞬間湯沸かし器のごとく、彼の沸点が一気に振り切れてしまう。

「黙れ！　これ以上の愚弄は許さないぞっ‼」

ケイトに負けず劣らず激昂し、彼女に掴みかかろうとするカミルを、美花は咄嗟に背中に抱き着いて止める。

そんな美花の背中にはいまだにイヴをひっつけていたものだから、串に刺さった三色団子のようになってしまった。

「放せよ、ミカ！　あんな好き勝手言われて……お前に手を上げられて、大人しく引き下がれるかよっ‼」

「うんうん、分かってるよ。私の分まで怒ってくれてるんだよね。ありがとう。でも——感情的になってしまったら、相手と同じだよ？」

野次馬はまだ減らない。

美花が彼らの前で披露《ひろう》したいのは、あくまでキャットファイトではなく、ケイトの一人芝居からの自爆劇だ。

そして、クライマックスは突然やってきた。

「——何の騒ぎだ」

突如涼やかな声が響いたかと思うと、野次馬で構成された人垣が左右にぱっくりと割れた。

とたんに、山際に隠れる寸前の太陽の光が美花達がいる広場の中心へと差し込んでくる。

そんな後光《ごこう》を背負って現れたのは、神々《こうごう》しいまでの美貌を携えた、完全無欠の皇帝陛下。

アイリーンとミシェルを引き連れたリヴィオは、野次馬がこしらえた花道を堂々と歩いてやってきた。

＊＊＊

夕闇迫る城下町の広場は、しんと静まり返っていた。

「これはいったい何ごとだ」

突然現れたハルヴァリ皇帝は、騒動の中心である噴水の側までつかつかと歩いてくると、そう問うた。

とはいえ、その視線は最初から、ほんのりと赤くなった美花の左の頬を注視している。

この場で何が起こったのかは聞くまでもなくリヴィオは知っていて、口に出して問うたのはただの確認だろう。

「へ、陛下……」

リヴィオに背中を向けられているケイトが、震える声で彼を呼ぶ。

さすがに自分が置かれた状況を理解して青ざめているだろうか――そう思って、ひょいとリヴィオの脇から彼女の顔を覗き見た美花は、自身の認識の甘さを思い知ることとなった。

「陛下、やっと……やっとお会いできた……」

ケイトは青ざめるどころか、頬を薔薇色《ばらいろ》に染めてうっとりとリヴィオを見つめていたのだ。

まさに恋する乙女の様相。これまでの経緯がなければ、美花でさえ思わず彼女の恋を応援したくなるような、純粋な慕わしさに溢れた表情をしていた。

とはいえ現状、ケイトの恋が叶う確率は限りなくゼロに近い。それは、ちらりと彼女を一瞥したリヴィオの眼差しが物語っている。彼の飴色の瞳は帝王のそれに勝るとも劣らぬ剣呑《けんのん》さであった。

「そこの女が仕事終わりの私を捕まえて、酒場に行こうとしつこく誘ってきたんです。私は未成年だから無理だと断ったんですが、いっこうに聞き入れてくれなくて……」

「ほう」

「偶然居合わせたミカが間に入って庇ってくれたのですが、今度は彼女に絡み始めたんです。陛下を誑し込んだとか、他の男も弄ぶつもりだろうとかひどい言葉で罵った上、ミカの頬をいきなりぶったんです！」

「なるほど」

イヴは相当頭にきているらしく、いつになく饒舌《じょうぜつ》だった。

リヴィオはそれに短く相槌を打ちつつ、興奮して息を荒らげる彼女の肩を宥めるようにぽんぽんと叩く。そして、いまだに周りを取り囲む野次馬を見回した。

「——間違いないか？」

リヴィオの登場で静まり返っていた広場に、彼の凛《りん》とした声が響く。

野次馬達は皇帝からの端的な問いに、慌ててうんうんと頷いた。

すると、今度はカミルがビシッとケイトを指差して声を上げる。

「それだけじゃないです、陛下。その女、ミカを侮辱《ぶじょく》するような噂を振りまいていたんです」

とたんに野次馬から、「私も耳にしました」「自分も」と次々に声が上がり始めた。

さらには誰かの声が暴露する。

「さっきなんて、二階から鉢を引っくり返して、水を降らせていました」

リヴィオの形良い眉がピクリと跳ね上がる。

鉢の水の件を知らなかったイヴ、それからアイリーンとミシェルは、信じられないものを見るような目をケイトに向けた。

「ち、違うわ……あれは、わざとなんかじゃ……」

やっと――やっとである。

やっと、ケイトは自分の立場が非常にまずい状況であることに気付いた。

彼女の横に立っていた連れの女性なんて、気の毒なことにもう長らくバイブレーション機能が作動しっぱなしだ。

自業自得で孤立無援に陥《おちい》ったケイトは、縋るような目でリヴィオを見上げる。

果たして彼女は、今のリヴィオと野次馬のやり取りが公開裁判であったことに気付いているのだろうか。

判決は満場一致で有罪だった。後は、処分が言い渡されるだけだ。

残念ながら、被告人に申し開きの機会は与えられない。なぜなら、裁判長役のリヴィオの耳元に、この大陸の最高権力者である帝王が、有無《うむ》を言わさず断罪せよ、と宣《のたま》ったからだ。

リヴィオは冷ややかな目でケイトを一瞥し、温度のない声で告げた。

「――今後一切の登城、及び王太子と寮母への接触を禁ずる」

「そ、そんな……っ、陛下……」

王太子達や寮母に接触できなくなっても、ケイトは別段困らないだろう。けれど一切の登城を禁じられるということは、彼女が夢見ていた皇妃への道が完全に断たれることを意味している。

真っ青な顔をして追い縋ろうとするケイトを、隣でブルブル震えていた連れの女が慌てて止めた。

いかなる弁明も聞き入れられないであろうことを、リヴィオの一瞥から読み取ったのだろう。その判断は賢明だった。

ケイトがその場に崩れ落ちる。だがもう、その場の誰もが彼女への興味など失ってしまっていた。野次馬達の視線の先ではリヴィオが美花に近づき、ほんのりと赤みの残った左頬にそっと手を添えている。

まるで壊れ物に触れるかのようなその仕草を目にした人々は、皇帝は今代の寮母をとても大事にしているのだと理解しただろう。

「ミカ、大丈夫？　打ち身に効く薬をおばあちゃんにもらって来ようか？」

「わわ、赤くなってる……」

リヴィオに連れてこられたアイリーンとミシェルも、心配そうに美花に寄り添った。

カミルとイヴも、彼女の側から離れない。

ハルヴァリ皇国にとって寮母が重要なのは今更だが、皇帝に目をかけられている上に、王太子達に慕われている様子が知れ渡ったことによって、余計にそれは犯し難い存在として人々の心に刻まれたに違いない。

広場は再び静まり返る。この頃には、太陽はほぼ山際に隠れ、あたりは夜の気配が濃くなっていた。

そんな中、ふっと一つ強い光が灯《とも》る。

はっとした人々の視線が集中した先では、白髪混じりで髭を生やし、油で汚れたエプロンを着けた壮年の男性が、店先に明かりを灯したところだった。

彼は、イヴが勤めている大衆食堂の店主である。店主は野次馬達には目もくれず、皇帝リヴィオをじろりと睨んで口を開いた。

「店の前で騒ぎを起こされちゃあ、迷惑なんだがな」

その態度は皇帝相手に不敬どころの話ではないが、リヴィオが気を悪くする様子はない。

リヴィオは店主に苦笑で答えると、自分が伴ってきたアイリーンとミシェルの肩を叩いて言った。

「それは、すまない店主。すまないついでに六名分、席を用意してくれないか。今日は仕事が早く片付いてな。たまには子供達と一緒に外食にしようと出てきたんだ」

美花が城下町に降りていると聞いたリヴィオは、まずは薬局と紅茶店でアイリーンとミシェルを拾い、イヴやカミルを迎えに行きがてら彼女も回収するつもりだったらしい。

携帯端末もないのに、行き違いもなくちゃんと出会えるなんてすごいことだ。美花はこっそり感心する。

「……仕方ねぇな。いいぜ、入んな。——おい、見習い」

店主は顎をしゃくってそう言うと、イヴを呼んだ。はいと答えた彼女を一瞥し、にこりともせずに告げる。

「エプロン着けて厨房に戻れ。せっかくの機会だ、一品お前が作って味見してもらえ」

「は、はいっ……！」

とたんにイヴがぱっと顔を輝かせ、言われた通りに店内へと駆け戻った。

その後を追うようにして、リヴィオに促された美花達も店の扉を潜る。

開いた扉を手で押さえて一行が中に入るのを待っていた店主と、美花は一瞬目が合った。相変わらず無愛想なその視線を美花の腕の中に落とすと、彼は小さな声で「六名じゃなくて七名じゃねえか」と呟く。それだけで、店主の目にも帝王が見えているのだと確信するには充分だった。

美花の腕の中には、いまだちょっと不機嫌な顔をした帝王の生首が抱かれていたからである。

美花達が店内に入ると、店主はようやく店の扉から手を離そうとした。

ところが、思い出したかのように再び店の外に顔を出すと、いまだ広場の真ん中に崩れ落ちたままのケイト――ではなく、彼女に寄り添う連れの女性に向けて言った。

「お前、明日から来なくていいから」

女性がひゅっと息を呑む音がする。

彼女はケイトの従妹で、大衆食堂でホール係として働いていた看板娘だ。

イヴに美花の悪口を吹き込んだり、ケイトが彼女を待ち伏せする手引きをしたり、と立場を利用していろいろやっていたことが店主には全て見通されていたらしい。

茫然とする彼女を残し、店の扉は無情にもバタンと閉まった。


その日の夜のことだ。

消灯後に私室に呼びつけられた美花は、珍しく札束に塗れていないベッドに腰かけたリヴィオに迎えられた。

彼は美花の顔を見るなり、深々とため息をつく。

「まったく、無茶をする……自分のせいでミカを傷付けてしまったと、イヴが気に病んでいたぞ」

「それはちょっと、反省してます」

ケイトのビンタは大したことはなかったし、頬の赤みだって大衆食堂で夕食をとって皇城に戻る頃にはすっかり引いていた。

ただ、うっかり歯が当たって頬の内側に傷ができていたらしく、それに気付いたのがイヴが初めて作ってくれた白身魚のポワレに絞ったレモンが沁みた時だった。

表面のカリッとした食感や、噛んだ瞬間に口の中いっぱいに広がる上質の油、ふんわりソフトに仕上がった身から溢れ出す旨味……などなど、伝えるべき感動の言葉はいっぱいあったはずなのに、一口料理を含んでとっさに出た言葉が「いたっ」だったことを、美花は思いっきり後悔している。

そわそわして反応を窺っていたイヴには可哀想なことをしてしまった。もしや骨でも刺さったのかと涙目になって飛んで来た彼女に、美花が土下座をする勢いで謝ったのは言うまでもない。

今夜帝王が美花の側にいないのは、傷心のイヴの抱き枕を買って出たためだ。

「陛下、これ、労災おりますかね？　明日あたり、絶対口内炎になると思うんです」

「……〝ろうさい〟が何かは知らんが、金銭のことを言っているのは何となく分かるぞ。金を貯めること自体をとやかく言う気はないが、今日のような無茶をするようなら、今後は一人で城下町には行かせられないな」

いつになく厳しい表情をしてそう言うリヴィオに、美花は肩を竦めて無茶なんかしていないと反論する。

「私個人に対してはともかく、ケイトさんは〝ハルヴァリ皇国の寮母〟という肩書を持つ人間に正当な理由もなく暴力を振るったんです。陛下が彼女を排除する大義名分が立ったでしょう？」

「そのために、わざと自分の頬を差し出したというのか？」

「成り行き上ですよ。ただ今後、私も子供達も陛下もあの人に煩わされないんだと思えば、一発頬を張らせてやるくらい安いものでした」

「頼むから、自分を大事にしてくれ……」

苦虫を噛み潰したような顔をして唸るリヴィオに、美花は何をそれほど気に病む必要があるのかと首を傾げる。

何度も言うが、ケイトのビンタに大した威力はなかったし、美花にとってトラウマになるほどの衝撃ではなかった。

なにしろ、幼稚園から高校までのエスカレーター式エリート校にて、ヒエラルキー上位に君臨してきた身としては、それなりの修羅場《しゅらば》を経験してきたのだ。大人が考えるよりもずっと殺伐としたスクールカーストの中で、母を喜ばせるためというただ一つの目的のために、美花は最終的には生徒会役員の地位までのし上がった。

当時の生徒会長と副会長が乙女ゲームの攻略相手のようなきらきらしいキャラで、親衛隊なんてものまで結成されてしまう人気者であったため、やっかまれて校舎の裏で囲まれたことだってある。

本当に漫画みたいな展開だと思いながら、理不尽なばかりの彼女達の言い分を話半分に聞いていれば、自分達の吐いた台詞で勝手に興奮した誰かがいきなりひっぱたいてくるまでがワンセット。漫画ともゲームとも違うのは、美花が呼び出される原因となったきらきらしい男子達が颯爽と助けに来てくれるわけではないということだ。その代わり、誰かからの密告によって駆け付けた教師に現場を押さえられ、美花をひっぱたいた生徒は職員室へ。最終的には、スクールカーストどころか学校自体からも追い出され、その後彼女達がどのような人生を送ろうが、知ったことではなかった。

そんなことをつらつらと話してみせた美花を、リヴィオがいきなり抱き締める。

「……陛下、これはセクハラですか?」

「違うぞ。これは性的な接触を目的とした抱擁《ほうよう》ではない」

「セクハラは、受けた方がセクハラだって思ったらもうセクハラなんですよ? イケメンだからって何をしても許されると思ってたら大間違いですからね?」

「私が違うと言ったら違うんだ。異論は認めん」

いつにないリヴィオの暴論に目を丸くしつつ、美花は彼の腕の中で大人しくしていた。

セクハラだなんだと言いつつも、彼女自身、この抱擁にわずかにさえ嫌悪を覚えなかったからだ。

夜も深まった時間に、男の部屋で二人っきり。しかもベッドに腰かけた彼に抱き締められているというのに、色っぽい雰囲気が欠片《かけら》もないいなんて。

それがなんだかおかしくて口元を緩めた美花だったが、この時ふと、あることに気付いて「あ

れ？」と声を上げた。

「……もしかして今日のって、陛下が現場に駆け付けてくれたことになるんですかね？」

「うん？」

学生時代、美花が女子達に絡まれる原因となった男子達は、誰一人彼女を助けてくれることはなかった。駆け付けたのは当事者ではない大人で、彼らは美花のためではなく体裁を保つためだけに加害者を断罪していたのだ。

けれども今日、騒動の現場に颯爽と現れ事態を収拾させたのも、美花の頬をぶったケイトを断罪したのもリヴィオだった。

「なるほど……ヒロインってこういう気分なんですね。悪くないです」

「いつだって駆け付けてやる。だから、今後はぜひとも相手にひっぱたかれずに私を待っていてほしい」

「善処します……っていうか、そもそも陛下が私がひっぱたかれる前に駆け付けてくだされぱいいんじゃないですか？」

「……善処する」

ふふと笑った美花が、今後もまた無茶をする可能性がありそうだと思ったのか、リヴィオは彼女を抱き締めたままやれやれとため息をついた。

第七章

鮮やかな緑色の稲が、水をたたえた地面に行儀よく並んで生えている。

空に向かって真っ直ぐに伸びた葉は根に近い茎の節から枝分かれして、最初にそこに植えられた時よりも確実に大きな株へと生長している。これを、分蘗《ぶんげつ》とか株張りと呼ぶ。

美花がミシェルやイヴ、そしてカミルに手伝ってもらって田植えをしてから一月が経った。

その間、稲作経験者のミシェルに指示を仰ぎつつ、こまめに水を管理して稲の生長を見守ってきたのだ。

寮と学園の間にある庭園の一角に作られた美花の小さな水田は、天気が良ければすぐに水がなくなってしまうが、近くにある池から水を補充できるため、今日もまた稲達は葉の先までピンと張って瑞々《みずみず》しい。

その隙間に生えた草をせっせと引き抜いていた美花の手の甲に、何かがぴょんと飛び乗ってきたのは突然のことだった。

「ぎゃー‼」

丸い身体に長い足が八本、クモだ。とたんに盛大な悲鳴を上げたのは、手に乗っかられた美花本人ではなかった。

「カミル君、ちょっとうるさいんですけどー」

「だって！　おまっ……それっ……‼」

美花だって別段虫が好きなわけではないのだから、いきなりクモにくっつかれてびっくりしたし、なんなら早急に離れてもらいたいのは山々なのだが、カミルの過剰反応に驚いて悲鳴を上げるタイミングを逃してしまった。

自分よりも取り乱した人間を見れば逆に冷静になる、というのは本当らしい。

このまま振り払って田んぼに落ちると、クモが溺《おぼ》れてしまうだろうか……と悩むくらいの余裕はあった。

するとその時、横からすっと伸びてきた手がクモを摘まみ上げる。ぎゃっ、とカミルがまた悲鳴を上げた上に、今度は美花のシャツの裾をぎゅっと握った。

驚いた美花が顔を上げれば、柔らかな笑みをたたえたエメラルドグリーンの瞳とかち合う。

「ミ、ミシェル……」

「怖がらなくても大丈夫だよ。めったなことでは噛まないから」

そう言って、クモをそっと自身の掌に移したのはミシェルだった。

美花のシャツの裾をぎゅーっと握り締めたカミルが背後で、「勇者だ……」と呟いている。

「クモは稲に付く害虫を食べてくれるから、大事にしてあげなきゃ。あと、トンボとかハチなんかも、益虫だよ」

ミシェルがそう言って掌のクモを稲へと戻してやるが、足場となった葉が大きく撓《しな》った拍子にポチャンと水面へと落ちてしまった。美花は思わずあっと声を上げたが、幸いクモは水面で撓《たわ》んでいた稲に引っ掛かって溺れずに済んだ。それにほっとしかけた、次の瞬間だった。

バチャンッ！　と大きく水が跳ねたと思ったら、どこからか拳ほどの大きさのカエルが現れて、ミシェルが放したばかりのクモをぱくんと食べてしまったのだ。

「……」

「……」

カミルもミシェルも無言になった。美花はそんな二人の肩を叩き、身も蓋《ふた》もないことを告げる。

「——この世は所詮《しょせん》、弱肉強食よ」

美花が作ったこの小さな水田には、様々な生き物が棲むようになっていた。もともとビオトープとしても役立ててもらおうと思っていたので計画通りだ。

クモやカエルだけではなく、ヤゴやアメンボ、ゲンゴロウ。おそらく水を引いている池から移ってきたであろう、タニシやドジョウも生息している。

この日はまた生物学の授業の一環として、一年生と二年生合同で生物の観察に水田へとやってきて——ついでに、美花は草取りを手伝ってもらっている、というわけだ。

田植えの時同様、アイリーンは近くの木蔭に引き籠っているが、今日は大きなスケッチブックを広げて畦道に生えた植物を観察しているようなので、授業をサボっているわけではなさそうだ。この時彼女が熱心にスケッチしていたのが、実は猛毒のトリカブトの花であったことは後々判明する。

ミシェルはさすがは大陸で唯一稲作を行うインドリア王国の王太子。水田に来ると普段の三割増しでいきいきとしているし非常に頼もしい。

カミルは基本真面目でやる気はあるのだが、足がたくさんある生き物がどうにも苦手らしく、一度ムカデに遭遇した時なんかは乙女のような悲鳴を上げて美花にしがみついてきた。

そうして、イヴはというと……

「カミル、そんなに引っ張らないで。ミカが窒息する」

いまだぎゅうぎゅうと美花のシャツの裾を握っていたカミルの手を、ぺいっと振り払って彼を睨んだ。

夕闇迫る広場のど真ん中で、美花が宝石商の娘ケイトからビンタを食らってから、もう半月近く経っている。

あの出来事でトラウマを負ったのは、頬をぶたれた美花ではなくイヴだった。

イヴとしては、自分を庇ったばっかりに美花が暴力を振るわれたと思えてならないのだろう。

「……悪い」

「いいよカミル。イヴもありがとう。私は大丈夫だから、ね?」

美花は喉に食い込みそうになっていた襟を直しつつ、ばつの悪そうな顔をしたカミルと、心配そうにくっついてきたイヴに微笑んで見せる。

あれからすぐにケイトの父親が皇城に押しかけてきて、娘に下された処分の取り消しを訴えようとした。

ハルヴァァリ皇国の民が皇城に来るのに別段規制はないが、一般市民がアポイントなしに皇帝と会えるわけがないのは子供でも分かることだろう。当然ケイトの父親はリヴィオと面会すること叶わず、それならば、とあろうことか宮殿に守られた学園や寮のある区画へ侵入しようとして捕縛された。

捕まえたのは寮のシェフだ。厨房の窓から侵入者を見つけたシェフは、フライパンとフライ返しを盾と矛のように両手に掲げて立ち向かった。お手柄の彼には、前々から欲しがってた念願の高級調理器具セットが進呈されたらしい。

この後も稲は順調に生長し、さらに一月が経った頃にはびっしりと生え揃って緑の絨毯《じゅうたん》のようになっていた。

その上をさらりと風が吹き抜けて青田波が立つ。

それを見たミシェルが懐かしいと目を細め、故郷に思いを馳《は》せる。そうだね、と相槌を打ちつつ、美花の鼻の奥がツンとした。

何故だか無性に懐かしく泣きたくなるこの郷愁は、もしかしたら日本人のＤＮＡに刻み込まれている感覚なのかもしれない。

だって都会で生まれ育った美花にとっての実際の故郷の記憶は、コンクリートジャングルでしかないのだ。一面に広がる青田を目の前にしたのは、一年前――大学受験に失敗して祖父母の家に移り住み、ようやく気持ちが落ち着き始めた頃が初めてだった。

都会には都会の良さがある。のどかな田園風景よりも、環境が整い洗練された場所の方が便利で居心地がいいと言う人もいるだろう。母は後者で、美花は最終的にはそうではなかった、ただそれだけのことだ。

「僕、この時期の田んぼの風景が一番好きだ。あの一面の緑の上に立ったり寝転んだりできたらなって思う」

「わかる」

稲を育て始めてから、ミシェルは少しだけ積極的になった。美花が綺麗だと思う彼の南国の海のような色合いの瞳も、あまり伏せられることがなくなった。それだけでも、美花は田んぼを作ってよかったと思う。

そういえば、ミシェルはインドリア王国に自分の田んぼを持っているらしいが、彼がハルヴァリ皇国に留学している三年間はどうしているのだろうか。

「休田にしようかとも思ったんだけどね、義理の兄上達が代わりに世話するって言ってくれたので任せてきた。収穫できたら寮宛てに全部送ってくれるらしいから、ミカも食べて」

「何それ、楽しみ過ぎる」

ミシェルは年の離れた優秀な姉を三人も持つインドリア王家の末っ子だ。彼女達を差し置いて、男だからというだけで王太子に指名されたことが本人にとってはコンプレックスらしいが、どうやら姉やその夫達との関係はそう悪いものではないようだと分かって美花はほっとする。

ミシェルの田んぼは、この庭園どころか寮と学園の敷地を含めてすっぽりと入るほどだという。

それを聞いた美花はふと、祖父母の田んぼの風景を思い出した。

広大な一面の緑の向こうには、もくもくとした入道雲と鮮やかな青い空がどこまでも高く続いている。

それは、美花がこちらの世界へやってくることになったあの日の記憶だ。

午前中の涼しいうちに田んぼの草取り作業を手伝って、祖父母の昼食を作るために美花だけ先に家に戻ったのだ。

その前夜、どこからか家の中に入ってきてブンブン煩かったハエに辟易《へきえき》したので、ホームセンターに寄ってハエ叩きを購入した。これが後に、美花と一緒に世界を渡ることになる相棒との馴《な》れ初《そ》めだ。

そうして、家に帰って台所に立っている時に母が押しかけてきて——今に至る。

あの時は、母の期待に応えられなかった自分が情けないという思いもまだあったが、それよりもどこまでも独善的な彼女に腹が立った。母の手駒として見知らぬ相手に嫁ぐより他にも、自分にはもっと価値があるのだと思いたかった。

それから思いがけず世界を渡って帝王に拾われ、マリィから寮母という役目を与えられた時、美花は自分にもこの世界に存在する価値があるのだと言われているようで嬉しかった。

マリィがケイトではなく自分を選んでくれたことは、判官贔屓《ほうがんびいき》ではないと思いたい。

いつかはマリィに、美花に寮母を任せて良かったと思ってもらえるようになりたい。そうしたら美花はやっと、母と面と向かって対峙することができるような気がした。


その翌日の午後のことだ。

前任の寮母マリィ・ハルヴァリとその夫が、突如帰国した。
夫妻が旅に出て――美花が寮母に着任して四ヶ月後のことだった。

＊＊＊

「――ただいま。みんな、元気そうねぇ」

優しい声でそう言ってにっこりと笑ったマリィ・ハルヴァリは、真っ白い髪と淡い茶色の瞳をした老婦人だった。

リヴィオの祖父である先々代皇帝の妹で、五十年近く寮母として各国の王太子達を世話した、まさに大陸の母である。ハルヴァリ皇族であるので、もちろん彼女も帝王を認識することができる。

美花にとっては、異世界人の自分を取り立て大役を任せてくれた恩人であり、寮母としては師匠と仰ぐ人物であった。ちなみに、マリィの夫は彼女が寮母になりたての頃から学園で生物学と化学を教えていた教師である。

「マリィ先生、お帰りっ！」

「お帰りなさいませ、先生！」

マリィに真っ先に飛びついたのは、カミルとアイリーンだ。

祖国を離れたばかりで緊張と不安でいっぱいだった一年生の頃の彼らを支えたのは、マリィの無償の愛と海よりも深い慈悲の心であった。

今回の旅行でフランセン王国とハルランド王国にも立ち寄ってきたらしいマリィは、それぞれに馴染みの深い土産も持って帰っていた。祖国を離れて一年以上経つ二人には、随分と懐かしいものだろう。

甘え上手なアイリーンばかりかカミルまでマリィに土産話を強請り、彼女と夫が終《つい》の住処《すみか》と定めた離宮への訪問許可を取り付けていた。

一方、ミシェルとイヴにとっては今回が初めての顔合わせだが、彼らの父親もまた王太子時代にマリィの世話になっていたことから話には聞いていたのだろう。

今は国王として立っている偉大な父が、自分と同じ年の頃はどんな子供だったのか、どんなことに悩み、そしてどんなことに心を動かされたのか。マリィの持つ情報に対する彼らの興味は尽きない。

最近少し積極的になってきたミシェルが、マリィの優しい雰囲気に助けられるようにして、お宅訪問の約束を取り付けた。その際、意外にももじもじしていて遅れをとったイヴを気遣い、彼女も同行させたいと申し出た。

美花はそんな光景を、一歩引いた場所から微笑ましく思いながら見守っていた。

それなのに、彼女の表情を見た帝王がぎょっとした顔をする。

「ミ、ミカちゃんや……」

「ん？　なーに、おじいちゃん」

「いや、その……大丈夫か……？」

「うん、大丈夫って、何が？」

恐る恐るといった態で話しかけてきた帝王に、美花は笑みを貼り付かせた顔を向ける。

とたんに、生首姿の千年ものの幽霊な彼に、ひょえっ！　とまるで化け物を見た時のような悲鳴を上げられたのは、全くもって心外であった。


「――それで、ミカは何を拗ねているんだ？」

「は？　何言ってるんですか？　拗ねてなんかねーですよ」

マリィが帰国したその日の夜のことだ。

翌日は学園が休みであることから、土産話を聞きたがっていたカミルとアイリーンがマリィ夫妻の離宮へ泊まりに行くことになった。ハルヴァァリ皇国に留学中の王太子達は基本的に外泊は禁止されているが、宿泊先が皇城の敷地内であることと、リヴィオが許可を出したことから実現した。ミシェルとイヴも同時に招待されて行ったので、つまりは今宵、寮には美花とリヴィオの二人だけ。

というわけで、各部屋の見回りをする必要がなくなった美花は、消灯時刻を待たずにリヴィオの私室へと押しかけ――今に至る。

まだ札束塗れにはなっていないベッドにリヴィオが腰かけ、その向かいに椅子を引っ張ってきて美花が座った。自身の膝の上に片肘をつき、もう片方の手にグラスを持ったリヴィオが続ける。

「子供達が全員マリィ先生のところに行ってしまったからか？　だからといって、彼らにお前をないがしろにする意図は欠片もないだろう」

「そんなの、陛下に言われなくたって分かってますし……」

「では何故、そんなに拗ねた顔をしているんだ。眉間に皺が寄っているぞ」

「拗ねてなんかないって言ってるじゃないですか。っていうか、女子の顔見て皺を指摘するなんてデリカシーに欠け過ぎですよ。いくらイケメンでもそんなんじゃモテないですからね？」

差し向かいでグラスに口をつけつつ、美花はじろりとリヴィオを睨み上げる。

そのグラスの中身が自分の飲んでいるものと同じだと知っているリヴィオは、困ったような顔をした。

「そもそも、酒はもう飲んでもいいことにしたのか？」

「いいことになったんです」

「この世界は十八歳で成人だが、ミカの世界では二十歳なのだろう？　それまでは飲酒は控えると言っていたではないか」

「だからっ！　もう、いいことになったんですってば！　だって私——二十歳になりましたもんっ‼」

美花がそう叫んだとたん、リヴィオの飴色の瞳がまん丸になった。次いで、彼は盛大に狼狽《うろた》え始める。

「待て……待て待て、待ってくれ！　いつの間に⁉」

「今日！　今日の間にです！　今日が誕生日でしたっ‼」

やけくそ気味に叫んだ美花はグラスの中身をグイッと呷《あお》ろうとしたが、慌てて伸びてきたリヴィオの手がそれを押し止《とど》めた。

「今日が誕生日だなんて……そんな大事なこと、なぜ言わなかったんだ」

「だって、マリィさんを歓迎するので皆忙しかったじゃないですか。あんな中で、〝私、今日誕生日なんですよねー〟なんて言ったら、かまってちゃんみたいですもん！」

美花がこちらの世界にやってきたのは、十九歳になって少ししてからのことだ。

十九歳の誕生日は、それまでの十八回の誕生日とは比べ物にならないほど、賑やかで楽しいものだった。

祖父と伯父達が広い客間に大きな食卓を出してきて、その上には祖母と伯母達が作った料理が所狭しと並べられた。七号サイズの苺のケーキには十九本のロウソクが立てられて、従兄弟達に羨《うらや》ましがられながら吹き消した、あの懐かしい団欒の記憶の中には、母の姿だけがない。

そして、人生の大きな節目とも言える二十歳となったこの日——美花を祝う者は誰もいなかった。

鼻の奥がツンと痛み、目の前がじわりと滲んだ。

それを誤魔化すようになおもグラスを呷ろうとしたが、やっぱりリヴィオに止められて、ちびりとしか口に含めない。小さくため息をついたリヴィオが問うた。

「初めての酒の味はどうだ。美味《うま》いか？」

「……あんまり。渋いし、酸っぱいです」

「ふふ、私も初めてワインを口にした時は同じことを思ったな。ミカが飲むと分かっていたら、もう少し飲みやすいものを用意したんだが……ああ、無理に飲み切ろうとしなくていい」

「……はい」

美花が大人しくグラスを預けると、リヴィオは空になった自分のそれと一緒にベッドサイドのテーブルに置いた。そして自由になった両手で美花を掬《すく》い上げ、そのまま幼子を抱くように自分の膝の上に座らせてしまう。

されるがままの彼女の背中を、大きな掌が優しく撫でた。

「ミカ」

「……はい」

「誕生日おめでとう」

「……ありがとうございます」

頭上から静かに響く穏やかな声。リヴィオの飾らない祝いの言葉に、ささくれ立っていた心が凪《な》いで行く。

彼の言う通りだった。美花は、本当は拗ねていたのだ。

マリィの前では無邪気な子供のように振る舞い甘えるカミルとアイリーン。

マリィとは直接面識もなかったはずなのに瞬く間に懐いてしまったミシェルとイヴ。

対して自分は、彼らと打ち解けるまで何ヶ月もかかってしまった。

キャリアを考えれば美花がマリィに敵《かな》わないのは当然なのだが、自分の未熟さを思い知らされることは、母の期待に応えられずに無価値の烙印を押された時を思い出して辛い。

無価値な美花のことなんて、きっと誰も興味はないんだ——そんな卑屈なことを考えつつぐずり

と鼻を啜《すす》れば、リヴィオが宥めるようにまた背中を撫でてくれた。

「他の誰でもなく、私の所に来てくれたんだな。ルーク先生や図書館長、シェフや洗濯係ともミカは仲が良いのに、それでも私を選んでくれたんだな」

「……だって私、ルーク先生達の前ではいつも澄ました顔して寮母気取ってるんですから、愚痴《ぐち》なんかみっともなくて聞かせられませんよ。その点、陛下相手に遠慮するとか取り繕うとか今更でしょ？　私は陛下のもっと世に憚るべき姿を知ってるんですから」

「ひどい言われようだな。まあ、おかげで一番にミカにおめでとうを言えたから良しとしようか」

「それに、どうせ守銭奴の陛下は紙幣さえ握らせておけば少々の面倒にも付き合ってくれるでしょう？　ビジネスライクにいきましょうよ」

そう言って美花がどこからか紙幣を取り出せば、リヴィオは身内の愚痴を聞くのに代償など求めない、と心底心外そうな顔をする。

それでも美花はリヴィオの手にぎゅっと紙幣を一枚押し付けると、彼の肩口に顔を埋めてくぐもった声で言った。

「――四の五の言わずに、よしよししてください」

「ミカ……もしかして、酔っているのか？」

後々振り返れば、この時の美花はリヴィオが言う通り少々酔っていたのだろう。大した量を飲んだわけではないが、何しろアルコールを口にしたのはこの時が初めての上に、美花が飲むと想定されていなかったワインは度数が高いものだった。

リヴィオは美花のいきなりのデレに戸惑った様子だったが、注文通りよしよしと頭を撫でてくれる。

それから、「ぎゅっとして」「いっぱいほめて」と次々と繰り出される注文にも、一つ一つ丁寧に応えてくれた。

「カミルとアイリーンがマリィ先生を今でも慕っているのは事実だが、彼らの寮母はもう彼女ではなくミカなんだ」

やがてうつらうつらとし始めた美花の耳に、リヴィオの優しい声が子守唄のように響く。

「ミシェルとイヴにとってはミカが唯一の寮母だ。今までも、これからもな」

心の隅っこに残っていた理性が、自分に部屋に戻らなければと訴えていたが、リヴィオの腕の中があまりにも心地よくて感情の誘惑には勝てなかった。

何より美花を肯定してくれる言葉によって、リヴィオや子供達にとって自分は無価値ではないのだと分かって安堵した。

「お前の代わりは誰もいない。ミカは、私にとっても唯一だ」


その翌朝。

美花は、珍しく札束の散らかっていないリヴィオのベッドで彼とともに目を覚ました。

双方着衣に乱れも、間違いが起こった形跡もない。

幸い美花には二日酔いの気配もなかった。

朝一でいそいそと部屋にやってきた帝王は、そんな二人を見て心底がっかりした様子で叫んだ。

「据《す》え膳《ぜん》食わぬは男の恥ぞっ‼」

どうやら本気で美花とリヴィオをくっつけたいらしい彼の言葉に、寝ぼけ眼《まなこ》の二人は顔を見合わせてから、大真面目な顔をして言った。

「帝王様は恐ろしいことをおっしゃる。素面《しらふ》でないミカを抱いたりしたら……」

「それをネタに陛下を一生強請《ゆす》ります」

昨夜リヴィオに押し付けたはずの紙幣が服のポケットに戻ってきているのに美花が気付いたのは、着替えのために自室へ戻ってからのことだった。

＊＊＊

ピンクのバラ、赤紫色のスターチス、黄色いミモザ、真っ赤なケイトウ、白くて小さなカスミソウ、香りのいいラベンダー。それらをきゅっと赤いリボンで結んだ花束を、美花は思いがけず子供達からプレゼントされた。

二十歳の誕生日の翌日、その昼食の席でのことである。

子供達はマリィの離宮で朝食をご馳走になったのだが、その席で帝王が美花の誕生日が昨日だったと告げたらしい。子供達にとっては、まさに寝耳に水だっただろう。

朝食もそこそこに、彼らは額を突き合わせて相談し始めた。その結果、全員でお金を出し合って大きな大きな花束を贈ろうということになり、四人揃って城下町の花屋を訪れたのだという。

留学中の王太子達はホスト役のハルヴァリ皇家によって衣食住を保証されているが、自由にできる金銭は自身が課外活動の労働で得た賃金だけ。学園の授業が終わった後、長くても実働四時間程度なので、彼らの懐はさほど温かくはない。

そんな貴重なお小遣いの中から自分への贈り物の代金を捻出《ねんしゅつ》してくれたのかと思うと申し訳ない反面、美花はもうたまらなく嬉しかった。

「こんな綺麗な花束をもらったの、生まれて初めて——ありがとう」

そう言って思わず涙ぐんでしまい、強《したた》かな美花を見慣れている子供達はぎょっとしたが、その後彼女が一人一人に飛びついてそれぞれの頬に熱烈なキスを贈ったためにさらに驚いていた。

硬派なカミルなど首筋まで真っ赤にして「はしたない！」と怒っていたが、ミシェルとイヴは可愛らしくはにかみ、アイリーンに至ってはさらに熱いキスを返してくれたのだった。


そんな嬉しい出来事があった日から五日後のことだ。

この日美花はまた、子供達が課外活動に出かけた後に城下町に降りていた。

今回は図書館長のお使いではなく、個人的な用事である。

美花が訪れていたのは、町の中心にある広場から少し行った所にある老舗の花屋だ。

花屋の主人はマリィと同じ年頃の上品な老婦人。以前美花が文房具屋でひどい扱いをされた際、偶然店内に居合わせた常連客で、あまりの店主の横暴を見兼ねて窘めてくれた人だった。

同じ日に起こった広場の噴水前での騒動以来、美花はふらりと入った店で邪険にされることもないし、あからさまな陰口を叩かれることもなくなったように思う。もちろん、リヴィオが公衆の面前で接触禁止を宣言したために、ケイトが絡んでくることもなくなった。

だからといって、美花も用もないのに城下町に降りてはこない。今日花屋を訪れたのだって、ちゃんと目的があってのことだった。

「あらあら、立派な花束ねえ。素敵な殿方からのプレゼントかしら？」

「ふふ、素敵な男の子と、可愛い女の子達からもらった、宝物なんです」

誕生日の翌日に子供達から贈られた花束を、美花は大事に大事に自室に飾っていたのだが、生花である限りそう長くは保《も》たない。けれども、少しで長く側に置いておきたいと考えた美花は、花束をそのままドライフラワーにすることを思いついたのだ。

ドライフラワーの歴史は古く、古代エジプト王のミイラにもドライフラワーでできた花冠が置かれていたというし、ギリシア神話には王の娘が恋人からもらった花束が枯れるのを惜しんでドライフラワーにするエピソードがあるらしい。

花自体の美しさとともに、それをもらった時の喜びをいつまでも瑞々しく保ちたいという気持ちは、古代に生きた人々も美花も同じだろう。

失敗してただ枯らすようなことになってしまわないように、美花は花を扱うプロである花屋に教えを請うことにしたのだ。

最近お菓子作りに凝っているシェフが作ってくれたチーズケーキを手土産にして訪ねると、花屋の主人は快く迎え入れてくれた。

ドライフラワーを作るのはさほど難しいことではなかった。花や葉、枝などの形を綺麗に整えてから、逆さまにして吊るす。ドライヤーや電子レンジなんてものはないので、ただただ自然乾燥あるのみだ。

五日ほど乾燥させたらでき上がるというので、そのまま花屋の作業室に吊るしておいてもらって、後日受け取りにくるということになった。

時間が経つのは早いもので、気が付けばそろそろ午後七時前――子供達の仕事が終わる時刻になっていた。

「ねえ、おじいちゃん。子供達を拾って帰ろうかな？」

そう傍らに語りかけてから、美花は今日は帝王が一緒ではなかったことを思い出す。

ここしばらくの間、帝王はイヴにべったりだった。

その理由は、マリィが旅行先から持ち帰ったヤコイラ王国に関するきな臭い噂にある。

イヴはヤコイラ王国で古くから重用されている占術によって王太子に選ばれたが、二人の兄やその取り巻きがそれをやっかみ、たびたび暗殺紛いの行動を起こしていたらしいことは、美花もイヴ本人の口から聞いていた。

そのヤコイラ王国で一月ほど前にイヴを選んだ占術師が急逝し、その後を継いだ息子が先代の占術は間違っていたと騒ぎ立てたというのだ。もちろん、この息子にはイヴを妬む兄達の息がかかっていて、占術が間違っていたなんていうのもイヴを王太子の地位から引きずり下ろすための嘘だった。

すぐさまヤコイラ国王は事態を鎮圧しようと、首謀者である自分の息子達や、彼らに金を握らされて先代の顔に泥を塗るような嘘の証言をした占術師の息子を拘束したが、一度盛り上がってしまった気運は止められない。すでに、ハルヴァリ皇国に留学中のイヴに向けて刺客が放たれたという情報もあり、心配した帝王は彼女が皇城を出る際は必ず同行するようになっていた。

花屋を後にした美花はまず、イヴと帝王に合流できるかと思って、一番近くにあった大衆食堂を訪ねた。

しかし残念ながら、イヴは美花とほぼ入れ違いで帰途についたのだという。余談だが、ケイトの従妹がクビになった後、この大衆食堂にはしっとりとしたお姉さん系のホール係が入って新たな看板娘となっている。

大衆食堂を後にした美花は、急げば追いつくかと夕日で赤く染まる大通りを早足で進んだ。

しばらく行くと、行き交う人々の間にイヴの背中とそれに寄り添う帝王を見つけ、さらにはその向こうには、商売道具が入った木箱と椅子を抱えたカミルの姿もあった。

カミルはおそらく歩いてくるイヴと帝王に気付いたのだろう。とたんに表情を緩めた彼からは後輩を労う上級生の余裕が感じられ、随分成長したものだと美花は頼もしく思う。

子供達と合流して一緒に帰るのもいいが、こっそり後ろを歩きながら、彼らの普段の様子を観察するのも面白そうだ。

それぞれの祖国では、次代を担う者としてプレッシャーをかけられ、大人のエゴイズムに晒される子供達だが、このハルヴァリ皇国の城下町では年相応にのびのびと過ごしている。

彼らにとって自由な時間は限られているが、それでもこうして過ごした何気ない日々の思い出が、これから歩む人生の光明となればいいと美花は思った。

ところが、大通りを行くイヴと少し離れて立つカミルを微笑ましく眺めていられたのは、ここまでだった。

突如、美花の視界にギラリとした不自然な光が映り込んだのだ。

とっさにそれに目を向ければ、大通り沿いに建つ建物の二階――そのベランダに並んだ鉢に隠れるようにして、鋭い何かの切っ先が大通りに向けられているのに気付いた。

この時、美花は瞬時に理解した。切っ先の狙いが、イヴであると。

「――イヴ、危ないっ!!」

美花はそう叫ぶとともに、弩《おおゆみ》にでも弾かれたようにイヴに向かって走り出した。

叫び声に驚いて振り返った彼女に突進し、地面に押し倒すみたいにして切っ先の軌道から逃す。

カッ、と美花の首筋スレスレの地面に矢尻の先が突き刺さったのは、その直後だった。

大通りを行き交う人々は、折り重なるようにして地面に倒れ込んだ美花とイヴに面食らっている。

何が起こっているのか、いまいち理解できていないのだろう。

彼らの助けは期待できなさそうだと本能的に悟った美花は、腰の後ろに差していた得物を引き抜きやみくもに振り回した。絶妙のしなり具合と軽量なボディで、これまで美花と苦楽を共にしてきた心強い相棒だ。

とはいえ、所詮はプラスチック製のハエ叩き。再び飛んできた矢が平たいヘッドに突き刺さって割れてしまった。

「あわわ……」

「……っ、ミカ！　下がって！」

すぐさま状況を把握したらしいイヴが身を翻して立ち上がり、隠し持っていたらしい短剣を構えて真っ青な顔をした美花を背中に庇う。

「ミカ、どうして飛び出してきたんだ⁉　私なら大丈夫なのに！」

「そ、そんなこと言ったって！　イヴが狙われてるって知ったら、じっとなんてしていられるわけないじゃない‼」

その時、とっ、と軽い音とともに、二階から何者かが降りてきた。

随分と背の高い男だ。闇に紛れるためか全身黒ずくめ。顔の下半分を黒い布で隠し、イヴを映す瞳には殺気が漲《みなぎ》っている。僅かな布の隙間から見える肌は、小麦色をしていた。

「――ヤコイラからの刺客か」

確認するようなイヴの問いに応えぬまま、男はすらりと剣を抜いた。

イヴの持つ短剣とは比べものにならないほど長大な、おそらくは彼女が背中に庇った美花ごと切り捨てられそうな代物だ。

それを目にしてようやく、周囲の人々もただならぬ事態であると気付いたらしい。悲鳴が上がり、衛卒を呼べと誰かが叫んだ。

殺傷能力の高そうな武器を前にして、美花の足はブルブルと震え出す。

それでも少しでもイヴをその凶器から離したくて、短剣片手に男を威嚇する彼女の腕を引っ張り無理やり自分の後ろへと押しやった。

「ミカ、何をする！　あなたは逃げてっ‼」

「むりぃ！　イヴこそ逃げてええっ‼」

叫んで自分を奮い立たせなければ、恐怖でどうにかなってしまいそうだった。

男の鋭い目がちらりと美花を捉える。彼の掲げる長剣の刃が、まずは邪魔な美花を排除しようと動きかけた、その時だった。

わああっ！　と喊声《かんせい》のような声を上げて、カミルが猛然と駆け寄ってきた。

彼は仕事道具が入った木箱を振りかぶって男に投げつけると、美花とイヴに向かって叫んだ。

「お前達！　早く逃げろっ‼」

男は長剣を持っていない方の腕で木箱を叩き落とそうとしたが、その拍子に蓋が開いて中身が飛び出す。

靴磨きや修理に使う道具がバラバラと降り注ぎ、男の視界が一瞬、ほんの一瞬だけ塞がれた。

次の瞬間――

「――っ⁉」

飴色の瞳に射竦められ、男の身体は指一本動かなくなった。

第八章

その時何が起こったのか、遠巻きにする人々には皆目見当《かいもく》がつかなかっただろう。

身を寄せ合う二人の女性に対し、いきなり現れた黒ずくめの暴漢が振り下ろそうとした長剣——その刀身が、いきなり根元からポッキリと折れてしまったのだ。

地面に落ちた鋼《はがね》が、カランカランと音を立てる。その甲高《かんだか》い音に人々の意識が奪われた、その直後。

ガツッと鈍い音がして、柄《つか》だけになった長剣を持つ男の身体が後ろへと吹っ飛んだ。

遠巻きにする人々は、やはりこの展開についていけない。

だが、騒動の中心にあり、世間一般にはない特別な属性を持つ美花達には、一部始終が見えていた。

「——ミカ！　イヴ！　大丈夫か⁉」

駆け寄ってきたカミルが、美花とイヴを庇うようにして立つ。二人の間に挟まれてしまった美花は、カミルの肩越しにイヴを狙った刺客の男の末路を目撃することになった。

そもそもは、男の持つ長剣の刀身が、宙に浮いていた帝王の生首を掠めたのが発端《ほったん》だった。

通常、帝王の存在を認識できない者は彼に触れることもできない。それはその人が持った物でも同じで、男の長剣も帝王に触れること、ましてや切ることなどできず、ただ刀身が素通りするだけ——のはずだった。本来なら。

それなのに、帝王の目の辺りを横薙《な》ぎにするように刀身が通った瞬間、ボキリとそれが折れたのだ。

それがどういう理屈なのか、美花には分からない。千年ものの幽霊に刃物を向けたから呪われた、とでも言えば説明がつくだろうか。

とにかく長剣が使えなくなったと理解した男は、その事実に狼狽えつつも懐にあった短剣を即座に抜こうとした。

だがそれよりも先に、鳩尾《みぞおち》に強烈な蹴りを食らって吹っ飛んだのだった。

彼を蹴ったのは、白金色の髪と飴色の瞳をした、それはそれは美しい人。

美花は震える声でその人を呼ぶ。

「へ、陛下……」

イヴを庇う美花、彼女達を背中に隠すカミル、さらに彼らを守るように立った頼もしい背中は、ハルヴァリ皇帝リヴィオであった。

帝王と同じ飴色の瞳で後ろの三人をちらりと見たリヴィオは、しかしすぐに地面に倒れ伏したままの黒ずくめの男に向き直り、ぞっとするような冷ややかな声で告げた。

「ハルヴァリで事を起こしたんだ——貴様、大陸中を敵に回す覚悟があるのだろうな？」

それを聞いた男の表情は、顔を覆った布のせいで分からない。ただ、先ほどまでは殺気で溢れていた瞳が、今は零れ落ちそうなほどに見開かれ畏怖に塗れていた。

ハルヴァリ皇国の民、あるいは各王国の王族クラスでなければ、在位中は決して拝顔できない相手――それがハルヴァリ皇帝である。わざわざ彼が名乗らずとも、黒ずくめの男にとっては相対するだけで充分だったのだろう。

男はもう、立ち上がれなかった。リヴィオから食らった鳩尾への一発のダメージが大きいというのもあるが、それよりもズンと背中に言いようのない圧迫感を覚えて身動きがとれなくなったのだ。

この時美花達の目には、男の背中に乗っかってドヤ顔をする帝王の姿が映っていた。

ともあれ、男の戦意喪失《そうしつ》は明らかだった。

あとは、誰かが呼んだであろう衛卒が到着して彼を拘束するのを待つだけだ。

ところがその時、美花の横をすっとイヴが擦り抜けようとした。美花は咄嗟に彼女の腕を掴む。

イヴの手に、抜き身の短剣が逆手《さかて》に握られていたからだ。

「イヴ待って、あなた何をする気？　それ、危ないから早く鞘《さや》に戻しなさい！」

「これはヤコイラの失態――この男の始末は私の責任だ」

そう呟いたイヴの目は、先ほど男が彼女や美花に向けたものと同じ、ギラギラとした殺気に満ちていた。

それを目の当たりにした美花は、真っ青な顔をしてイヴにしがみつく。

まだたった十四歳の彼女にこんな殺伐とした目をさせたくない、責任なんて言葉で人を殺《あや》めさせてはいけないと強く感じたからだ。

「ミカ、離して！　皇国の城下町をこんなに騒がせて、陛下の御手まで煩わせてっ……あいつは私が‼」

「だめだめだめ！　絶対だめだから！　イヴのせいなんてこと、一つもないから！　全部全部大人が悪いんだからっ‼」

「でもっ……それでも、自国の民の尻拭いをするのは、やっぱり王族である私の責任だ！」

「だーかーらっ、イヴはそんなことしなくていいって言ってるでしょ！　ちょっと、カミル！　ぼうっとしてないで、止めるの手伝って‼」

二人のやり取りに目を丸くしていたカミルは美花の叱咤《しった》で我に返り、慌ててイヴの前に立ち塞がった。

さらに、騒ぎを聞いて駆け付けたらしいアイリーンが背中からイヴに抱き着き、ひいはあと息を切らしたミシェルが短剣を握った彼女の手を掴む。

「私が……私がやらなきゃ……」

うわ言のようにそう繰り返すイヴに、美花は腹の底から叫んだ。

「王族の責任とか役目とかそんなもん、大人になって王様になってから気にすればいいのっ！　今はまだ、大人に甘えて全力で守られていなさいっ‼」

その時だった。

「おらおら、邪魔だ邪魔だ！　どけどけぇっ‼」

野次馬と化した人々を蹴散らしてドスドス走ってきたのは、イヴが勤める大衆食堂の店主だった。

油で汚れたエプロンを着けたままやってきた彼は、リヴィオの足もとに這いつくばっていた男の背中にいきなりどっかりと足を乗せる。その拍子にぽーんと弾き飛ばされた帝王は、カミルの後頭部にぶつかって止まった。

「いたっ！」

「こらぁ、クソガキィ！　人の頭をボールか何かと勘違いしているのかっ！」

「うるせぇ、クソじじい！　邪魔な所にいるからだっ！」

帝王とくそくそ罵り合いながら、店主はエプロンのポケットから取り出した紐《ひも》――おそらく肉の塊を縛るもので、男を後ろ手に縛り上げる。さらに、万が一にも舌を噛んで自決できないよう、口にハンカチを突っ込んだ。

かと思ったら、ぐりんといきなりイヴに向き直り、その人相の悪い髭面を憤怒に歪ませて吠える。

「ばかやろう、見習い！　そんな物騒なもん、さっさと仕舞え‼」

「し、師匠……」

「うちの店で預かっている間は、てめえには包丁以外の刃物は使わせせんからな！　覚えとけっ‼」

「はい……」

イヴはようやく短剣を下げ、カミルがそれを受け取って鞘に納めた。

その上で、全員団子になってイヴを抱き締める。ぎゅうぎゅうと圧し潰されそうになりながら、彼女はぽろんと一粒涙を零してから笑った。

「ミカ……みんな……ありがとう」

そんな光景を穏やかに見守っていたリヴィオの眼差しは、正面——拘束した黒ずくめの男の背中に足を乗せて立っている店主に向いたとたん、冷厳としたものにとって代わる。

「この男に全部吐かせてもらえるか」

「おう、任せろや」

リヴィオの言葉に店主は意気揚々と頷くと、包丁以外の刃物の扱いも上手そうな顔をしてニヤリと笑う。

そして、ようやく到着した衛卒と一緒に男を引っ立ててどこかへと去っていった。


「陛下って、意外にアグレッシブなキャラだったんですね」

「……私のことより、お前のその膝はどうした」

幸いなことにイヴもカミルも、そしてリヴィオもかすり傷一つ負わなかった。

怪我《けが》をしたのは、最初にイヴに突進して押し倒した時に地面で擦《こす》った美花の両膝だけだ。

「何とかして気を紛らわそうとしている私の涙ぐましい努力を無下にしないでください」

「いや、現実を見なさい。早く戻ってルーク先生に治療してもらおう」

傷はじくじくと痛むし、腕白《わんぱく》な小学生みたいに両膝を擦《す》りむいた自分自身の姿には正直がっかりする。ただ、それを口にすればまたイヴが気に病むと思い、美花は頑として傷口を見ないことでいろんなものに堪えていた。

そんなこんなで仁王立ちする彼女の前に跪《ひざまず》き、リヴィオが両方の膝にハンカチを巻いてくれる。

天下のハルヴァリ皇帝を公衆の面前で跪かせているという自覚は、この時の美花にはなかった。

リヴィオは悟りを開いたような顔をしている美花を見上げ、くすりと笑って問う。

「私に横抱きにされるのと、私の背に負われるのと、どちらがいい？」

「えっ、何ですかその二択。できれば陛下以外に……何でしたら、担架《たんか》か荷車にでも乗せてもらえれば……」

「なお、十数えるうちにどちらか選ばなければ、問答無用で前者を採用する。いち、に、さん……」

「えっ……」

前者ということは横抱き、つまりは世に言うお姫様だっこというやつだ。美貌の皇帝陛下にお姫様だっこをされて往来を行く自分の姿を想像して、美花の顔から血の気が引いた。あと、リヴィオの数を数えるペースが異様に早い。

「わー、わー！　待って待って、待って、待ってください！　えーと、えーっと、おんぶっ！　ぜひとも後者でお願いします!!」

結局、第三の選択肢は与えられないまま、美花は麗しの皇帝陛下の背におぶわれることになった。

「うう、よりにもよってスカート姿でおんぶしてもらうなんて……絶対後ろ姿どえらいことになってるから……」

「だから横抱きにしようかと言ったではないか」

「いやですよぅ、恥ずかしい！　陛下だって恥ずかしいでしょ!?」

「いいや、私はまったく恥ずかしくないが?」

遠巻きにしていた人々が、明らかにざわつく。

美花は居たたまれない気持ちになって、リヴィオの白金色の後頭部に突っ伏して顔を隠した。

とほほ……なんて言葉をリアルに口にする日が来ようとは、美花は思ってもみなかった。

そんな美花を背中にくっつけたまま、リヴィオが子供達を振り返って口を開く。

「――さあ、帰るぞ」

はい、と声を揃えて答えた子供達の表情は、顔を伏せたままの美花には見ることができない。

だが、彼らの心が満ち足りていることは、その声を聞いただけで知れた。

リヴィオがゆっくりと歩き出す。

「陛下、ねえ……これ、今度こそ労災おりますか?」

「またそれか。今度こそも何も、その〝ろうさい〟というのは保険なんだろう? そもそも保険は、定期的に保険金を払っていなければ何かあっても支給されないんじゃないのか」

「マジレスする陛下なんてつまらない。がっかりですよ」

「ミカ、膝が痛いなら痛いと言いなさい」

リヴィオの広い背に身を任せて揺られながら、美花はその時ふと既視感を覚えた。

ずっとずっと遠い昔――美花がまだほんの小さな子供だった頃、誰かにこうしておぶってもらった記憶がにわかに甦ってくる。

おそらく今みたいに、転んで膝でも擦りむいたのだろう。べそをかく彼女を宥め、そっと差し出された背中は、リヴィオのそれのように広くて逞しいものではなかった。

もっとずっと華奢で柔らかくて、幼い美花が涙に濡れた頬を埋めたのは、白金色の髪ではなく艶やかな黒髪。そこまで思い出して、美花ははっと息を呑んだ。

色褪《あ》せた記憶の中で幼い美花をおぶってくれていたのは、母だった。

美花になど手駒か都合のいい人形としての価値しか見出していないと思っていた、母だったのだ。

「……痛いよ、おかあさん」

白金色の髪に顔を埋めたまま呟いたその言葉は、リヴィオにだけ届いたらしい。

彼はピクリと肩を震わせたが、何も言わぬまま皇城に向かって歩いていく。

いつの間にか群青色に染まった西の空には、ポツリと小さく道標みたいに星が輝いていた。

＊＊＊

イヴを狙った黒ずくめの男は、やはりヤコイラ王国から彼女を暗殺するために送り込まれた刺客だった。

そして、男が矢を射るために潜《ひそ》んでいたのは、いつぞや美花が鉢の水をぶっかけられそうになったのと全く同じ大通り沿いの宝石店の二階——ケイトの家の二階だった。

これは何も偶然ではない。なんと男は、ケイトの手引きでハルヴァリ皇国に入っていたのだ。

リヴィオの口からイヴ暗殺未遂事件の顛末《てんまつ》が語られたのは、翌日の夕食後のことだった。

ダイニングテーブルを囲み、今回の被害者であるイヴだけではなく、カミルもアイリーンもミシェルも、もちろん美花だって、真剣な顔をしてリヴィオの話に聞き入った。

広場という公衆の面前で騒動を起こし、皇帝リヴィオ直々に皇城への立入りを禁止されて以来、ケイトは城下町での肩身が狭くなっていた。皇帝の怒りに触れるのを恐れ、昔馴染みの靴屋も、ちやほやしてくれていたパーラーも、父の腰巾着だった文房具屋や貴金属店も、一気に付き合いが悪くなったらしい。

それまで言いなりだった従妹も、大衆食堂のホール係をクビになってからケイトから離れていき、最近ではまったく遊んでくれなくなっていた。

ところが、そんな状況でも自業自得だと反省しないのがケイトである。

父親から溺愛《できあい》され、蝶よ花よと育てられた彼女は、世界は自分を中心に回っていると本気で思っている。そもそも父親が、遠縁の娘が現皇帝の母親であることに思い上がり、まるで自分達もハルヴァリ皇族の一員であるかのように錯覚していたのだ。ケイトの人格形成が破綻《はたん》した原因の多くがこの父親にあることは火を見るよりも明らかだった。

「とにかく、思い通りに行かない日々に苛々としていたケイトは、夜な夜な城壁の外へと繰り出して、酒を飲んでは愚痴っていたらしい」

「あらま、夜遊び三昧《ざんまい》ですか。とんだ不良娘ですね。夜の盛り場なんて、お父様がよく許しましたね」

「父親は父親で、夜は女性と遊ぶのに忙しいらしい。もちろん、奥方とは別口だ」

「うわぁ、最悪……」

美花とリヴィオの口から同時に呆れたようなため息が漏れた。

城壁の外はもうハルヴァリ皇国ではなく、周囲の町は十六の王国共有の非武装地帯となっている。様々な国の人々が店を開く多国籍かつ混沌《こんとん》とした空間で、ケイトのように奔放《ほんぽう》な性格の人間には非常に魅力的な場所だろう。

ハルヴァリ皇国民がここに出入りすること自体は禁じられていないが、城壁の門は日の入りとともに固く閉じられるので、夜に城壁の外の酒場で飲もうと思ったら、翌朝の開門までハルヴァリ皇国に戻ることはできない。

朝まで一人で飲んでくだを巻くケイトのような若い女性は、さぞかし目立ったことだろう。その口から、王太子だの寮母だのという言葉がポンポン飛び出すのだから余計にである。

イヴ暗殺の密命を受け、ハルヴァリ皇国に潜り込む機会を窺っていた刺客の男に目を付けられたのは必然だった。

「自分はイヴの許婚《いいなずけ》で、三年も彼女に会えないのが辛くてここまでやってきた。せめて、物陰からでもいいから一目彼女に会いたい。自分に協力してくれれば、今後のことをイヴに上手く取り成してやる、と持ちかけられたらしい」

「……ちなみに、イヴは本当に許婚がいたりするの？」

リヴィオの説明を受けての美花の問いに、イヴはぶんぶんと首を横に振る。

ついでに、他の三人にも同じ質問を振ったが、全員これと決まった許婚はいないらしい。

ただし、どの国も玉座を継ぐ前に伴侶を得ているのが望ましいそうで、ハルヴァァリ皇国での三年間が終わると、王太子達は国王補佐となって政務を学ぶとともに婚活も必要になるという。

美花は、何故だか許婚のくだりに一番複雑そうな顔をしたカミルの頭をよしよしと撫でつつ、リヴィオに向き直った。

「そんな、いかにもな話……ケイトさんは信じちゃったんですか？」

「信じたらしいぞ、愚《おろ》かにもな。刺客の素顔はエキゾチックな美形でな。ヤコイラ王太子の許婚にふさわしいと思って疑いもしなかったらしい。城壁の夜警の一人を買収し、夜の闇に紛れて彼をハルヴァァリ皇国に入国させた」

苦々しく吐き捨てるように言ったリヴィオの前に、美花はお茶を満たしたカップを差し出した。

ちなみに、紅茶ではなく麦茶である。こちらの世界でも大麦は栽培されていて、それを使ったビールのような醸造酒が普及している。大麦を殻ごと炒って煮出す麦茶は一般的ではないが、美花が見よう見まねで淹れたそれをリヴィオはたいそう気に入った。

以来、彼が疲れているなと感じた時には、意識して用意するようにしている。

麦茶を口に含み、眉間の皺を僅かに浅くさせてリヴィオが続けた。

「さすがのケイトも、彼を連れて堂々と皇城にやってくるほどの気概はなかったらしい。食堂への行き帰りにイヴが通るからと、大通りに面した自宅の二階に案内し――そこで、刺客は本性を現した」

「まあ、その、何と言いますか……ケイトさん、よく殺されなかったですね」

ケイトも、一階の宝石店にいた父親と母親も、口を塞がれ手足を縛られただけで命まではとられなかったのは不幸中の幸いだったろう。

ただし、彼ら一家は、金を握らされて刺客を城壁の中に入れた夜警とともに、ハルヴァァリ皇国の衛卒に拘束された。自分達は騙《だま》されただけの被害者だと訴えていたが、もちろんそんな言い訳が通用するわけがない。

「ケイトの一家と夜警は、ハルヴァァリ皇国から永久に追放されることになる。この国で預かる王太子を害す、あるいはそれに加担するということがどれほどの大罪であるのかを、彼らは身をもって知ることになるだろう」

また、これはある種の見せしめでもあるとリヴィオは言う。

千年もの間、ハルヴァァリ皇国が十六の王国から崇拝されているのを見てきた皇国民の中には、自分達は大陸の頂点に立つ特別な存在なのだという誤った選民意識を持つ者も現れた。

十六の王国をまるで属国のように勘違いし、ハルヴァァリ皇国に留学している王太子達を自分と同等、ひどい場合は下位と見なしてないがしろにする。これに困ったのは、各国の王太子を迎えるホスト役であるハルヴァァリ皇帝だった。

具体的にどう困ったのかは、リヴィオは子供達の前では口にしなかったが、美花には分かる。

国家収益の大半を十六の王国からの献金が占めるハルヴァァリ皇国にとって、王太子達は言うなればとてつもなくＶＩＰなお客様だ。そんな相手に平気で無礼を働く国民を前にすれば、リヴィオだって頭を抱えたくなるだろう。

「世の中には不条理なことが溢れている。それに堪え妥協しなければならない場合もあるだろう。だが少なくともハルヴァリ皇国にいる間は、お前達が理不尽な思いをせずに済むよう、私も帝王様も守りたいと思っている」

リヴィオは真剣な表情で聞き入る子供達一人一人と目を合わせて、穏やかな声でそう告げる。

王太子を受け入れるのはビジネスだと美花の前で嘯《うそぶ》くのは、もしかしたら照れ隠しなのだろうかと思うくらい、子供達を前にした時の彼は崇高な存在のように見えた。

イヴを狙った刺客から情報を引き出したのは、リヴィオが直接指名した大衆食堂の店主だった。

結局彼は何者なのだと美花が問うても、リヴィオも帝王も「料理人だ」としか答えない。

事件のあった翌日、いつも通り夕方出勤したイヴに、彼はいつも通りぶっきらぼうに料理を教え、いつも通りこき使って、そうしていつも通り定時に仕事を上がらせた。

そんなこんなで王太子達にもまた平和な日常が戻り、事件から五日経った日のことだ。

皇城の門を、一台の黒ずくめの馬車が潜った。ただの客人でないと分かったのは、その馬車が宮殿ではなく、その背に庇われるように立つ学園と寮の方へ入っていったからだ。

馬車は結局寮の玄関の前で止まり、乗ってきた人物は御者《ぎょしゃ》が扉を開けるのも待たずに飛び出してきた。

そうして、玄関扉の前に立っていたリヴィオと、その傍らでふわふわしていた帝王の前に跪き、頭を垂れて言った。

「帝王様並びに皇帝陛下、この度はたいへんご迷惑をおかけしまして、申し訳ございませんでした」

美花はリヴィオの後ろに控えたまま相手を観察する。

黒い髪と緑の瞳、そして小麦色の肌を持つ壮年の男性だった。

彼は、現在のヤコイラ国王――つまりはイヴの父親である。

ヤコイラ王国の始祖は殊更の忠義者で、その子孫たる代々の国王もまた帝王とハルヴァリ皇帝に忠誠を誓っている。親子ほど年の離れた若い皇帝が相手でも、それは揺らがないらしい。

刺客をイヴに近づけたのはこちらの不手際だと告げて、謝罪を返したリヴィオに対し、ヤコイラ国王は恐縮しっぱなし。ペコペコと頭を下げる姿はクレームの電話を前にした気弱なサラリーマンのようだ。

しかし実際の見た目は真逆である。

全身筋肉でムッキムキ。リヴィオに紹介されて美花も挨拶ついでに握手をしたが、まるでグローブのように大きくて堅い手だった。

＊＊＊

「まったくお恥ずかしい限りです。内輪揉めで帝王様や陛下、新しい寮母様の御手まで煩わせてしまうなんて……先祖に顔向けできませぬ」

めったに使われない寮の応接室に通されたヤコイラ国王は、大きな身体をソファの上で縮こめて項垂れる。

応接室に入ったのはリヴィオと帝王、美花、それからイヴ本人も呼ばれた。

リヴィオとヤコイラ国王がローテーブルを挟んで向かい合い、美花はリヴィオの隣に座った。

自分の父親相手に緊張して落ち着かない様子のイヴも、美花は自分の隣に座らせる。

帝王はというと、真ん中のローテーブルにドンと乗っかっていた。

この日、ヤコイラ国王がハルヴァァリ皇国までやってきたのは、イヴを狙った刺客の男の身柄を引き取るためだった。

男は審議の結果、生きたままヤコイラ王国に引き渡されることになった。

彼にイヴを暗殺するよう命じたのは誰なのか、この計画に加担した人間がどれだけいるのか、後はヤコイラ国王が存分に聞き出すだろう。

さらに、刺客に加担してハルヴァァリ皇国を追放されることが決まったケイト一家と夜警の身柄も、ヤコイラ王国に委ねられることになった。

留学中の王太子を巡る事件というのは、実は過去にもいくつか例があったため、その場合関わったハルヴァァリ皇国民に関する処遇もおおよそ決められていた。

直接王太子に手を下そうとした者は一律死罪。例外はない。

今回のケイト達のように手引きしただけの場合は対象国にて勾留《こうりゅう》され、被害者の王太子が即位してから本人によって正式な沙汰《さた》が下されるという。

「それでは陛下、一家と夜警の身柄はお預かりしますが、扱いはいかように？」

「そちらに一任する。イヴが王位を継ぐまでに、罪人達が心を入れ替えているようならば恩赦もあり得るだろうが……あれらが死んでもハルヴァリ皇国には戻せないことだけ、覚えておいてもらえればそれでいい」

リヴィオの言葉に、ヤコイラ国王は神妙な顔をして頷いた。

ケイト達に対する処分が厳しいのか否かは美花には判断がつかない。ただ、生まれ育った国に二度と戻れないのは心細く悲しいことだろうと思った。

将来彼らの処遇を委ねられることになると聞いたイヴは、膝の上で両の拳を握り締めている。そうさせているのはケイト達への怒りか、あるいはいつか国王となることのプレッシャーか。

美花はそっと震える拳を撫でてやった。その時である。

「――それでは恐縮ですが、私はこの辺で」

そう言って、ヤコイラ国王が席を立とうとした。

美花は思わず、「は？」と口に出してしまいそうになった。いや、実際口に出ていたのだろう。

ソファから腰を浮かしかけたヤコイラ国王がきょとんとした表情になり、ローテーブルの上の帝王は面白そうな顔をし、ついでにリヴィオもお馴染みのアルカイックスマイルではなく、口の端を小さく持ち上げて人が悪そうな笑みを浮かべた。

「ミカ……？」

「うん」

戸惑った顔をして袖を引いてきたイヴに、美花は真顔で頷く。彼女が何を肯定したのか、イヴには分からなかっただろう。

応接室に入って、まだ三十分ほどである。

出されたお茶もかき込むように飲んで、ヤコイラ国王の意識は早々に拘束されている刺客の男の処遇に向いてしまっているようだ。さっさと罪人達を国に連れて帰って、尋問だの黒幕のあぶり出しだのと、やらねばならないことが山のようにあるのだろう。

一国の君主ともなれば、多忙を極める。一分一秒たりとも無駄《むだ》にできないのかもしれない。

美花の「うん」は、それは理解できるという意味の「うん」だった。

ただ、ヤコイラ国王が今にもこの場から去って行きそうなのに気付いた時、美花が撫でていたイヴの拳が大きく震えたのだ。次いで、彼女がぐっと唇を噛み締め何かに耐えるような気配がしたとたん——美花はもう、居ても立ってもいられなかった。

腰を浮かしかけたヤコイラ国王よりも先に立ち上がり、じっと相手の目を見て言い放つ。

「まさか、ここにいるイヴの姿が見えていないわけじゃありませんよね？」

「え……あの、寮母殿……？」

「このまま、イヴに何も言わずにお帰りになるなんてことは——ありませんよね？」

「……」

ヤコイラ国王は黙ってソファに座り直した。

それを見てにっこりと微笑んだ美花は、しかし責める手を緩めない。

「この度の事件、私も無関係ではありませんでしたので、恐縮ですが口を挟ませていただきます。そもそも、これまで何度もイヴは立場をやっかまれて危ない目にあってきたと聞きました。今回も事前に不穏な動きを察知していたにもかかわらず、結局後手《ごて》に回ってしまったのは何故なのでしょうか？」

「……お恥ずかしい限りですが、イヴをやっかんでいるのはこれの兄達でして、仕打ちを咎めようにもなかなか狡猾《こうかつ》で証拠を掴ませません」

ヤコイラ国王の言葉に、美花はじとりと目を細める。国王自身も言い訳じみていると感じたのか、慌てて居ずまいを正して畳みかけた。

「我らヤコイラの民は強くなければ生きてはいけません。それは、肉体的にも精神的にもです。そんな一族の中にあって、イヴは選ばれた者でございます。他の兄弟よりも身体能力に優れ、強靭《きょうじん》な心を持ち、いずれ国家を……」

「でも、今はまだ十四歳の女の子です。どれほど力が強くたって、心が強くったって、傷がつかないわけじゃない。痛くないわけじゃないんですよ？」

ヤコイラ国王が「それは……」と口籠る。イヴは俯《うつむ》き、美花のスカートの裾を握り締めて震えていた。

ヤコイラ国王は、きっとイヴに大きく期待しているのだろう。周囲のやっかみにも負けず強い国王になってほしいと心から願っているのだと思う。そこには確かに愛情はあるのかもしれないが、一方的に期待を背負わされるのは、それに応えようと走り続けるのはとてもとても疲れるのだ。

母を喜ばせるためだけに毎日を生きていた美花には、イヴの気持ちがよく分かった。

「それでもなお、ヤコイラを背負って立つには痛みに耐える必要があるとおっしゃるのでしたら、せめて誰かがイヴの努力を認め、支えてあげるべきではありませんか。そしてそれができるのは――国王様、あなたしかいないんじゃないですか？」

「私が……？」

「だって、あなたはイヴと同じ痛みに耐えて国王となられたのでしょう？　イヴと同じ痛みを知っているのでしょう？　だったら、どれだけ彼女が頑張っているかも、きっと理解していらっしゃるはずです」

「……」

ヤコイラ国王はついに口を噤んだ。

美花は心を落ち着けるように一つ大きく深呼吸をすると、トーンを落として続けた。

「せっかくハルヴァリ皇国までいらしたんです。イヴと会うのも半年ぶりでしょう？　ちゃんと声をかけてあげてください。王太子としての責務を果たそうと毎日頑張っているイヴをちゃんと見てあげてください。命を狙われても見事生き残った彼女を――ちゃんと褒めてあげてください」

そんなことを言われると思っていなかったのか、ヤコイラ国王が目を丸くする。

生意気なことを言っているという自覚は美花にはあった。

それぞれの国にはそれぞれの事情がある。美花の思う正義が他の人の正義とは限らないし、ぽっと出の小娘に意見されるのは気分のいいことではないだろう。

帝王や皇帝リヴィオが同席している限りそうそうないだろうが、分かった風な口を利くなと恫喝《どうかつ》されても仕方がないとさえ思っていた。

それでも美花は言わねばならなかった。

美花は、自分はずっと母の言いなりで生きてきた、母は自分を手駒か人形のようにしか見ていなかったのだと思っているが、そんな風に親子の関係を客観的に見れたのは、大学受験に失敗して母の期待を裏切ってからなのだ。母の期待に必死に応えようとしている最中は、そんな毎日に疑問も感じなかったし、辛いとも思わなかった。

そんな過去を、今はとても後悔している。

母の言いなりになるのではなく、もっと自分で考えて行動すべきだった。自分のやりたいことを見つけ、母に反対されれば理解してもらえるまで話し合えばよかったのに、美花は何もしなかった。

どうすればいいのか、分からなかったのだ。

美花の子供時代はもうやり直しがきかないし、元の世界に戻る方法も分からないので母とは二度と会えないかもしれない。けれども、イヴは違う。

彼女と父親の関係は、きっとまだまだやり直しがきく。

やがて美花の隣で、イヴが意を決したように顔を上げる気配がした。

＊＊＊

「――父上」

イヴの凛とした声が父を呼ぶ。

かと思ったら、彼女は断りもなく美花のスカートの裾をひょいと捲《まく》り上げた。

ちなみに美花の恰好はお馴染み、白い襟が付いたレトロな雰囲気のえんじ色のワンピースと白いエプロン。足元は、いつもカミルに磨いてもらってピカピカの黒いパンプスだった。

「ええぇっ……イヴ、ちょっとちょっと⁉」

「その傷は……？」

あわあわ慌てる美花に対し、すぐに彼女の膝に残る傷に気付いたヤコイラ国王が目を細める。

イヴは美花の手を引っ張ってソファに戻すと、代わりに自分が立ち上がって父親と向かい合った。

「刺客に狙われた時、私を逃してくれた際に負った傷です。ミカは身を挺して私を守ろうとしてくれました」

事件当日、その場に居合わせた者がいたのは聞いていても、イヴが庇われたことまでは知らなかったらしく、ヤコイラ国王は目をまん丸にして美花を見た。イヴも、美花に視線を落として続ける。

「剣を握ったこともないし、足だって速くない。腕なんか筋肉がなくてふわふわだし、腹筋もなくてぷにぷになのに……ミカは私を助けにきてくれたんです」

「……陛下、イヴちゃんが私のことディスります」

「よしよし」

涙目で縋った美花を、隣に座るリヴィオがアルカイックスマイルでいなす。

ヤコイラ国王に向き直ったイヴは、二人のやりとりを気にする様子もなかった。

「ミカが刺客の前に飛び出してきた時、自分の身も守れないのに無茶をしてって腹も立ちました。でも、それよりも……後先考えず飛び出してきてくれるくらい、私のことを大事に思ってくれてるんだと分かって……嬉しかった」

今後も刺客が向けられるようなことがあったら、美花はきっとまた自分を庇おうとしてしまう。

自分が怪我をするよりも、彼女が怪我をする方がずっと辛かった。

だから、二度と美花の身を危険に晒させないためにも敵を一掃したい。

そう、イヴはヤコイラ国王に向けてきっぱりと告げた。

敵が、血を分けた実の兄達であっても揺るがない覚悟の炎が、緑の瞳の中でちりちりと燃えていた。

その瞳をしばらくじっと見つめていたヤコイラ国王は、やがてふっと力を抜いた表情をして口を開く。

「イヴは、この寮母殿のことをとても慕っているのだな」

「はい、好き。大好きです。私のことを守ってくれるし、私も彼女を守ってあげたい」

即答したイヴの言葉に、美花はほんのりと頬を染めてリヴィオを見上げる。

「陛下！　陛下！　イヴちゃんがデレました！　かわいい……」

「よしよし」

再びアルカイックスマイルで美花をいなしたリヴィオは、そこで改めてヤコイラ国王に向き直る。

ヤコイラ国王も、再び表情を引き締めた。

「イヴが言う通り、この度の刺客は自国の王太子のみならず、ハルヴァリ皇国の寮母をも危険に晒した。本来なら皇国で処罰すべき身柄を、わざわざ生きたままヤコイラに引き渡すのだ。——この意味は分かっているな？」

「はい、陛下。——幸い、我らヤコイラは尋問が得意でございます」

「それは心強い。刺客の男を餌にして、しっかりと腹黒い連中を釣り上げることだな」

「御意《ぎょい》にございます」

リヴィオと、その前のローテーブルで傍観する帝王に向かってヤコイラ国王は深々と頭を下げる。

これで彼は、帝王とハルヴァリ皇帝の前で国内の不穏分子に対応する約束をしたことになる。イヴ同様、我が子であろうと不条理な真似を続ける者には厳しい対応をする覚悟を、この時固めたのであろう。

そうして次に顔を上げた時には、ヤコイラ国王は父親らしい慈愛に満ちた笑みを浮かべていた。

彼はそれをイヴに、それから美花にも向ける。

「新しい寮母殿が随分お若い方で驚きましたが……いやはや、イヴがこんなに誰かに心を許しているのを見たのは初めてでございます。良い方に巡り会えて良かったなあ、イヴ」

「はい……」

優しい声でそう語りかけてくれた父親に、イヴはほんのりと頬を赤らめて頷く。

そのいじらしい姿に、思わずといった様子でヤコイラ国王の手が伸びてきた。

そしてそのまま、娘の黒髪を優しく撫で――るかと思われたが、ここで一つ思い出してもらいたい。ムキムキマッチョなヤコイラ国王の手は、大きくて堅いグローブみたいだということを。

それに比べればイヴの頭は小さくて、どう触れていいものか分からなかったのだろう。

結局、イヴの頭を撫でないままおずおずと戻っていきそうになった彼の手を、しかし横から伸びて来た手がガッと掴んだ。

もちろん、美花である。

「――は？」

「えっ……」

本日二度目の美花の「は？」に、ヤコイラ国王は面白いほど狼狽える。

美花は巨大な男の手をギリギリと握り締めながら、ギロリと相手を睨んだ。

「何、引っ込めようとしてるんですか。国王ともあろうお方が、一度しかけたことを途中で投げ出すんじゃないですよ。ちゃんと、しっかり、イヴの頭を撫でてください」

「い、いや……でも、その……力加減が分からなくてですね……」

「だったら、ほら。おじいちゃん……帝王様で練習すればいいんですよ。すでに亡くなっていらっしゃるんだから、ちょっとくらい乱暴に撫でたって壊れやしません」

「ひえっ……」

美花はあろうことか、ヤコイラ国王の手をローテーブルに乗っかっていた帝王の頭に押し付けた。

小麦色のグローブに掻き回されて、ロマンスグレーの髪がぐちゃぐちゃになる。

「あああっ……て、帝王様！　と、とんだご無礼を‼」

「わっはっはっ、よいぞよいぞ。苦しゅうない」

「へ、陛下……どうか、お助けを……」

「うむ、諦めろ。その寮母には誰も敵《かな》わない」

ひたすら楽しそうな帝王と、完全に傍観者のかまえになったリヴィオに、ヤコイラ国王は「そんなぁ」とべそをかく。ただし、ムッキムキのマッチョである。

「もっとちゃんと心を込めて。中途半端にするくらいなら、最初から手なんか出さないでくださいよ」

「は、はい……」

「撫でつつ、さりげなく髪を整えるのが上級者のやり方です。不器用ぶって許されるのは、せいぜい十代までですからね」

「ぎょ、御意……」

美花の厳しい指導のもと、ヤコイラ国王は帝王のロマンスグレーをちまちまと撫でる。イヴはそんな光景に目を丸くしていたが、やがて帝王の髪型が七三分けに整えられたのを見て……

「ふふっ……」

花が綻ぶように、可憐《かれん》に笑った。

それを見たヤコイラ国王は今度こそ、健気な娘の小さな頭をそっと撫でたのだった。


ヤコイラ王国で大きな動きがあったのは、それから半月後のことだ。

イヴに刺客を差し向けたのはやはり彼女の長兄だったが、彼を唆《そそのか》した本当の黒幕はイヴを王太子に選んだ先代の占術師の妻であることが判明した。

先代の占術師は自分の息子には占術の才能がないと見限っていて、甥《おい》を跡継ぎに指名していたのだが、それを不服とする妻との間に長年蟠《わだかま》りがあったらしい。

いよいよ先代の占術師が亡くなった時、妻は遺言書を改ざんしてまんまと息子を後継者に仕立て上げた。

占術師の言葉は、それが重用されているヤコイラのような国では神託に近い。だからこそ、彼らは常に清廉潔白であらねばならないのだ。

それと真逆の行いをした息子の占術がうまくいくわけがない。焦った先代占術師の妻は、息子が周囲に認められるためには何か一つ大きな手柄を立てる必要があると考えた。

ヤコイラの占術師にとって最も需要な仕事は、王太子を選出することだ。

もともと先代を嫌っていた妻は、彼に選ばれたイヴの存在自体も疎《うと》ましく感じていた。

そんなイヴを失脚させ、なおかつ自分の息子の名を世に知らしめる方法として、王太子のすげ替えを思いついたのは、兄王子達が普段から声高にイヴをやっかみまくっていたせいでもあるだろう。

「兄は脳筋だから……」

まんまと陰謀に加担させられた兄の話を知ったイヴは、遠い目をしてそう呟いた。

二人の兄は揃って父親似のムキムキマッチョで、イヴは兄弟でただ一人母親似らしい。

刺客としてハルヴァリ皇国に送り込まれた男は、過去に罪を犯して失脚した一族の末裔だった。お家復興を餌に唆され、この度みごと自身も国賊の仲間入りだ。彼の一族が再び政治の表舞台に立つことはないだろう。

今回の事件を機に、ヤコイラ国王は王宮内の大規模な粛清《しゅくせい》を行った。

占術師の母子と刺客の男は極刑。

イヴの長兄も一時はこれに相当するとの判断がなされたが、先代のヤコイラ国王——つまり、イヴ達の祖父が身柄を預かり根性を叩き直すと申し出たため、王位継承権の完全放棄を条件に命ばかりは救われた。

今回は無関係だった次兄も、これまでのイヴに対する仕打ちを咎められ、同じく祖父預かりとなった。

ちなみに、先代ヤコイラ国王もムキムキマッチョらしい。

一連の悪事の隠蔽《いんぺい》に手を貸していた取り巻きの大臣達は全員失脚。

国内は一時は騒然となったが、結果的には風通しが良くなって国民の顔も明るくなったという。

「よかったね、イヴ。イヴが帰る頃には、前より居心地がいい国になってそうだね」

「うん……」

事件の真相と大粛清の詳細は、ヤコイラ国王からリヴィオに宛てた書簡という形で報告がなされた。

リヴィオは美花とイヴを執務室に呼び、書簡をそのまま見せてくれたのだ。

神妙な顔をして読み終えたイヴは、それを封筒に戻してリヴィオに返す。

そんな彼女に声をかけたのは、執務机の上に乗っていた帝王だった。

「なあ、イヴや。結局、ろくでもない二人の兄は生かされたわけだが……それに対して不満はないのか？」

帝王の問いは、美花が思うところでもあった。

唆されたにしろ、イヴの兄達がこれまで何度も彼女を危険に晒してきたのは事実なのに、処分が甘過ぎると感じてどうにももやもやが残る。

そのことについて、イヴ本人はどう考えているのだろう、と彼女の答えに耳を澄ませた。

「兄達のことは愚かだとは思いますが……やはり血が繋がった家族だからでしょうか、殺したいほど憎いとは思えないんです」

「向こうは、お前を殺す気だったのにか？」

帝王の非情とも聞こえる問いに、しかしイヴは笑顔で答えた。

「兄達は殺す以外に口を塞ぐ方法を知らないんですよ――馬鹿だから。でも、大丈夫です。ヤコイラに戻ったら、祖父の協力のもと私が彼らを躾《しつ》けます。私が国王となった時、足手まといにならないように」

　そう言ってぐっと拳を握りしめたとたん、イヴの細腕に浮き出た隆々たる力こぶに、美花は顔を引きつらせる。帰国する頃は十六歳になっているであろうイヴは、今よりもっと大人びていそうだが、スレンダー美少女な彼女がムキムキマッチョな兄二人を躾けている光景はなかなかに倒錯的だろう。

　けれど、イヴが可愛らしくはにかんで続けた言葉を聞いたとたん、美花は彼女を抱き締めずにはいられなかった。

「私が国王になったら、ヤコイラをきっともっと良い国にする。だって、ミカに遊びに来てもらいたいもの」

第九章

「も、もうちょっと……」

図書館の三階、持ち出し禁止の重要文献が並ぶ棚の前で、美花は必死に爪先立ちをしていた。見たい資料が、ちょうど彼女の手が届くか届かないかという高さの段にある。踏み台を使えばすむ話なのだが、この時はたまたま近くになかったのだ。

この日、美花は二学年合同の歴史の授業に参加させてもらっていた。教師は図書館長で、それぞれにテーマを決めて図書館で調べ物をし、レポートにまとめて後日発表するという課題が出た。

別の世界からやってきた美花にとって、この大陸の歴史は何もかもが新鮮に感じられて面白い。だが、今回彼女は敢《あ》えて、独自のテーマで課題に臨むことにした。

「うっ……やっぱり、無理かも……」

目当てのものをなんとか引っ張り出そうとするものの、棚には資料がぎゅっと詰まっていてなかなか引き出せない。大人しく踏み台を探しに行くしかないかと思った、その時だった。

「――これがほしいのか？」

聞き慣れた声がして、すっと背後から伸びてきた手が難なく資料を引き抜いてくれた。

ぱっと振り返った美花の後ろには、思った通りの相手。困っている所をスマートに助け、さりげなく身長差がアピールされるという、少女漫画にありがちな胸キュンシーン……のはずが、美花は愕然《がくぜん》とした。

「えっ、うそ……うそうそ、本当に⁉」

「うそなのか本当なのか、どっちだよ」

背後に立っていたのはカミルだった。親切に本を取ってやったのに、礼を言うどころか自分の顔を見上げて間抜け面をさらしている美花に、彼は少々ムッとした様子。

しかし、カミルの機嫌の善し悪しなど普段からほとんど気にしない美花は、この時も彼の眉間の皺にかまいはしなかった。

「待って待って、ちょっと待って⁉」

「いや、お前が待てよ」

訝《いぶか》しい顔をするカミルを強引に引っ張って窓の前までやってきた美花は、ガラスに並んで映る自分達のシルエットを見て唖然《あぜん》とする。

彼女が正式に寮母に就任し、カミルが二年生に進級した時、二人の身長はほぼ同じ――何なら美花の方が爪の先分ほど高いくらいだったのだ。

それが、半年と少しが経った今、頭半分くらいの身長差ができてしまっている。もちろん、身長が伸びたのはカミルの方だ。

「……あんた、いつの間にそんなに身長伸びたのよ」

「そういえば……つい先日もズボンの丈が短くなって裾直しをしたっけ」

「え……寮母サン、裾直し頼まれてないですケド？」

「ああ、靴を縫う時の練習も兼ねて、自分で縫ったからな」

竹のようにぐんぐん背が伸び、どんどんハイスペックになっていく十五歳に、駆け出し寮母は脱帽である。

美花が感心したようにまじまじと見上げていると、カミルは居心地の悪そうな顔をして、手の中にあった資料へと視線を逸らした。

そもそもは美花が見たかった資料なのだが、ふと彼も興味を覚えたらしく、何気ない様子でその表紙をぺらりと捲る。とたん、彼は目を丸くした。

「ミカ、これ……」

「うん、私みたいに世界を渡ってきてしまった人の手記」

ハルヴァリ皇国には、過去にも美花のように世界を越えてきてしまった人間がおり、その明確な証拠が本人達の手記として存在している。手記は日本語で書かれているので、カミルはおそらく読めないだろう。こちらの世界でこれが完璧に読めるのは、図書館長だけらしい。

カミルは手記を睨みつつ硬い表情をして問うた。

「ミカは……元の世界に戻りたいのか？」

同じような問いを美花はこれまでもいろんな人に投げかけられてきた。

答えもこれまで通り決まっている。少なくとも、今すぐ帰りたいとは思っていない。だが……

「最近ちょっとだけ、母にいつかもう一度会ってみたいって感じるようになってきたんだよね」

「母親って……お前を無価値だって決めつけたんだろう？　なんでまた、そんなヤツに……」

カミルが苦々しい顔をする。

握り潰されそうになっている手記を彼の手から救出しつつ、美花は苦笑を浮かべた。

彼女の心境が変化するきっかけとなったのは、刺客からイヴを助けようと飛び出して両膝を擦りむき、半強制的にリヴィオにおぶわれたことだ。彼の背に揺られながら、美花はずっと幼い頃の記憶の中に、同じように母におぶわれた事実があるのを見つけてしまった。

「私、母と腹を割って話し合ったことがなかったって気付いたの。大学受験に失敗した時にかけられた言葉がショック過ぎて、あの時は母がそれまで私に望んできたことの何もかもが独善だったんだと思ったけれど……でも、本当にそうだったのかなって……」

母が存在するのとは全く別の世界に来て、美花は自分達母子の関係を客観的に振り返ることができていた。

母の期待に応えようと必死に頑張っていた自分を、自分自身で褒めたいと思う。

残念ながら母の掲げた目標には届かなかったけれど、それに向かって必死に勉強した美花の努力は無駄ではないはずだ。

「……それで、その手記を使ってどんなテーマで課題に臨むつもりなんだよ」

カミルはまだ納得していないような顔をしていたが、母との過去に向き合おうとする美花を否定するつもりはないらしい。

美花はまた彼の手を引いて先ほどの本棚の前まで戻りつつ、他にもいくつか資料を取ってくれるよう頼んだ。

「歴代の異世界人達の手記をもとに、私の祖父母の田舎で語り継がれている神隠しの伝説と照らし合わせた上、二つの世界は並行世界《へいこうせかい》ではないかという仮説を発表したいと思ってるの」

「それって、そもそも歴史の授業と関係あるのか？」

「これまで何人も世界を渡った人がいた事実があるんだから、もう立派にこの世界の歴史の一部でしょ？　今後も誰かが渡ってくる可能性だってあるし、もしかしたらこちらの世界から私の元の世界に渡る人だって出るかもしれないよ？」

「確かに……。世界の行き来が一方通行だとは限らないよな」

最終的には先人に倣って自分も手記を書こうと思っている。

そう告げてから、カミルに取ってもらった先人の手記に視線を落としていた美花の頭上に、「なあ」と声が降ってくる。

「その手記、俺も読んでみたい」

「えっ、これ？　日本語だけど大丈夫？　興味のある部分だけ、こちらの言語に訳そうか？」

「いや、全部ちゃんと自分で読みたい。だから、その〝ニホンゴ〟っていうのを俺に教えろ」

「ええっ……」

教えを請うにしては随分と不躾なカミルの態度。

普段の美花ならば、〝教えてくださいませ、寮母さん〟でしょ？　と即座に言い直しを命じるところだが……

「だって、ミカも手記を書くとしたら、先人同様その〝ニホンゴ〟で書くんだろう。こっそり俺の悪口なんか書き込んでないか検閲してやる。そのためにはまず、文字が読めなきゃだろう?」

だから教えろ、とふんぞり返るカミルに、美花は慌てて頷く。

違う世界に来てしまっても、美花はやっぱり日本人だ。自分のアイデンティティの一つである日本語に彼が興味を持ってくれたことは、動機はなんであれ単純に嬉しかった。

美花は思わず、前よりずっと高くなった彼の頭をわしゃわしゃと撫でる。

子供扱いするなと睨まれた上、逆に髪がぐしゃぐしゃになるまで撫で返されたのは、実に新鮮な体験であった。

＊＊＊

「ミカって、年下の男性の守備範囲はどの辺りまでなのかしら?」

「……は?」

カミルは課題のテーマを靴の歴史に定めたらしい。三階にやってきていたのは、最も古い文献が持ち出し禁止の重要参考資料に指定されていたからだ。

閲覧スペースの机に先人の手記を広げて片っ端から読んでいた美花の隣で、彼は黙々とレポートを書いていたが、しばらくすると残りの資料を探しに下の階へと下りていった。

そんなカミルと入れ違うようにしてやってきたのが、アイリーンである。

アイリーンはノート以外に資料らしいものを持ってはいなかったが、代わりに帝王の生首を小脇に抱えて現れ、美花の向かいの席に陣取るやいなや口にしたのが冒頭の質問である。

美花は読んでいた手記から顔をあげ、可愛らしく両手で頬杖をついてこちらを眺めているアイリーンに眉を顰める。その間帝王は机の上をにじり寄り、美花の手元を覗き込んでいた。

ちなみに、この時彼女が読んでいたのは木こりの与作さん三十五歳――明治の時代からこちらの世界にやってきたらしい人物による、たどたどしい筆跡で書かれた手記だった。

美花の祖父母の田舎には、ちょうど同じ時代に同じ名前の男性が神隠しにあった言い伝えがあり、手記を書いた与作氏と同一人物ではないかと考えられる。彼が行方不明になったのは、美花の祖父がタヌキに化かされて餡ころ餅を盗まれた、あの竹やぶ辺りだという。

「年上は、ルーク先生までは大丈夫なのよねぇ？　じゃあ、年下はどうなの？」

「ねぇ……それって、今しなきゃいけない質問？　っていうかアイリーン、遊んでないで課題をしなさい」

「あら、この質問だってレポートを書くためのものよ？　私、課題のテーマを〝男女の愛憎の歴史〟にしたんだもの」

「ちょっとそれ、十八歳未満がレポート書いたらだめなやつじゃないかなぁ⁉」

美花は与作さんの手記を閉じると、帝王の生首を抱いてアイリーンに向き直る。

美花が話に付き合ってくれるつもりだと知ったアイリーンは、にっこりと笑ってノートを広げた。

「私ね、ミカは陛下かルーク先生とくっつくべきだと思っていたのよ？　だって前々から、二人ともミカのことを憎からず思っていたんだもの」

「そんなわけないでしょ。陛下と私はあくまでビジネスライクな関係だし、ルーク先生は私みたいな小娘相手になさらないってば」

「ミカがそんなに鈍いこと言ってるうちに、とんでもない穴馬が台頭してきちゃったじゃない。――それで、誰にするつもりなの？」

「いや待って。まず、穴馬って誰のことよ⁉」

思ってもみないアイリーンの言葉に力んで叫べば、腕の中の帝王が「ぐえっ」と呻いた。生身でもないのに絞められると苦しいらしい。

慌てて腕の力を緩めた美花に、ペンをふりふりしながらアイリーンが楽しそうに答えた。

「カミルに決まってるでしょ。だから、年下の守備範囲はどこまでって聞いたんじゃないの。彼、最近背も伸びて男らしくなってきたし、前みたいに癇癪《かんしゃく》起こしてクソクソ言わなくなったでしょう？　あれ、絶対ミカのこと意識してるのよ」

「……へ？」

アイリーンの言葉は、美花にとってはまさに寝耳に水だった。

確かにカミルの態度は美花が寮母に就任した当初に比べれば随分と軟化したように思う。だがそれは、お互いに時間を重ねて理解を深めた結果であり、またカミルが人間として成長したのがその所以だろう。

彼の態度の軟化がイコール美花への恋慕《れんぼ》と捉えるのは、いささか乱暴ではあるまいか。

そう主張する美花だったが、アイリーンはまるで残念なものを見るような目を彼女に向けて吐き捨てた。

「――ミカの恋愛経験値、低過ぎ」

「うっ……」

クリティカルヒットを食らった美花が呻き、その腕の中からも「うっ」と声が漏れた。また腕が締まったらしい。

美花は高校三年生の時の担任相手にやっと初恋を覚えたくらいで、それ以前も以降も誰にも恋愛感情を抱いてこなかったのだから、五歳で既に結婚を考えるほどの初恋を経験していたアイリーンからすれば雑魚《ざこ》キャラにも等しいだろう。

アイリーンの指摘は限りなく事実である。とはいえ、それを認めるのはとてつもなく悔しい。

美花は涙目でアイリーンを睨みながら、逆ギレ気味に口を開いた。

「人のことよりも自分はどうなのよ、アイリーン。あなただって思春期真っただ中でしょ？」

「お生憎様《あいにくさま》、ハルヴァリに留学中の王太子は恋なんてしない方がいいのよ？　特に女の子はね」

間違いが起こったら大変でしょ？

そう続けてにこりと笑ったアイリーン。その視線の先にいた人物に気付き、美花は一瞬ドキリとした。

こちらに背を向けて図書館長と何やら立ち話をしているその人物の名は、ルーク・ハルヴァリ。

ハルヴァリ皇国に留学中だった王太子同士の間に生まれながら、その事実を隠して先代寮母の息子として育てられた。そんなルークを見るアイリーンの眼差しはひどく意味深で、美花は思わずごくりと唾を呑み込む。

腕の中の帝王を縋るように見れば、彼はやれやれといった顔をしてた。もしも肩があったなら、きっと大きく竦めていただろう。

アイリーンはペンの頭を顎に当てつつ、遠くを見るような目をして続けた。

「私がハルヴァリ皇国に発《た》つ日の前夜、突然おばあ様が部屋に来ておっしゃったの。他の国の王太子とは決して恋をしてはいけませんよって。万が一間違いが起こった時、傷が残るのは女の方だからって。おばあ様は、その傷の痛みを一生抱えていくつもりだって」

「えっと……それってつまり……」

アイリーンの祖国ハルランド王国は女王の国だ。彼女の母が現在の女王で、祖母は先代の女王──今から三十五年前にハルヴァリ皇国の学園を卒業した王太子の一人だった。

「おばあ様はね、十六歳で私生児を生んで、その子をハルヴァリに置いてきたんだって。その子の父親のことをとても愛していたけれど、祖国を捨てられるほどの愛ではなかったのね。だから、留学期間が終わると同時にきっぱりと関係を解消して、子供を捨てて祖国に戻り、そうして何食わぬ顔で結婚して私の母を生んだのよ」

つまり、ルークの実母はハルランド王国の先代女王であり、彼とアイリーンの母は父親違いの兄妹、アイリーン自身とは伯父と姪《めい》に当たる。

「おばあ様ったら、なんて身勝手なのかしらね」

そう呟くアイリーンの表情からは、祖母に対する失望がまざまざと感じられた。

一方で、いまだ自分の出生の秘密を知らないルークに向けられる彼女の視線は柔らかい。

「やっぱり、血の繋がりがあると思うと甘くなるじゃない。だからね、私は最初ルーク先生を応援するつもりだったの。以前薬を盛った先生の所にミカを行かせたのも、いっそ既成事実でも作っちゃえばいいのにって思ったからなのよ」

「ええ、待って？　私の意思は完全無視ですか？　それにおばあ様のそんなプライベートなこと、私に聞かせちゃってよかったの？」

「あら、今はもう何の権力もないおばあ様の私生児が世間にバレたところで、ハルランド王国は痛くも痒くもないですし、そもそもミカは他人の出生の秘密をむやみに口外するような短絡的な人じゃないでしょ？」

美花はもちろん、と即座に頷いた。

身内の秘密を打ち明けてもらえるほど、アイリーンの信頼を得られているのだと思うと誇らしい。

そんな美花にアイリーンはにっこりと笑って続けた。

「ルーク先生に幸せになってほしいと思うの。でもね、私ってばミカのことだって好きなのよね。だから、この世で一番権力を持っていてミカを守ってくれそうな相手って考えたら……それはやっぱり、陛下ですよね？　帝王様」

「うむ、俺は前々からリヴィオがいいと言ってるんだ。ミカちゃんはあの美貌に一切靡いてくれんが、その分怯みもしないからなぁ」

突然話を振られた帝王が、ぶれずにリヴィオを推してくる。

それなのに、アイリーンは穴馬の存在も捨てがたいらしい。

「ところがどっこい、ここで大躍進してきたのがカミルなのよ。先の二人に比べればまだまだ尻は青いけれど、将来有望株なのは間違いなし。フランセンは大国だから、大きな玉の輿《こし》にだって乗れるわよ？」

「そんなお姫様な見た目のくせに、どっこいとか言っちゃうんだ。どっこい、ちょっと私に頭の中を整理させてもらえるかな？」

美花は帝王を抱えるのをやめて、自分の頭を抱えた。

とりあえず、アイリーンが述べた主観をそのまま鵜《う》呑《の》みにするつもりはないので、彼女が名前を挙げた三人と今すぐどうこうなろうなんて考えはない。

不思議なのは、アイリーンがどうして急にこんな話をし始めたのかだが、その答えは案外早く判明することになった。

「別に、ルーク先生でも陛下でも、カミルでもなくていいのよ？　誰か、ミカを幸せにしてくれる人なら――こちらの世界に留めておいてくれる人だったら、誰でもいいの……」

そう呟いたアイリーンの視線は、美花が机の上に積んでいた先人の手記に向けられていた。

彼女の表情は、元の世界に戻りたいのか、と問うた先ほどのカミルのそれとよく似ている。

それで、美花ははたと気付いた。

自分が過去に別の世界から渡ってきた人々の手記を読んでいる姿は、元の世界を懐かしみ、戻りたいと切望しているようにアイリーンの目に映ったのではあるまいか。そして、それは彼女に不安をもたらした。

なぜなら、アイリーンが美花にまだ側にいてほしいと思ってくれているからだ。

「……」

誰かに必要とされるのがこんなにも嬉しいことだと、美花は改めて実感した。

たちまち頬がゆるゆるになるのを止められそうになくて、慌てて俯く。

そうすると、机の上に乗っかっていた帝王の飴色の瞳とかち合って、慈愛に溢れたその眼差しにますます面映《おもは》ゆいような気持ちになった。

美花をこちらの世界で幸せにすることによって、彼女を自分の側に留めておきたいと願うアイリーン。

一方、母との過去に向き合おうとする美花を否定せず、手記を読むために日本語を学ぶとまで言い出したカミル。

美花が手記と関わるのをよしとするか否かという違いはあれど、今後も彼女を必要としてくれているのは、二人とも同じだった。

＊＊＊

寮の消灯時刻である午後十時を回った。

美花は戸締まりをし、二階の子供達がそれぞれの部屋にいるのを確認すると、やっと自室のある三階に戻ってくる。同じ階にあるハルヴァリ皇帝の私室の扉をノックして、就寝の挨拶を告げれば寮母としての一日の仕事は終了だ。

ところがこの日、扉の向こうから返ってきた皇帝リヴィオの言葉は「おやすみ」ではなく「少し寄っていきなさい」だった。

若い男女が夜の個室で二人っきりになるなんて、色っぽい展開が期待されるが……

「いつ見ても、百年の恋も冷めちゃいそうな光景ですね」

美花を迎えたリヴィオのベッドは、一面の薔薇の花弁——ではなく一面の札束で埋め尽くされていた。

その真ん中に座り込んでワイングラス片手に札束を数えている風体《ふうてい》は、この大陸で唯一〝陛下〟と崇められるハルヴァリ皇帝の姿としてはあまりにも柄が悪い。

ただ、彼の類稀なる美貌のおかげで、結局はどんな事をしていても絵になるのだからずるい、と美花は思った。

「今更この光景を見て幻滅《げんめつ》するほど、ミカは私を理想視していないだろう?」

「していませんけどね」

「だったら何も問題はないな——そこに座りなさい」

「……はーい」

リヴィオが指差したベッドの端に、美花は大人しく腰をかける。

すると彼は、ワイングラスをベッドサイドのテーブルに置いて美花へと向き直った。

「どうして呼ばれたのか、分かっているのか？」

「分かっていると思いますか？」

前にも同じようなやり取りをしたなと思いつつ、質問に質問で返すという卑怯な手段に出た美花に、リヴィオは今夜は大きなため息を吐く。かと思ったら、掌を上にしてすっと片手を差し出してきた。

指先まで造形美を感じさせる手とその主の美貌を見比べた美花は、前回同様、自分の片手をポンとその上に載せる。

「今朝はこの部屋で所有者不明の札束を保護したりしていませんよ。それとも何ですか？　皇帝陛下ともあろうお方が、この哀れな世界的迷子の雇われ寮母に対して今更みかじめ料でも要求しようって言うんですか？」

「どうしてそうなる」

「っていうか、上司が部下を自分のベッドに座るよう要求するのなんて、完全にセクハラですからね。むしろ慰謝料払ってください」

「ミカは私にたかることに対して躊躇がなさ過ぎだと思うぞ」

今一度盛大なため息を吐きつつ、リヴィオは自分の手に載せられた美花のそれを握って引っ張り、額がくっつくほどまで顔を寄せる。そうして、飴色の美しい瞳で美花の茶色の瞳をぐっと覗き込んで問うた。

「――ルーク先生の母親について、アイリーンに聞かされたそうだな？」

「……わあ、陛下、情報早いですね」

美花が、ルークを生んだ母親がアイリーンの祖母に当たる先代ハルランド女王だと聞かされたのは、この日の午後のことだった。

美花はそのことをリヴィオに報告していないので、おそらくは帝王辺りが彼に告げたのであろう。

リヴィオは目を逸らさぬまま、皇帝らしい威圧感たっぷりの声で告げた。

「決して口外せぬように。たとえ、ルーク先生本人に対してもだ」

美花はどうやら釘を刺されたらしい。それもそのはず。

三十五年前に王太子が起こした間違いが世間に知られることは、王太子本人がすでに正式な次代に玉座を譲って引退しているハルランド王国にとっては、アイリーンも言った通り痛くも痒くもないだろう。

ただし、間違いが起こった場所がハルヴァリ皇国であると知れ渡ることは、皇国側の管理不行き届きが明るみに出るということであり、ひいては大事な王太子を預ける各国からの信頼が揺らぎかねないのだ。

それは、国家収益のほとんどを各国からの上納金が占めているこの国にとっては、冗談抜きで死活問題だった。

それでなくても、イヴに差し向けられた刺客の入国をハルヴァリ皇国民であるケイトが手引きした件で、今まさに各国において皇国民の品格が問われているはずだ。

国と呼ぶにはおこがましいほど小さな小さなハルヴァリ皇国が、今もまだ首長国として君臨し続けていられるのは、帝王やその末裔である皇帝に対する各国君主の忠誠心あってこそ。ハルヴァリ皇国には各国の信頼に応える義務があり、王太子を受け入れて三年間大切に育てるのは最も重要な国家ビジネスであり、唯一の生き残る術《すべ》だ。

また、王太子達に職業体験をさせるための場所として城下町を提供する限り、そこは彼らにとって絶対に安全な場所であらねばならない。

それなのに、ケイトやその父親のように、皇国直轄地に生まれ育った自分達は選ばれた人間であるように錯覚した一部の人間の行動に、ハルヴァリ皇帝は代々頭を悩まされてきたらしい。

今回ケイト達に重い処罰が下ったことが見せしめになり、皇国民の多くは身を引き締めるだろうが、膿《うみ》はまた忘れた頃に溜まってくるだろう。

それを理解しているからこそ、美花はこの時ばかりは茶化さずに、真剣な表情で答えた。

「分かってますよ、陛下。絶対に誰にも言いません。約束します」

ところが、リヴィオは鳩《はと》が豆鉄砲を食らったような顔をして、おそるおそるといった態で問うた。

「……口止め料を要求しないのか？」

「いや、さすがにしませんよ。陛下は私のことを何だと思っているんですか⁉」

「私に負けず劣らずな守銭奴だと思っているが？　必要なら、今このベッドの上にばらまいている札束を全部差し出すくらいの覚悟でお前を呼んだんだ」

「それはまた、随分な覚悟ですね。でも、人様の出生の秘密をだしにして陛下を強請るほど、落ちぶれてはいませんよ」

美花は何の含みもなく本心からそう告げた。それなのに、リヴィオはなおも彼女の手を握ったまま問うのだ。

「本当に本当か？　二言《にごん》はないと誓えるか？」

「しつっこい！　ルーク先生のことは何があっても口外しません！　口止め料もいりません！　誓います！　これで満足ですか⁉」

さすがに焦《じ》れた美花が宣誓するみたいに告げれば、リヴィオはやっと安堵のため息を吐いた……までではよかったのだが。

「いざとなったら、お前を手篭めにしてでも口外しないと約束させるのも辞さないつもりだった」

「は⁉」

彼はとんでもないことを口にしながら、美花を抱いてベッドに倒れ込んでしまったではないか。

リヴィオの言葉を理解したとたん、美花は一瞬で真っ赤になった。怒りと羞恥の両方で、だ。

なに馬鹿なこと言ってるんだ、と叫ぶつもりだった。セクハラでは済まないぞ、と詰って然るべきだった。今なら急所を蹴り上げてもタコ殴りにしても、正当防衛が許されただろう。

けれども、美花は結局そのどれも実行することはなかった。

自分に覆い被さって全身の力を抜いたリヴィオが、ひどく疲れているのを感じたからだ。

玉座にいる限り心労が尽きないであろうハルヴァリ皇帝に、美花はこの時恐れ多くも同情を覚えたのだった。

「陛下、お疲れ様。今日はもうお休みになった方がいいですよ。明日の朝は、万が一札束が床に落ちていても、こっそりくすねたりしないと約束しますから、安心してください」

美花がそう言って背中を撫でてやると、彼女の肩口に顔を埋めるみたいにして突っ伏しているリヴィオが頷く気配があった。

彼は自分が起き上がるついでに美花のことも抱き起こし、何故だかそのまま膝に乗せてしまう。

さらには、自分の頬を人差し指の先でトントンと叩いて見せた。

「何ですか、陛下。ぶってほしいんですか？」

「ではなく、おやすみのキスを所望する。もちろん、対価は支払う」

リヴィオはそう言うと、ベッドにばらまいていた札束から紙幣を一枚引き抜いて美花の手に押し付けてくる。いつぞや〝見送りのキス〟をした時は硬貨一枚――紙幣一枚の半額だったのを思えば、今回の報酬は破格と言っていい。

そもそもリヴィオが何故金に執着しているのかを、美花は知ってる。

彼はこれまでのような、十六の王国の忠誠心にぶら下がる形の国家経営に強い危機感を覚えていた。いつか各国の忠誠心は薄れ、それとともに上納金は減っていきハルヴァリ皇国は困窮するだろう、と彼は考えているのだ。

そうならないためにも、各国からの上納金などに頼らずに、国内外での産業活動により収益を得て国を動かしていきたい。

けれども、十六の王国はハルヴァリ皇国が今のままの崇拝対象であることを望んでいて、特に皇帝や皇族が営利活動をする——例えば会社を立ち上げたり、株を売買することに対して抵抗があるらしい。

綱渡りな国家経営という現実と、とにかく祭り上げたい各国が押し付けてくる理想。

その間に挟まれて苦しんだリヴィオが、いざという時でも国家を維持できるように、と国庫とは別に個人的に金を貯め出したのが始まりらしい。つまり、リヴィオが貯めている金は、そもそも彼自身が好き勝手に使うためのものではないのだ。

国家が経営危機に陥った場合の保険であり、リヴィオにとっては精神安定剤にも等しかった。

そんな大切な金の中から差し出された紙幣を、美花は受け取らなかった。自分が二十歳の誕生日の夜に酔って絡んだところ、リヴィオに無償で慰めてもらったのを忘れてはいなかったからだ。

美花は目の前の男の白い頬に、そっと唇を押し付けた。

「おやすみなさいませ、陛下」

「ああ……」

前回よりも少しだけ彼のことを意識してしまったのは、この日の昼間、リヴィオが前々から美花のことを憎からず思っていた、なんてアイリーンが言ったせいだ。

第十章

美花が頬にキスを贈っておやすみを告げ、リヴィオはそれを了承する返事をした――はずだった。

それなのに、結局その後も美花はリヴィオの私室に留まったままで、リヴィオもまだベッドに入っていない。

確かに午後十時は大人が眠るには少々早い時刻だし、二階の子供達もまだ誰もベッドに入っていない、とベッドの上に広げていた札束をかき集めながらリヴィオが言う。

子供達はそれぞれ窓際の椅子に座っていて、カミルとイヴは机に向かって勉強をし、ミシェルは静かに本を読み、アイリーンは鼻歌混じりに爪を磨いている、らしい。

「まるで見てきたみたいに言うんですね。どうして分かるんですか？　皇帝の勘ですか？」

「実際に見てきたからな――カミルが見ているこれは……ミカの世界の文字であったか。確か〝ニホンゴ〟とか言ったな。カミルに教えるのか？」

飴色の瞳を細めて告げたリヴィオの言葉に、美花はぎょっとする。

カミルに日本語を教えるよう請われた美花は、平仮名と片仮名と漢数字に音を同じくするこちらの世界の文字を添えた簡単な翻訳表を作って、さっそく進呈したのだ。それをリヴィオに告げてはいなかったし、カミルもわざわざ報告していないだろう。

しかも、三階にいながら二階にいるカミルの様子を現在進行形で口にするリヴィオが、美花は一瞬得体の知れないもののように見えた。

まさか、子供達の私室に監視カメラでも仕掛けていて、逐一《ちくいち》モニタリングでもしているのかと考えたが、こちらの世界にはまだそこまでの技術はない。

あるいはリヴィオが千里眼のような特別な力でも持っているというのだろうか。

美花はごくりと唾を飲み込み、心の中でそう問いかける。すると彼は、飴色の瞳を二度三度瞬いてから、苦笑を浮かべて言った。

「別に、私が超感覚的知覚を持っているというわけではないぞ。ミカの心の中も覗けたりはしないから安心するといい」

「ほ、本当ですか？　陛下の前では誰しも丸裸ってわけじゃないです？」

「ないな。私に見えるのは、自分の目の前にある光景と、帝王様がご覧になっている光景だけだ」

「そうなんですね――って、え……？」

ひとまず自分の心の中がリヴィオに筒抜けではないと聞いて安堵しかけた美花だったが、彼の言葉に引っ掛かりを覚える。自身の目の前にある光景が見えるのはいい。だが、帝王が見ている光景もリヴィオに見えるというのは、どういうことなのだろうか。

訳が分からないという顔をしてベッドの端に腰かけている美花に、ベッドの真ん中で胡座をかいていたリヴィオが改めて向き直る。

「前に言ったことがあったと思うが、ハルヴァァリ皇帝の瞳は帝王様の瞳そのものなんだ」

「確か陛下も、陛下の執務室に肖像画で並ぶ歴代の皇帝様方も、全員おじいちゃんと同じ瞳の色が遺伝してるんでしたよね？」

「遺伝では……ただ瞳の色を受け継いでいるわけではない。帝王様はハルヴァリ皇帝と――今は私と視界を共有しているんだ」

「……えっ？」

あまりに突拍子《とっぴょうし》もない話に、美花は一瞬言葉を失う。

ただ冷静に考えれば、美花自身も実際異世界トリップなんて非現実的な出来事に遭遇して今ここにいるわけだし、何より生首状態でふわふわ宙に浮いている帝王の存在がすでに奇天烈極まりないのだ。美花はひとまず、常識という名の先入観に蓋をする。

「それが事実だとすると……えーと、つまりはおじいちゃんが見ている情景が、離れた場所にいても陛下には見えているってことですか？　もしかして、今さっきのカミルの様子も？」

「そういうことだ。帝王様はミカが消灯を告げてから子供達の部屋を順々に回り、今現在は階段に一番近いカミルの部屋にいる」

本当に、リヴィオは帝王と視界を共有しているらしい。となると、美花にはその事実に思い当たる節が多々あった。

城門の近くでケイトに絡まれた時のこと。後で会ったリヴィオは門番がケイトを追い払ってくれたことまで知っていて、その時は帝王が教えてくれたと言っていたが、実際は美花と一緒にいた帝王の目を通して彼自身も見ていたのではあるまいか。

また、アイリーンが盛った薬で感情的になったルークに迫られた時、絶妙のタイミングで声をかけてくれたのも、状況を見守っていた帝王の目から情報を得ていたのかもしれない。

それから、城下町の広場で美花がケイトに頬をぶたれた時のことも、今から考えるとあのタイミングでのリヴィオの登場は偶然にしてはでき過ぎている。これも、帝王とリヴィオの視界がリンクしているおかげだったのではなかろうか。

そして、イヴが刺客に狙われた時も、ずっと彼女にくっついていた帝王の目でもって全ての状況を把握していたからこそ、あの瞬間あの場所にピンポイントで現れることができたのかもしれない。

果たして美花のその推測は、リヴィオによって全てあっさりと肯定されてしまった。

「すごいですね。陛下チートじゃないですか！」

チートとは？　と問うリヴィオに、いかさましたのではと思うくらいにすごい、みたい意味だと美花が説明すると、彼は静かに首を横に振った。

「残念ながら、ハルヴァァリ皇帝が受け継ぐこの能力は、喜ばしいばかりではない。二人分の視界に慣れるまでの苦労は相当だからな。時には見たくもないものだって見えてしまう」

「た、確かに……」

基本幽体である帝王は神出鬼没。彼を認識できない一般の人間は、飴色の瞳が側にあるのに気付かぬまま、あられもない姿や行動を見せることもあるだろう。

「そもそも帝王様を認識できるということ自体、本当は恩寵《おんちょう》でも何でもない――これは、帝王様の子孫たる我らハルヴァァリ皇族と、十六人の忠臣の末裔である各王家に課せられた、帝王様の呪いなんだ」

「――のっ、呪いっ⁉」

美花は今度こそ目が点になった。

美花の知っている帝王は、基本おちゃめで時々ダンディな親しみやすいおじいちゃん。呪いなんておどろおどろしい言葉とは、縁もゆかりもなさそうな陽の気に溢れる存在だった。

「今から千年も前のことだ。帝王様のお身体がいよいよおぼつかなくなってきた頃、突然彼の側に若い女性が侍《はべ》るようになった。帝王様の息子達も、十六人の忠臣達も彼女が何者なのか知らず、それでも老いらくの恋だと最初は微笑ましく見守っていたんだそうだ」

ところが、ある時状況は一変する。帝王が、この正体不明の女性に遺産を譲ると言い出したのだ。

実はこの時すでに、帝王は帝国を十六人の忠臣達に分配する旨《むね》をしたためた遺書を用意していて、女性に残すつもりなのは自分の死後彼女が不自由しない程度の微々たる土地と金銭だけであった。

それなのに、正体不明の女性に対して次第に不信感を募らせていた帝王の息子達と十六人の忠臣達は、耄碌《もうろく》した帝王が帝国全てを若い愛人に渡すつもりなのだと思い込んで激昂し、彼を誑かした悪女だとして女性を殺してしまったのだという。

「いい大人の男が十何人も雁首《がんくび》を揃えておきながら、実に短絡的な対処の仕方ですね」

美花の辛辣《しんらつ》な感想に、リヴィオは薄く笑みを浮かべて、確かにと頷く。

「ミカや子供達と一緒に裏の丘へ星を見に行った夜、帝王様は流れ星に見とれて階段から落ちて亡くなったとおっしゃったが……流れたのは、星ではなく女性の命そのものだった。帝王様は階段の下で倒れ伏した彼女を見つけて身を乗り出し、そのまま落ちて亡くなった――これが、帝王様の死の真相だ」

帝王の最期の記憶は、ハルヴァリ皇帝と、十六の王国の君主達が代々共有している。玉座を譲り受けた瞬間、彼らは祖先が犯した罪を知り、呪いを受け継ぐのだという。

ハルヴァリ皇帝も、十六の王国の君主達も、今もまだこの世に留まり続ける帝王を慕い崇拝している。その事実には変わりない。

だが、同時に彼らは帝王を畏怖し、偉大な彼にあっけない最期を迎えさせてしまった先祖の罪悪感を、これからもずっと引きずっていくのだ。

「自分自身が犯した罪ではないから償いようもない。帝王様が我ら子孫を恨んで悪霊にでもなっていれば、生《い》け贄《にえ》を捧げて鎮めるなり祓《はら》うなりできただろうが……あの通り、ご本人は飄々として幽霊生活を楽しんでいらっしゃるからな」

そう言って、リヴィオはまた苦笑する。

償いようのない罪を背負っていくのは、並大抵の苦労ではない。理不尽だと感じることもあるだろう。

それを身をもって知っているからこそ、自分の後を継がねばならない子供が圧し潰されぬよう、精神的に強く厳しく育てようとする国王も多いのだという。

ヤコイラ国王が過剰なまでの苦境を強いてイヴに強さを求めたのも、フランセン国王が長男のカミルにだけ甘えを許さず厳しく接してきたのも、彼らなりに我が子を守ろうとした結果なのかもしれない。

この時美花はふと、王太子達の境遇に自分を重ねた。

「母も……もしかしたら何かから、私を守ろうとしていたのかな？」

そうぽつりと疑問を口にした美花に、リヴィオが問うような視線を寄越す。

美花の母も厳しかった。いつだって目標を高く設定し、美花が全力で走り続けることを求めていた。

美花はただただ母を喜ばせたくて全ての要求に応えようとしていたが、果たして母は本当に自身の見栄のためだけにそれを課していたのだろうか。

名門一家に当主の後妻として入った美花の母。父には前妻との間にすでに成人した優秀な息子が三人もおり、母はその前妻に対して異様とも思えるほどの対抗心を抱いている——そう、美花はずっと思っていた。

母は、優秀な息子を生んで前妻と比べて劣っていると言われるのが嫌だから、美花に兄達相当あるいはそれ以上に優秀であることを求めたのだと思っていた。

けれど、果たして本当にそうだったのだろうか。母が比べられるのを恐れたのは、本当に彼女自身と前妻なのだろうか。

「まさか……私自身が、兄達と比べられて肩身が狭い思いをしないように……？」

父は、ただ一人女の子供で、年をとってからできた美花を可愛がってくれた。けれどそれは、我が子というよりはペットみたいに、自分の都合のいい時にだけ構うようなものだった。

父は三人の兄達に対するような期待を、美花には一切かけようとしなかった。おそらくは、美花が母のお腹の中にいると分かった時から、父にとっての彼女の価値はその程度のものだったのだろう。そして、母は父の態度からそれを感じ取り……

「私が、父にちゃんと一人の子供として見てもらえるようにするために……兄達みたいに期待をかけるに値する人間だと父に思わせるために、母はあんなに私を押し上げようとしていたの……？」

それでは、大学受験を失敗した時にかけられた、美花なんか生まなきゃよかった、という言葉の真意は――？

「子は親を選べない。もしかしたら、ミカ自身を見ようとしない父親を伴侶に選んだ自分を責め、自分のもとに生まれたミカを哀れんだのかもしれないな」

リヴィオのその言葉に、美花は愕然とした。

＊＊＊

大学受験に失敗し、初めての挫折を味わったあの日。

慰めるどころかきつい言葉をかけてきた母を見て、彼女にとって娘は自尊心を満たすための道具でしかなかったのだと感じ、美花は絶望した。

けれども、そもそもは美花の母に対するそんな認識が間違っていたのではないか、と思い始めたこの夜。

ただ、母のこれまでの行動に対して美花が改めた認識が正しいのかどうか、元の世界に戻る方法も分からない今現在、確かめる術はない。

それに、もしもう一度母と会えたとして、結局はこれまでの認識——母にとって美花は見栄をはるための道具に過ぎないという認識が正しいなんて言われてしまえば、二度と立ち直れる気がしない。

母との関係が進むことも戻ることも難しい状況。リヴィオが気晴らしにと差し出してきたグラスを美花が手に取ったのは自然なことだった。

中身はワインではなく度数の低い果実酒だ。醸造用アルコールにカリンに似た果実をじっくり漬け込んでエキスを抽出した一品で、甘さは控えめながら口当たりがよくて飲みやすい。

美花が成人を迎えてから何度かこうして一緒に晩酌《ばんしゃく》をする機会があったが、惰性で酒を飲んでいると本人が言っていた通り、どの種類の酒を飲んでもリヴィオは美味しいとは言わなかった。

今も、無感動な顔をしてグラスを傾けながら、そういえばと口を開く。

「帝王様が最後に側に置いた女性だがな、どうやらこの世界の人間ではなかったらしい」

「えっ……それってもしかして、私みたいにトリップしてきちゃった人ってことですか？」

「その可能性はあるな。それから、帝王様と彼女はそもそも恋仲などではなく、彼女は帝王様のことを〝おじいちゃん〟と呼んでいたらしい。ミカと一緒だな」

「そうなんですね……」

美花はグラスの中で揺れる琥珀《こはく》色の果実酒に視線を落としつつ、もしかしたら帝王は自分にその女性を重ねているのかもしれないと思った。

最期は、こちらの世界の事情に巻き込まれる形で命を奪われてしまった彼女に対して自責の念を持ち続けていて、その罪滅ぼしで美花にずっとよくしてくれているのかもしれない。

「おじいちゃんが本当に側に置きたかったのは……私じゃなくてその人だったんでしょうね」

美花は、一抹《いちまつ》の寂しさを笑顔で取り繕ってそう呟いたが……

「――それは違うぞ」

突如響いた第三者の声が、それをぴしゃりと否定した。

いつの間に現れたのか、美花の隣に帝王の首が鎮座していたのだ。

「ミカちゃんは、ミカちゃんさ。他の誰と比べることも重ねることもすまい。俺はミカちゃんがこちらの世界に来てくれて、心からよかったと思っているんだ」

そう言って、帝王がぴょんと美花の膝の上に飛び乗ってくる。

美花は持っていたグラスを放り投げる勢いでテーブルに置くと、感激もひとしおにぎゅうと彼を抱き締めた。

「うわーん！　おじーちゃん、大好きぃ‼」

「うわーん！　おじーちゃんもミカちゃんが大好きだぞぅ‼」

美花が世界を渡ってしまったのは完全にイレギュラーなことだ。だが、今はこうして寮母という仕事を与えられ、給金をもらってそれなりに自立した生活を送れている。

今日はカミルやアイリーンが美花を必要としてくれていると知れたし、イヴなんて先日ヤコイラ国王のいる前で美花を大好きだとか守ってあげたいとまで言ってくれたのだ。ミシェルとも稲作を通じて打ち解け、彼の美しいエメラルドグリーンの瞳にまっすぐに見てもらえる機会も増えた。

先代寮母のマリィに比べればまだまだ未熟だろうが、それでも美花を認めてくれる人がこの世界にはたくさんいる。

おかげで、今となっては美花も、こちらの世界に来て本当によかったと思えるようになった。

彼女がそう告げると、腕の中の帝王がにやりと笑い、ベッドに座ったリヴィオの方に顎をしゃくる。

「だったら、リヴィオにも感謝してやっておくれ。初めて世界の狭間《はざま》でミカちゃんと対面した時――君を見初めたのは俺よりもリヴィオが先だぞ」

「え……」

リヴィオと帝王が視界を共有しているのは事実らしい。だとしたら、祖父母宅の台所で美花が帝王と初めて相見《あいまみ》えた瞬間、同時にリヴィオも彼女を目にしていたということになる。

見初めたとの言葉に首を傾げる美花に、帝王はくつくつと笑いながら言った。

「あの時、世界の狭間に放り出された俺は、引き戻そうとするこちらの世界と、ミカちゃんを行かせまいとするあちらの世界の両方に引っ張られていた。だがそこでリヴィオがミカちゃんに興味を持ったために引っ張り合う力の均衡《きんこう》が崩れ、結果的に君をこちらに連れてくることができたんだからな」

ということは、つまり……

「私がこっちに来ちゃったのって、結局は陛下のせいってことですか？」

「……私の〝おかげ〟ではなく〝せい〟なのか。こちらの世界に来てよかったのではないのか？」

「それはそれ、これはこれですよ。……守銭奴、セクハラ常習者に、誘拐犯《ゆうかいはん》のタグも追加しなくちゃならないじゃないですか。陛下、キャラ設定が盛り過ぎですよ」

「盛っているのはミカだけなんだがな」

ハルヴァリ皇帝と十六の王国の君主達に受け継がれている呪いは、帝王が意識してかけたものではないらしい。つまり、本人にも解き方が分からないということだ。

帝王は、殺された女性に関しては哀れだと思うし、自分達の事情に巻き込んで申し訳ないと感じている。思い込みで暴走した息子や忠臣達に怒りも覚えないわけでもなかった。ただし……

「なにしろ、もううんと前のことだからなぁ。結局は俺だって息子や部下達が可愛いし、もちろんその子孫達も愛《いと》おしい。彼らに寄り添って存在し続けてきた千年の間に、面白いこともいっぱいあったしな」

そう言って明るく笑う帝王には、やはり呪いなんて言葉は似合わないと美花は思った。

もしも呪いが、帝王の魂がこの世に残っているせいで続いているのだとしたら、それを解く鍵は彼が成仏することなのかもしれない。そう考えて、美花ははたと気付く。

「そういえば、おじいちゃん。前に、私があの世に行く時が来たら一緒に連れていってあげる、みたいな約束したよね？」

「ああ、ああ！　したな！　そんなことを言ってくれる子は、千年の間でミカちゃんだけだったからなぁ。どれほど嬉しかったことか！」

「えーと、私も寮母にやりがいを感じてきたところだし、子供達が立派に国王になるのを見届けたいし、それに……」

そこでちらりと、リヴィオと札束で埋め尽くされたベッドを眺めた美花は、ふうとひとつため息を吐く。そして、視線を帝王に戻して続けた。

「こんな状態の陛下を一人で置いていくのは忍びないから、もうちょっと生きていようと思うんだけど……おじいちゃん、まだしばらく私の人生に付き合ってくれる？」

「もちろんだとも！　ミカちゃんが天寿を全《まっと》うするまで、じーちゃんがちゃーんと守ってやるからなっ‼」

帝王の心強い言葉に美花は顔を綻ばせる。

日本では大昔の偉人が怨霊《おんりょう》を経て今では神として祀《まつ》られていたりするのだから、千年もの間大陸中の君主達から崇拝されてきた帝王がそろそろ神格化してもおかしくないかもしれない。

「俺としては、ミカちゃんがリヴィオに嫁入りしてくれれば万々歳なんだがなぁ」

「いやいや、何言ってるの、おじいちゃん。首長国の皇帝様が、何処の馬の骨とも知れない……というか、異世界から来たような女を嫁にしちゃまずいでしょ」

「いやいや、むしろその逆だぞ。ミカちゃんがこの世界の人間でないということは、すなわち十六の国々のどれかを身贔屓する恐れがないということだ。君ほど、中立な立場の者は他にはおらん」

「ううーん……って、このやりとり、前にもしたよね？」

しかも、今回はリヴィオ本人を前にして。美花がおそるおそるベッドを振り返れば、いつの間にか横になっていた彼が自分の隣をポンポンと叩きながら、満面の笑みを浮かべて言った。

「私としても、ミカが嫁入りしてくれれば万々歳なんだがな――何なら一晩お試しでどうだ？」

「結構です。そもそも陛下がお相手の場合は、もう〝お試し〟じゃなくて〝お手付き〟になっちゃいますからっ！」

美花がツンとそっぽを向いてそう答えれば、やれ、つれないな、とリヴィオが笑みを深める気配がした。

結局はこうやってすぐに茶化してしまうので、彼もどこまで本気で口説いているのか、アイリーン曰く恋愛経験値底辺の美花には分からない。

「だが、結婚相手として、リヴィオ自身が気に入らないわけではないとも言っていたよなぁ？」

彼女の腕の中の帝王は、そんなことを言いながらニヤニヤしている。やはり彼は相当本気で美花をリヴィオに宛てがいたがっているらしい。

美花の意思を無視してまで縁談を進めようとしないだけましだが、あまりにリヴィオを推されると、そんなつもりはなくても意識してしまいそうで困る。

帝王は日頃からリヴィオのことを「俺の子孫達の中でも一際いい男だ」と豪語していて、彼を勧めてくるのは美花の幸せを思ってのことでもあるのだろう。

そんなことを考えているうちに、母が本当は美花自身のためを思って彼女に厳しく接していたとする場合、母が突然持ってきたあの結婚話は何だったのだろう、とふと思った。

美花はあの時、母の独善的な行動にカッとなって、結婚相手について何一つ聞かないまま拒絶してしまった。だがもしかしたらあれは、母が数ヶ月かけて選びに選び抜いた末に、美花を一番幸せにしてくれそうだと太鼓判を押した相手だったとは考えられないだろうか。

時代錯誤も甚だしいが、名のある家に生まれた女性にとっては政略結婚はよくある話だ。父の手駒にされる前に、と美花自身も幸せになれる嫁ぎ先を母が見つけてきてくれたという可能性はあるまいか。

このように考えるのは美花に都合が良過ぎるだろうか。あまりにもポジティブ過ぎるだろうか。

とはいえ、それを母に直接確かめる術がない現状では、いくら悩んでも詮《せん》ないことだ。

「ひとまずは、ミカがこの世界にいてくれるだけでもよしとしようか」

「そうですね、帝王様。なにしろ、ミカの代わりができる者など誰もおりませんから」

帝王とリヴィオが同じ飴色の瞳を見合わせてそんな風に言い交わす。

彼らもまた、美花が必要なのだと声を大にしてくれる。

それが嬉しく、そして誇らしく、美花は昂然《こうぜん》と胸を張って告げた。

「どこにも行きません、ここにいます。せっかくいただいたお役目、そう簡単に誰かに譲ったりしませんよ。だって――私は、ここの寮母なんですから」

＊＊＊

階段の踊り場に取り付けられた窓から、朝日が斜めに差し込んでいる。

強い光は窓枠の輪郭を滲ませ、照らした階段の一段一段に濃い陰影を作り出していた。

窓の向こうには大きな池を備えた庭園が広がり、その一角には小さな田んぼが見える。

美花はコツコツとパンプスの踵を鳴らして階段を下りながら、すっかり実りの色に染まった一角に眩しげに目を細める。

ちょうどその時、一階から二階へと繋がる踊り場から、お馴染みのシェフが顔を出した。

「おはよう、ミカさん！　君の微笑みは朝日にも負けないくらい眩しいね！　その笑顔に照らされて、きっと今日も輝かしい一日になることだろう‼」

「おはようございます、シェフ。相変わらずお上手ですね。今日もよろしくお願いします」

シェフの芝居がかったキザな挨拶にも美花はもう慣れっこだ。彼は文句なしに善良な人間の上、不法侵入してきたケイトの父親をフライパンとフライ返しで撃退したことで株を上げていた。

今日も、朝食の用意ができていると告げて一階へ戻るシェフを見送ると、美花はさて、と呟いて二階の廊下に向き直った。

いつも通り、四つの部屋の扉を朝の挨拶とともに順々にノックしていく。

三つ目の部屋までは、順調だった。部屋の中からすぐに挨拶が返ってきたし、一番目の部屋のイヴなんてわざわざ扉を開けた上、美花のほっぺにちゅっと可愛くおはようのキスをくれた。

問題なのは、やはり四つ目の部屋だ。

「おはよう、カミル。起きてるの？」

カミルはここ最近、ずっと自力で起きようと頑張っていたのに、今朝は何度声をかけても返事がない。

前に、返事がないと思ったら高熱を出してベッドでうんうん唸っていたこともあったので、心配になった美花は久方ぶりにエプロンポケットから鍵の束を取り出した。

慣れた様子で選び取った一本を扉の鍵穴に突っ込む。ガチャリ、と意外に大きな音を立てて鍵が開いても、扉の向こうでカミルが慌てる気配はなかった。

扉を開けば、正面にある大きな窓のカーテンが閉まったままで、朝日が遮られた室内はいまだ薄暗い。

窓際にはシンプルな木の机と椅子があり、机の上には本がきっちりと積み上げられている。扉から向かって左側の壁際には作り付けの本棚が、一方右側には壁側を頭にして、人一人分こんもりと膨らんだベッドがあった。上掛けからは、少し癖のある赤い髪が覗いている。

美花はまずベッドに近づくと、上掛けを少しだけ剥いで赤い髪から覗いた額に手を置いてみる。額はむしろひんやりとしていて熱の心配はなさそうだ。美花はほっと安堵のため息を吐き出した。

「カミル、朝ですよ。起きなさい」

「……うう」

肩の辺りを上掛けの上からトントンと叩いて声をかければ、カミルはもぞもぞしてから薄青色の瞳を開いた。とろんとした寝ぼけ眼で美花の姿を捉えると、欠伸《あくび》ついでに口を開く。

「ふわ……ミカか。何だよ、今日は休日じゃなかったか……？」

「確かに休日だけど、今朝はいつも通りの時間に起きて朝食って言ったでしょ？」

「あー、ムリ。昨夜は本を読んでて寝るのが遅くなったんだ……あと一時間、寝かせろ……」

「あっ、こら！」

カミルは再び頭まで上掛けを被ってしまった。美花は呆れた顔をしながら、窓に近づいてカーテンを開ける。

窓ガラス越しに庭園——その一角にある田んぼを眺めながら、美花は独り言のように言った。

「そっかー、カミルは稲刈りしないいんだー。だったら、後日開くお米の試食会も不参加ってことでいいんだよねー？」

「——はっ⁉」

とたんに、カミルは上掛けを跳ね上げて飛び起きた。

「ま、待てよっ！　起きる……っていうか、今起きた！　稲刈りもするし試食会にも参加するっ！勝手に決めるな！」

彼は寝癖でぐしゃぐしゃになった赤い髪を掻き上げつつ、慌ててベッドから飛び出そうとする。

だがしかし、寝衣代わりのバスローブは椅子の背にかかったままで、彼自身は一糸纏わぬ姿であった。

図らずもそれを目撃してしまった美花はぎょっと両目を剥《む》く。

そして、すぐさまツカツカとベッドの側まで歩み寄り、バスローブを引っ掴んでカミルに叩き付けた。

「裸で寝るのやめなさいって、何度言えば分かるの！」


一月前までは緑の絨毯のようだった田んぼは、一面輝くばかりの黄金色に変貌を遂げていた。

種もみが発芽してからおおよそ五ヶ月、田植えをしてから四ヶ月が経ち、いよいよ収穫の時を迎えたのだ。

稲刈りの参加者は田んぼの主である美花を筆頭に、指南役のミシェル、やる気だけは人一倍あるカミル、刃物の扱いはお手のものなイヴの四人。

それぞれ両手に手袋を着け、左手で稲束を掴み、右手に鎌を持って奥から手前に引くようにして、さくっと根元を刈っていく。

アイリーンはこの日も土で汚れるのを嫌い、近くの木蔭で帝王の首を膝に抱いて、がんばってぇと緩い声援だけ送ってくる。途中でリヴィオとルークも覗きにきたが、何しろ小さな田んぼであるから、稲刈りは割合あっけなく終わってしまった。

刈り取った稲は三株ほどを束ねて藁《わら》で括《くく》り、木で組んだ干し棒にかけていく。これを数週間から一ヶ月干してやっと脱穀の段階に移れると聞いて、「長いな」とため息混じりにシンプルな感想を述べたのはカミルだった。

そうして、稲束を干して待つこと一ヶ月。

脱穀、もみすり、精米を経てついに白米まで辿り着いた。文字にすれば簡単そうに見えるだろうが、日本のように農業の機械化が進んでいない状況では、脱穀ももみすりも精米も、それはそれはたいそう骨の折れる作業であった。それでも、この時ばかりはアイリーンも参加し、美花と子供達四人、力を合わせて収穫した全ての米を白米まで仕上げたのだ。

そうして出来上がった白米は、全部で六合。一合を炊いたご飯が大体お茶碗二杯分なので、つまり今回美花の田んぼからは、お茶碗十二杯分のお米が穫れたという計算になる。

これまでの労力を考えれば、まったくもって割に合わないが、手ずから育てたものだと思えば小さな米一粒さえも愛おしい。

さて次は、お待ちかねの試食会――いや、試食会と銘打ったものの、そもそも収穫量が少ないので今期一回こっきりの実食会となりそうだ。

美花は白米を綺麗な水で丁寧に洗うと、この日のために用意していた大きな陶器の鍋《なべ》に入れ、しばらく吸水させてから米と同じ分量の水を加えて火にかけた。

炊飯器なんて便利なものはないので、炊けるまでは付きっきりだ。毎日土鍋でご飯を炊く祖母に、その方法を伝授されていたのは幸いだった。

最初は強火で、沸騰したら火を弱めて十五分ほど炊き、ご飯の表面から水や泡がブクブク出るのが治まり水気がなくなってくれば、再び火を強めて十秒ほど加熱する。

その後、火から下ろして十分ほど蒸らせば完成だ。

蓋を開けた瞬間にぶわりと立ち上る白い湯気、芳醇《ほうじゅん》な香り、そして輝かんばかりに真っ白いその一粒一粒に、美花はえも言われぬ懐かしさと感動を覚える。たまらず涙ぐむ彼女に子供達は目を丸くしていたが、美花が木べラで白飯を混ぜれば、揃ってごくりと喉を鳴らした。

「いいにおいがする。おいしそう……」

思わずといった風にそう呟いたのは意外にも、普段からあまり食べ物に執着がないアイリーンだった。それに驚くと同時に、彼女が炊きたてのご飯のにおいを〝いいにおい〟と表現したことに美花はほっとする。

というのも、米の旨味《うまみ》成分であるアミノ酸には硫黄《いおう》の成分を含むものがあり、米を炊けばその一部が分解されて硫化水素のような化合物を作る。そのため、炊きたてのご飯からは微量ながら硫黄化合物のにおいがし、特に白飯に馴染みの薄い西洋人などはそれを〝くさい〟と感じるらしいのだ。

幸い、アイリーンも含めてこの場にいる者の中には、炊きたてのご飯のにおいが受け付けられないと言うものはいなかった。

炊きたてを、シンプルに塩おにぎりにしていただく。

こちらの世界の米はライスと呼ばれ、そもそもは主食というより料理に加える穀物の一種といった扱いだ。白米だけ炊いて塩を付けた手で握る——なんて発想は、唯一の米の産地であるインドリア王国にもないらしい。

美花が一心不乱に握っていくおにぎりを、帝王や子供達も、様子を見に来たついでにちゃっかりお相伴《しょうばん》に与るつもりらしいリヴィオとルークも興味津々で眺めている。

「ミカ、手が真っ赤……熱くないの？」

「熱い熱い、めちゃめちゃ熱いよ。でも熱々を握るのが一番美味しいの！」

美花の背中に貼り付いたイヴが、肩に顎を載せて手元を覗き込んでくる。はっきり言って邪魔だが、美花限定ですっかり甘えっ子になってしまったイヴが可愛いのでやめさせようとは思わない。

「塩はどういうのを使ってるの？　こだわりは？」

「普通の塩だよ、ミシェル。寮のシェフが肉に振っているのと同じ」

ポイントは、塩をそのまま手に付けて握るのではなく、あらかじめ適当な濃さの塩水を作り、それを手に付けてご飯を握ることだ。こうするとまんべんなく塩味が付き、ほどよい仕上がりになる。

「何でもいいから早く食わせろ」

「カミル、ハウス」

もう待ち切れないといった様子で、先に握られたおにぎりに伸びてきたカミルの手を、美花は米粒のひっついていない手の甲でビシッと叩く。お預けを食らった彼は、久しぶりに「くそっ」と悪態を吐いた。

美花の掌サイズなのでさほど大きいおにぎりではない。それでも美花自身を含めて七人分、一人二個ずつとして十四個握れば土鍋は空になり、すなわち今年穫れた米は来年の種もみ用を除いて食べ切ることになる。

米ができるまでには、八十八もの手間がかかるといわれている。時間をかけ手間をかけて育ててやっとのこと白米にまで辿り着けたというのに、その日のうちに全部食べ切ってしまうなんてもったいないと思われるかもしれないが、こうして全員で集まって食べることにはそれ以上の価値があった。

同じ釜の飯を食う、ということわざがある。

一つ屋根の下で寝起きし、一つの釜で炊いたご飯を分け合って食べる――つまりは、元は他人同士が一緒に毎日を過ごし、苦楽を共にして生活していくという意味で、とても親しい間柄のことを言う。

美花が握った塩おにぎりを無邪気に頬張る四人の王太子達は、この広い大陸にある十六の王国のうち、ハルヴァリ皇国に留学する期間がたまたま重なったことで出会った。

繊細な年頃の彼らは、それぞれに悩みや鬱憤《うっぷん》を抱えている。留学を終えて祖国に戻った後も、国を背負って立つプレッシャーに圧し潰されそうになることもあるだろう。

そんな時、同じ立場で似通った悩みを持つ仲間達と一緒に泥に塗れ汗水垂らし、そうして最後には共に白飯を頬張った今日のことを思い出してもらいたい。

そうして、彼らが国を超えた強い絆《きずな》で結ばれ、お互いの心の支えとなってくれるよう、美花はおにぎりを握る手に祈りを込めた。

インドリア王国から荷車いっぱいの米が届き、美花が狂喜乱舞するのはこの三日後のことだった。

＊＊＊

季節は巡り、美花はまた種もみを水に浸けて芽出しの準備を始めた。

自分の田んぼで収穫したものと、ミシェルを介してインドリア王国から譲ってもらったものを混ぜて、前回の倍の量を用意する。

というのも、水田ビオトープが生物学の実習に役立つと教師の口添えがあったため、学園の運営費から土地の賃貸料を半分負担してもらえることになったのだ。これを機に、美花は思い切って前年度の倍の広さの土地を借りることにした。

「この調子で毎年じわじわ耕地を広げていって、ゆくゆくは庭園の池以外を全部田んぼにしてやろうと思ってるんです」

「となると、田植えの後は庭園中でカエルが鳴くということか……いや、やめよう、ミカ。きっと煩くて授業にならない」

「あら、ルーク先生。カエルの大合唱は夏の風物詩ですよ。どうせなら、大きい種類のも放しましょう。あの騒音をものともしない忍耐力と集中力を子供達に養わせるんです」

「子供達はともかく、私を含めた教師陣がカエルの鳴き声に対抗できる気がしない……」

美花の野望に駄目だしをするのは、生物学の教師でハルヴァリ皇帝の従叔父にあたるルーク。

前年に引き続き、今年も実験室の片隅を借りて種もみの芽出しをすることにした美花に、この部屋の鍵を管理しているルークが付き合っているところだった。

彼は、自分が実はハルヴァリ皇族の血を引いていないことも、それゆえ帝王を認識できないのだということも知らないままだが、何とか劣等感と折り合いをつけながら日々を過ごしている。

今もまだ、美花の隣にふよふよ浮いている帝王の生首は、彼の目には見えていないのだが……

「帝王様。もしもお側にいらっしゃるのでしたら、どうか庭園をカエルだらけにしないようにミカを窘めてくださいませ」

「ミカちゃんや、ルークもこう言っているんだ。とりあえず、デカイやつを飼うのはやめよう。あやつら急に鳴き出すから心臓に悪い」

「心臓なんてもう千年前からないじゃない――あ、ルーク先生。帝王様も大きいカエルにはドッキドキですって」

こんなふうに、美花みたいな帝王を認識できる者を介して会話をすることを思いついたらしく、それからは積極的に帝王と関わろうとするようになった。

彼は、帝王を認識できない自分のことも周囲がちゃんと認めてくれていると気付き、少しずつ自分の境遇を受け入れ始めているようだ。

そんな中、トントンと扉が叩かれる。

ルークが返事をすれば、扉を開いて顔を覗かせたのはカミルだった。

カミルはルークに対して丁寧に会釈したが、一転、美花に向かって眉を顰める。

「ミカ。お前、まだここにいたのか。急げ、そろそろ馬車が到着するぞ」

「えっ、もうそんな時間？」

ルークへの挨拶もそこそこに、美花はカミルに追い立てられるようにして実験室を飛び出した。もちろん、帝王も一緒だ。

カミルは美花の手首を掴み、グイグイ引っ張って歩き出す。大股で歩く彼に合わせようとすると、美花は自然と小走りになった。

実験室から真っ直ぐに廊下を進めば学園の玄関に辿り着く。カミルは美花の手を引いたまま、アイアン飾りの付いた重い玄関扉を押し開けて潜ろうとしたが、ふと立ち止まって彼女を振り返った。

「……ミカ、お前縮んだか？」

「そんなわけないでしょ。あんたが大きくなっただけだよ」

初めて会った時、十四歳だったカミルは美花よりも少しだけ背が低かった。その半年後、美花が正式に寮母に就任した時にはぴったり同じ身長で、そのさらに半年後にはいつの間にかカミルに背を抜かれていた。

そして、出会って一年半が経った今——美花とカミルの間には頭一つ分ほどの身長差ができてしまった。

この著しい成長によって、カミルは半年で二度、学園の制服を新調している。

その制服を彼はこの時シャツの一番上のボタンまできっちり留めて着ていたのだが……

「カミル、待って。曲がってる」

縦結びになっていたリボンタイを、美花があいた方の手で直してやる。

次いで彼の胸をポンと叩き、にこりと笑って言った。

「いつも格好良くキメておいてよね、最上級生のお兄さん。頼りにしてるよ」

「ふん、任せろ」

美花の言葉に誇らしげな笑みを浮かべたカミルは、この度アイリーンと共に学園の三年生になった。彼らにとってはハルヴァリ皇国で過ごす最後の一年が始まる。

今日は、今年度の新入生となるいずこかの王国の王太子達がハルヴァリ皇国にやってくる日。彼らの到着予定時間が迫っているのでカミルは美花を急《せ》かしたのだ。

ミシェルとイヴも二年生に進級し、初めての後輩となる新入生の到着を今か今かと待ちわびているだろう。

皇帝と帝王、そして寮母と上級生達が寮の前に並んで新入生を迎えるのが入寮の際の習わしだ。

同時にこれは、新入生達にとっての最も重要な試験でもある。

出迎えた帝王が認識できるかどうかで、彼らがこれから三年間ハルヴァリ皇国に滞在できるか否かが決まるのだから。

「ほら、急げっ。寮母が顔合わせに遅刻したとあっては、面目が立たないだろう」

「ええ、ええ、おっしゃるとおりでございますー」

カミルに手首を引っ張られたまま学園の玄関を抜けた美花は、庭園へと足を踏み出した。

ただし、二人の間には身長差に比例してコンパスにも差ができてしまっている。だが、とにかく急いでいるカミルはそんなことまで気が回っていなかった。

「ちょっ……ま、待って──あっ」

ついに足がもつれ、美花の身体がぐらりと傾《かし》ぐ。

そこでようやく我に返ったカミルが慌ててもう片方の手も差し伸べようとしたが、それよりも早く横から伸びてきた別の手が美花の身体を支えた。

「──危ないぞ、カミル。エスコートをするならば、もう少し相手を労《いたわ》りなさい」

「陛下……」

現れたのはハルヴァァリ皇帝リヴィオ。カミルは驚いた拍子に美花の手を離し、代わりにリヴィオが彼女の腰を抱いた。

リヴィオも新入生の到着時刻に合わせ、執務室のある宮殿から戻ってきたのだろう。

美花がカミルに実験室から連れ出されて寮に向かっているのは、帝王の目を通して彼にも見えていただろうから、こうして途中で出会ったのも偶然ではないかもしれない。

と、その時だった。

ヒヒンという馬の嘶《いなな》きに続き、ガラガラと車輪が回る音が聞こえてきた。

新入生を乗せた馬車は、宮殿ではなく直接この学園と寮の間にある庭園の方に入ってくる手筈《てはず》になっている。

「おっと、こうしちゃいられないな──ミカ、カミル、走るぞ」

リヴィオはそう言うと、ひょいと美花を片腕で抱え上げ、もう片方の手でカミルの腕を掴んで駆け出した。

「うわ、わわわ、陛下⁉︎」

「ミカ、口を閉じていなさい。舌を噛むぞ」

片手に腰掛けるみたいにして抱えられ、グラグラする上体を安定させるために、美花はとっさにリヴィオの白金色の頭に抱き着いた。その頭越しに、リヴィオに片手を引っ張られて追走するカミルと顔を見合わせる。

寮の前ではアイリーン、ミシェル、イヴの三人が待っていて、美花を担《かつ》ぎカミルの手を引いて駆けてくるリヴィオに一瞬目を丸くしたが、すぐに揃って笑顔になった。

ようやく寮の玄関扉の前に辿り着いたリヴィオは、さっと美花を隣に下ろして居ずまいを正す。美花もエプロンの皺を伸ばし、前髪を指で整えたところに、帝王の生首がぴょんと飛び付いてきたため、胸の前で両腕に抱えた。

カミルはリヴィオと美花の後ろに回り、他の三人と一緒に並ぶ。

ちょうどその時、庭園の中に馬車が入ってきた。

到着時刻は予定通りで、やってきた馬車は二台。つまり、今年度の新入生も二人ということだ。

二台の馬車は寮の玄関前に横付けにされ、御者達は出迎えの一行に恭《うやうや》しく頭を垂れてからそれぞれの馬車の扉を開いた。

馬車の中からは、まだあどけなさの残る少年と少女がそれぞれ降りてくる。

彼らはまず、皇帝リヴィオの類稀なる美貌と威厳に圧倒されて息を呑んだ。

次いで、彼の隣に立つ美花の腕に抱かれた帝王の生首を見てぎょっとする。親から話には聞いてきただろうが、実際それを目にした衝撃はいかばかりか。ただし、彼らのその表情こそが、ハルヴァリ皇国に留学するための試験をクリアできたことを証明していた。

「ようこそ、ハルヴァリ皇国へ」

リヴィオが落ち着いた声でそう告げる。

「ようこそ、俺の可愛い子供達よ」

帝王も弾むような声で続けた。

「はじめまして、帝王様、皇帝陛下」

「よ、よろしくお願いします……」

二人の新入生は何とか挨拶を返したが、落ち着かない様子で視線をうろうろとさせている。

ひとまずは二人を私室となる部屋に案内して休ませてやろうと思った美花は、帝王の生首を抱えたまま一歩彼らに近づいた。

「はじめまして」

美花はにっこりと安心させるような笑みを浮かべ、極力優しい声をかけた。

とたんに二人の新入生の視線は美花に集中したが、どうやら彼女が寮母だとは気付いていない様子。

さもありなん。彼らの親がハルヴァリ皇国に留学していたのは、マリィがまだ現役だった頃だ。

そんな親から聞かされてきた寮母のイメージは、おそらく包容力のある上品な老婦人だっただろう。

一方、いつものワンピースにエプロンドレスを着けた恰好の美花は、彼らの目には若いメイドに見えたに違いない。実際に少年の方は、美花を値踏みするような目で見て「なんだ、メイドか」と呟いた。美花が寮母に着任した直後のカミルを彷彿とさせる、実に生意気な態度である。

美花はますます笑みを浮かべると、そのままつかつかと歩いて新入生達の目の前に立った。

そして、まださして身長の変わらない彼ら——特に、生意気な少年の方には鼻先がぶつかり合いそうになるほどの距離まで詰め寄ると、狼狽える相手の瞳をじっと覗き込んで口を開いた。

「いいえ、私はメイドさんじゃありませんよ」

とたんに両目をぱちくりさせる新入生達の顔には、だったらお前は何者なんだ、という疑問がありありと浮かんでいる。

だから美花はさらににっこりと笑い、胸を張って告げた。

「私は——寮母さんですよ」

番外編　寮母さんと雨の中

ハルヴァリ皇国城下町にて子供達が勤しむ課外活動の終業時刻まで、あと少しという頃。

雨空の下で傘を広げ、今まさに城門に向かって歩き出そうする背中に、リヴィオは声をかけた。

「——ミカ」

ぱっと振り返ったのは、寮母を務める美花だ。驚いた様子の彼女に片手を差し出して続ける。

「子供達を迎えに行くのだろう？　傘を貸しなさい。一緒に行こう」

「いいんですか？　ありがとうございます」

右手で傘を差し、左手に子供達四人分の傘を抱えていた美花はとたんに安堵の表情を浮かべた。

リヴィオは傘を全て受け取るつもりだったのだが、それだと自分が一緒に行く意味がないと美花が断固拒否したため、結局それぞれ二本ずつ抱えて雨の中を歩き出す。

雨の日のデートもまた乙なものよ、と悪戯っぽくリヴィオの耳元に囁いていった帝王は、幽体なので濡れる心配がないにもかかわらずちゃっかり美花の傘に潜り込んだ。

城門には緊張した面持ちの門番が立っていた。先ほど、美花に絡んだ面倒な相手を追い払ってくれたあの門番だ。リヴィオが微笑みを浮かべて労えば、彼はたちまち真っ赤になった。それを見て、隣を歩く美花が「陛下の男たらし」などと、まったくもって心外な感想を述べる。

「あんな純情そうな門番さんを誘惑するなんて……っていうか、私があの人にお世話になった所、執務室から見えてたんですか？」

「いや、帝王様が教えてくださった。宝石商の娘に絡まれたんだそうだな？」

リヴィオの言葉に美花は目を丸くし、いつの間に……と肩にくっ付いている帝王を見遣る。

寮母の立場を奪われたと思い込んでいる宝石商の娘のお門違いな口撃を、強かな美花は歯牙にもかけない。些細なことで皇帝に泣きついてくるようではハルヴァァリ皇国の寮母は務まらないだろうが、もう少しくらい自分を頼ってくれてもいいのに、とリヴィオは小さくため息を吐く。

雨の街路を行く人々は足早で、並んで歩く二人に構う者はいなかった。

傘で顔が隠れて、ここにいるのがハルヴァァリ皇帝だとは誰も気付いていないようだ。おかげで、リヴィオは珍しく私室以外で完全無欠の皇帝の仮面を脱ぐことができた。

早くに両親を亡くしたリヴィオの母をこき使っておきながら、先帝である父に見初められたとたんにころっと態度を変えた宝石商の一家を、美花は「嫌な連中」と一刀両断する。彼女のきっぱりとした物言いは、必死に取り入ろうとする連中の甘言にうんざりとしていたリヴィオの耳には心地いい。

だから、隠居したとたんに大陸一周旅行に出掛けていった先帝夫妻に倣う予定はあるかと問われた時、するりとこんな答えが口から飛び出したのだ。

「一人で旅をするのは味気ないし、そもそもまずは玉座を譲る相手が必要だ。——というわけで、ミカ。ここは一つ、私に嫁いで跡取りを産んでみないか？」

とたんに、美花がぐっと眉根を寄せる。どうやら彼女の機嫌を損ねたらしい。

「そんな適当な口説き文句で靡くと思われたなんて心外です。憤慨です。慰謝料を要求します」

そう言ってツンと尖った美花の唇を、リヴィオはふと啄んでやりたくなる。だがそうすると、今度は〝せくはら〟とやらで慰謝料を上乗せされそうだったため、何とか思いとどまった。

「ミカは最近、私よりがめつくなってきていないか……？」

雨はまだ降ってはいるものの、傘を叩く雫の音は案外静かで、二人の会話を妨げることはなかった。

妖精印の薬屋さん

著：藤野《とうや》　イラスト：ヤミーゴ

ある日突然異世界にトリップしてしまった学校教師のミズキ。元の世界に戻れないと知ったミズキは落ち込んだのも束の間、なんとか生計を立てようと薬売りをはじめることに。

自分にしか見えないという妖精たちの力を借りて調合した薬は大評判！　とんとん拍子にお店をオープンすることになって——!?

なぜだか一緒に暮らすことになった謎の多い美形青年と、お手伝いをしてくれる可愛い双子……お店はどんどん賑やかさを増していく！

妖精が出迎える笑顔と魔法のお店、妖精印の薬屋さん《フェアリー・ファーマシー》、今日も楽しく開店！

異世界での天職は寮母さんでした
～王太子と楽しむまったりライフ～

＊本作は「小説家になろう」公式WEB雑誌『N-Star』（https://syosetu.com/license/n-star/）に掲載されていた作品を、大幅に加筆修正したものとなります。
＊この作品はフィクションです。実在の人物・団体・事件・地名・名称等とは一切関係ありません。

2019年3月20日　第一刷発行

著者 …… くる ひなた

イラスト …… 藤村ゆかこ
発行者 …… 辻 政英
発行所 …… 株式会社フロンティアワークス
〒170-0013　東京都豊島区東池袋3-22-17
東池袋セントラルプレイス5F
営業　TEL 03-5957-1030　FAX 03-5957-1533
アリアンローズ編集部公式サイト　http://arianrose.jp
編集 …… 末廣聖深
装丁デザイン …… ウエダデザイン室
印刷所 …… シナノ書籍印刷株式会社